Akal Clásicos de la Literatura **46**

Serie Literatura eslava

Directora de la serie
Gala Arias Rubio

Diseño interior y cubierta: RAG
Imagen de cubierta: Harald Oscar Sohlberg, *Fisherman's Cottage* (1906).

ИНСТИТУТ ПЕРЕВОДА

AD VERBUM

Publicado con el apoyo del «Instituto de la Traducción», Rusia.

Título original
Вечера на хуторе близ Диканьки

Sector Foresta, 1
28760 Tres Cantos
Madrid - España
Tel.: 918 061 996
atencion.cliente@akal.com
www.akal.com

ISBN: 978-84-460-5745-1
Depósito legal: M-15.793-2025

Impreso en España

NIKOLÁI GÓGOL

VELADAS EN UN CASERÍO DE DIKANKA

Traducción, introducción y notas de
Manuel Ángel Chica Benayas

Manuel Ángel Chica Benayas es licenciado en Filología Eslava por la Universidad Complutense de Madrid y perfeccionó sus conocimientos de lengua rusa en la Universidad Lomonósov de Moscú. Dirige su trabajo como traductor esencialmente hacia la especialidad literaria, con publicaciones en diversas editoriales. Entre sus traducciones encontramos *Yevgueni Oneguin* y *Ruslán y Liudmila,* ambas de Alexandr Pushkin; *Sviatoslávich, el discípulo del diablo,* de Alexandr Veltman; *Alas,* de Mijaíl Kuzmín; *Treinta y tres monstruos,* de Lidia Zinóvieva-Annibal; y *Klara Mílich y otros relatos de terror,* de Iván Turguénev, estas cuatro últimas en Akal.

akal

ARGENTINA / ESPAÑA / MÉXICO

Retrato de *Nikolái Gógol* (1841), por Otto Friedrich Theodor Möller.

INTRODUCCIÓN

El autor

La obra de Nikolái Gógol dispone de un lugar distinguido dentro de la literatura rusa. El autor continúa el cambio y la renovación llevados a cabo por Alexandr Pushkin, y los reelabora de una particular manera en la que mezcla magistralmente tradición, contemporaneidad y su visión personal –crítica y ácida– de la realidad rusa del momento. La genialidad del autor permite que su creación, íntimamente ligada en su forma a la tierra y al momento en que vivió, resulte totalmente actual y universal gracias al fondo humano y, en última estancia, espiritual del que parte.

Nikolái Vasílievich Gógol-Yanovski vino al mundo el 1 de abril (20 de marzo según el viejo calendario juliano) de 1809 en el pueblo ucraniano de Soróchintsy, de la comarca de Mírgorod, situada a su vez en la provincia de Poltava. Sus padres, Vasili Afanásievich Gógol-Yanovski y María Ivánovna Gógol-Yanóvskaia (de soltera Kosianóvskaia) poseían orígenes cosacos, rutenos y polacos. Su bisabuelo paterno, Yan, pertenecía a la pequeña nobleza ucraniana. Poseía firmes creencias ortodoxas y nacionalistas, por lo que quiso desentenderse de sus raíces polacas y se instaló en la provincia de Poltava, siempre muy vinculada al Estado ruso, y dio lugar a su propia línea familiar, los Gógol-Yanovski. Nuestro escritor firmará solo con la primera parte de su apellido, Gógol, y desechará la segunda, Yanovski, que considera un añadido caprichoso por parte de su bisabuelo.

Vasili Afanásievich y María Ivánovna tuvieron doce hijos, seis niñas y seis niños. Los dos primeros nacieron muertos. Nikolái fue el tercero. Después llegó Iván (1810-1810), que murió prematuramente. La quinta en nacer fue María (1811-1844). Los cinco hijos que nacieron a continuación lo hicieron muertos o fallecieron al poco tiempo. Las últimas hijas nacidas fueron Anna (1821-1893), Yelizabeta (1823-1864) y Olga (1825-1907). La familia poseía, además, alrededor de cuatrocientos siervos (o *almas,* como se decía en la Rusia de la época).

El matrimonio vivó en el pueblo de Vasílievka, próximo a Dikanka. María Ivánovna era una mujer muy culta e inteligente que inculcó a sus hijos el amor por el saber y el conocimiento, además de unas profundas creencias religiosas. Vasili Afanásievich, persona también muy cultivada, escribía obras de teatro que representaba junto a su esposa en funciones familiares y locales. Dado que sus padres eran poseedores de una nutrida biblioteca, el pequeño Nikolái comenzó a interesarse por la literatura, el teatro, la poesía y el arte. La vida de provincias marca definitivamente al futuro escritor, que siempre encontrará en ella y en sus tradiciones una fuente de inspiración para su obra.

Nikolái comienza sus estudios oficiales en la precaria escuela primaria de Poltava en 1818. En 1821 se traslada al Instituto de Enseñanza Superior de Nezhin, donde permanece hasta 1828. Nikolái no era un gran estudiante, pero tenía facilidad para aprender textos de memoria, lo que le permite avanzar en los cursos sin problema. Las únicas asignaturas por las que sentía verdadera pasión eran dibujo y literatura rusa. En el instituto se rodeó de un círculo de compañeros también interesados en el arte y la literatura entre los que encontramos a Néstor Kúkolnik, Guerasim Vysotski, Alexandr Danílevski y Nikolái Prokopóvich. Con estos dos últimos mantuvo una fuerte amistad que duró hasta el final de su vida. A su lado edita diferentes revistas literarias y monta obras de teatro, en las que destaca como actor cómico. A Nikolái le mueven, desde sus años más jóvenes, aspiraciones sublimes y el deseo de servir a la sociedad con algo elevado y beneficioso. Por eso comienza a escribir, y lo hace con poemas, tragedias y novelas históricas. De este periodo destaca la sátira *Algo sobre Nezhin, o la ley no se escribió para tontos.*

La muerte del padre en 1825, cuando Nikolái tiene catorce años, supone un duro golpe para la familia y conlleva un acercamiento todavía más fuerte si cabe entre madre e hijo. María idolatraba a su hijo y le consideraba un genio. Por ello le da todas las facilidades para estudiar y para conseguir todos los objetivos que se propone. Nikolái también sintió toda su vida un gran amor y admiración por su madre, a pesar de que tuvieron numerosos desencuentros.

Nezhin se le queda pequeño para sus perspectivas vitales y en diciembre de 1828 se muda a San Petersburgo. Sin embargo, sus expectativas no se ven respaldadas por la dura realidad. Intenta convertirse en actor, pero todos los teatros en los que se ofrece lo rechazan, así que no le queda más remedio que ingresar como funcionario en el Ministerio de Hacienda y, así, intentar probar suerte en la literatura. A pesar de que su trabajo como funcionario no le satisface, Gógol consigue sacar de allí material y argumentos para su futura producción.

Bajo el seudónimo de V. Álov, publica en 1829 el poema romántico *Hanz Küchelgarten,* que tiene como modelo los poemas alemanes como los de Johann Heinrich Voss, principalmente su *Luiza* (1795). El poema (que el propio Gógol fecha en 1827, cuando todavía estudiaba en Nezhin) obtiene una crítica desfavorable, lo que desanima profundamente al joven escritor, que compra toda la tirada y la quema.

Entra en contacto con agrupaciones culturales ucranianas de San Petersburgo. Allí descubre que Ucrania (o *«Pequeña Rusia»,* según otra denominación de la época) despierta un gran interés en la sociedad petersburguesa. Ucrania es considerada una tierra exótica, misteriosa, salvaje, llena de secretos. Eso le da la clave para escribir la obra con la que desea resarcirse de su fracaso anterior. Se sumerge entonces en sus recuerdos infantiles, en los cuentos y relatos que escuchaba cuando era niño. Escribe a su madre para que le envíe información sobre costumbres, leyendas y tradiciones del país. Lee e investiga antiguos manuscritos familiares y locales. Y escribe por fin el que se convertirá en su primer gran triunfo, *Veladas en un caserío de Dikanka.* Publicado en 1831, se trata de una colección de relatos de inspiración popular que supone un éxito inmediato de crítica y público. Tanto es así que escribe una segunda parte que se publica en 1832 y que recibe el mismo reconocimiento que la primera.

Tras el éxito de *Veladas en un caserío de Dikanka,* Gógol atraviesa una temporada de nula inspiración y baja creatividad en la que no encuentra el camino que seguir. Experimenta, según sus palabras, un «horrible sentimiento» del que nunca podrá separarse.

En 1834 es contratado por la Universidad de San Petersburgo para impartir la asignatura de Historia Universal, pero pronto abandona las clases por falta de vocación. Ese mismo año publica *Arabescos,* donde recoge conferencias, reflexiones y artículos suyos sobre historia y arte.

Sus viajes a su Ucrania natal, a la que vuelve con una visión más madura y serena, le inspiran unas nuevas obras que publicará reunidas en 1835 bajo el título de *Mírgorod.* Es otra colección compuesta por cuatro novelas: *Terratenientes de antaño, Tarás Bulba, El vii* y *Por qué discutieron Iván Ivánovich e Iván Nikíforovich.* Aquí el autor muestra una mayor y más atrevida variedad temática que en *Veladas en un caserío de Dikanka,* pues reúne novelas muy distintas entre sí y con diferentes objetivos e incluso géneros. *Terratenientes de antaño,* muy apreciada por Pushkin, relata la vida de un matrimonio de ancianos terratenientes que repasan sus infructuosas existencias. Con una visión agridulce e irónica, el texto presagia al Gógol futuro. *Tarás Bulba,* tal vez la obra más conocida del autor, es una novela épica en la que se narran las luchas de los cosacos contra los invasores polacos y tártaros. Puede encuadrarse dentro del nacionalismo romántico, pero, aunque por momentos idealizado, supone un magistral retrato etnográfico del pueblo cosaco en el que queda manifiesto su amor por la libertad. Gógol describe la vida del protagonista, el jefe cosaco Tarás Bulba, con una narración llena de lirismo, humor, reflexiones filosóficas, referencias históricas y una trama inteligente y llena de energía que no deja respirar al lector ni por un instante. *El vii* es un relato de terror en el que se entremezclan las leyendas locales sobre brujas, demonios y resucitadas con la literatura gótica llegada del exterior. En *Por qué discutieron Iván Ivánovich e Iván Nikíforovich* Gógol critica con humor la mezquindad humana y las costumbres provincianas a partir de la disputa entre los dos personajes a causa de una nimiedad y anticipa *Almas muertas.*

Gógol ya se ha hecho un hueco indiscutible en la literatura rusa. Es respetado por sus contemporáneos, como Pushkin, Délvig o Zhukovski (que le introduce en los círculos literarios petersburgueses), y empieza a influir en sus sucesores. Sus temas cambian y se afilan. Adquieren importancia la soledad del ser humano, la traición a los ideales, el desprecio de la belleza a incluso la propia ciudad de San Petersburgo, que aparece en sus obras como un personaje esencial. De esta época son *Diario de un loco* (1834), *La avenida Nevski* (1835), *El retrato* (1835), *La nariz* (1836) y *El capote* (1842), publicadas todas juntas bajo el título de *Novelas de Petersburgo* en 1843. Estas novelas reflejan la lucha del ser humano contra la sociedad, contra lo establecido, que lo empequeñece y lo despoja de su individualidad y de sus propios deseos. El concepto tan ruso de «hombre pequeño» (que viene a sumarse al de «hombre superfluo») se acantona en estas novelas y lucha contra la humillación del débil por parte del fuerte, contra la injusticia social, contra la esclavitud en cualquiera de sus formas, y clama por la compasión, la protesta y la sencillez como forma de vida.

El 1 de mayo de 1836 tiene lugar en el Teatro Alexandrinski de San Petersburgo el estreno de la comedia *El inspector.* Gógol comienza a escribirla en 1834 y durante dos años reescribe, perfila y perfecciona tramas y personajes, con lo que consigue finalmente una obra perfecta en su funcionamiento interno. El argumento le fue sugerido por su gran amigo Pushkin a partir de una noticia que leyó en la prensa: un aristócrata venido a menos llega a una ciudad de provincias, donde todas las personalidades le toman por un inspector del gobierno. Él ve en esto una forma de medrar y decide no sacarles del error. La plenitud artística con la que ya cuenta Gógol en ese momento convierte *El inspector* en una máquina de guerra que le sirve para arremeter contra los grandes vicios de la sociedad rusa, para enfrentarse cara a cara con una sociedad deforme, grotesca y permisiva incapaz de salir del atraso de siglos en el que se hallaba estancada. El estreno es todo un éxito y muy pronto numerosos teatros del país la ponen en escena. La comedia es acogida con gran entusiasmo por los estratos de la sociedad más conscientes de la necesidad de un cambio radical como el que propone la obra. Los intelectuales y librepensadores la consideran el manifiesto definitivo. Por el contrario, las clases más tradicionales y conservadoras se ven ridiculizadas y, por lo tanto, se escandalizan con la obra de moda. La censura no tarda tampoco en llegar y pone todos los obstáculos posibles para que los teatros la representen. Solo la actuación del zar Nicolás I, interesado en la obra, pone fin a las prohibiciones. El éxito de *El inspector* anima a Gógol a retomar su pasión por la escena y escribe otras obras de teatro como *El casamiento* o *Los jugadores*, ambas estrenadas en 1842. Si bien no contaron con el clamoroso triunfo de su antecesora, estas obras continúan con su crítica feroz a las injusticias y buscan igualmente el despertar moral de la sociedad rusa.

En junio de 1836 Gógol emprende un viaje al extranjero, donde permanece, de forma intermitente, durante casi diez años. La salud mental de Gógol, débil desde su infancia, empeora y el escritor ve en ese viaje una posible curación a sus males. Recorre varias capitales europeas, pero sus depresiones nerviosas no remiten. Tan solo encuentra un alivio cuando llega a Roma, en marzo de 1837. Se entusiasma con el arte de la ciudad y visita museos, frecuenta círculos artísticos y hace amistades entre los artistas. La inspiración le vuelve de nuevo y decide enfrentarse a su proyecto más ambicioso, la novela *Almas muertas*. A pesar de que el argumento se lo sugiere otra vez Pushkin, *Almas muertas* se convierte en la obra maestra de Gógol e influirá tanto en la sociedad y en los escritores del momento y futuros como en el propio autor, que verá cómo su obra interfiere y modifica su vida. Comienza la redacción del poema (así lo define el autor) en 1835 con la idea de retratar Rusia en toda su monumental grandeza, desde lo más sublime hasta lo más mezquino. Pável Ivánovich Chíchikov, un urbanita cuyo objetivo principal es ascender rápidamente de clase social, llega a una ciudad de provincias y consigue entrar en contacto con personalidades y funcionarios de importancia del lugar. Para lograr ese ascenso en las clases sociales que tanto ansía, utiliza un macabro método: comprar *almas muertas.* Como ya hemos señalado con anterioridad, en la Rusia de la época se denominaba *almas* a los siervos que poseía cada señor. Cada señor debía satisfacer un impuesto por cada siervo y, como los censos estaban totalmente desactualizados, muchas veces tenían que pagar por siervos que ya habían fallecido. Chíchikov compra a los señores los siervos fallecidos, las *almas muertas,* pues, aunque en un principio tendrá que abonar los impuestos correspondientes, cuando llegue a poseer una cantidad determinada de almas, el Estado le recompensará con tierras y haciendas. Entonces las alquilará y obtendrá las riquezas y la posición social que desea. Gógol describe a sus personajes de una forma aún más grotesca que en su comedia *El inspector* y la sátira se convierte en un instrumento feroz para la crítica social. Con el título *Las aventuras de Chíchikov, o Almas muertas* la obra se publica en 1843. Supone un éxito inmediato que estremece por igual a estudiosos y lectores, que ven en el poema la primera crítica directa y cruda a una sociedad que se descomponía.

Gógol tenía previsto escribir tres libros sobre las aventuras de Chíchikov y, como la *Divina comedia* de Dante, dedicar cada uno de esos tres libros al infierno, al purgatorio y al paraíso. El primer libro, *Almas muertas,* correspondería al infierno de la realidad rusa del momento. Esto refleja la visión colosal que el autor tenía de su obra como reto artístico, pero, sobre todo, como revulsivo social. Si en su producción anterior Gógol no tenía intenciones moralizadoras, considera los tres libros de *Las aventuras de Chíchikov* un instrumento para purificar Rusia. Comienza la escritura del segundo libro en 1840, aunque avanza con lentitud y con grandes dificultades. El autor destruye el material y lo reescribe una y otra vez. En 1845 un empeoramiento en la salud nerviosa de Gógol supone un escollo para el avance del trabajo.

En 1848 realiza una peregrinación a Jerusalén, planeada desde hacía tiempo, lo que significa un corte abrupto en su biografía. El sentimiento religioso que Gógol siempre había tenido, inculcado durante su infancia por su madre, se agudiza. Todo se somete ahora a su concepción religiosa del mundo. Evita el contacto social, se somete a severos ayunos y desea convertir su existencia en la de un monje. Si desea purificar Rusia a través de sus escritos y mostrar a sus conciudadanos el camino, él debe ser el más puro, el ejemplo vivo de lo sublime. Se granjea, por lo tanto, la enemistad de la sociedad progresista rusa.

Tras la peregrinación a Tierra Santa regresa a Moscú. Solo en Rusia puede escribir su obra maestra. A comienzos de 1852 su salud mental se resiente. Apenas escribe.

La profunda depresión (si utilizamos la terminología moderna) que sufre le consume las pocas fuerzas de que dispone. Una depresión agravada, además, por el sentimiento de culpa que desde siempre ha sufrido por su homosexualidad y que ahora se ve reforzado por su fanatismo cristiano. Su extremismo religioso, sus castigos físicos y los crueles ayunos a los que se somete le conducen a una debilidad mental y física insoportable. En la noche del 11 al 12 de febrero, quema el manuscrito casi terminado del segundo libro de *Las aventuras de Chíchikov.* Pero no le da tiempo a reescribirlo ni a componer el tercer libro. Su salud empeora gravemente y se niega a comer y a recibir cuidados médicos. El escritor fallece en la mañana del 21 de febrero de 1852.

Su obra

La vida y la obra de Nikolái Gógol transcurren entre el reinado continuista del zar Alejandro I y el autocrático de Nicolás I. Vive la invasión napoleónica y el levantamiento decembrista. La aparición de las ideas socialistas en Europa y el comienzo de su entrada en Rusia. El choque cada vez más cruento entre el viejo y el nuevo mundo. La muerte de Pushkin, el final del Romanticismo y la tímida aparición del Realismo.

El Romanticismo llega a Rusia con los mismos propósitos con los que ha arrasado en el resto de Europa desde finales del siglo XVIII: oponerse a la Ilustración y al Neoclasicismo, conceder prioridad a los sentimientos ante la razón y exaltar el yo frente a la masa. Podemos ver el origen del Romanticismo tanto en la Primera Revolución Industrial como en la Revolución francesa de 1879, procesos que cambiaron las formas de vida y, por lo tanto, también las formas de pensar de la sociedad europea. La ruptura con la tradición clasicista y sus reglas estereotipadas supone una búsqueda constante y confiere al artista una libertad de la que antes carecía. Cada artista debe buscar su propio camino y no continuar ni perfeccionar el de los anteriores. El Romanticismo significa una manera diferente y propia de entender la naturaleza y el ser humano. Y por ello aparece en muy distintas formas en cada país donde se desarrolla.

El Romanticismo comienza su camino en Rusia ya en la última década del siglo XVIII con el sentimentalismo de Karamzín, Muraviov y Dmítriev. En ellos el héroe romántico debe trazar un puente entre el mundo desorganizado en el que vive y los deseos humanos. El Romanticismo ruso no tarda en polarizarse. Aparecen dos posiciones enfrentadas. Por un lado, encontramos a quienes rechazan toda injerencia exterior y apuestan por las antiguas tradiciones rusas y eslavas. Esta facción está capitaneada por Alexandr Shishkov y otros escritores, artistas e intelectuales reunidos alrededor del Círculo de Amantes de la Lengua Rusa. Por otro, los integrantes de la asociación Arzamás, con Nikolái Karamzín y Vasili Zhukovski a la cabeza, que, sin rechazar la tradición rusa, están abiertos a las influencias de Occidente. Frente a estos dos grupos irreconciliables aparece una tercera opción trazada por Alexandr Pushkin, que halla el modo de crear una literatura puramente rusa. Las dos corrientes anteriores se unen en una elegante y expresiva claridad que recoge lo mejor de la tradición rusa y de las novedades europeas. A partir de esta tercera vía se desarrolla el Siglo de Oro de la literatura rusa, enmarcado dentro del Romanticismo y fundido en la gigantesca figura de Pushkin, que influirá en los escritores posteriores hasta la actualidad.

Es en esta situación en la que se encuentra la literatura rusa a la llegada de Gógol. En un principio, Gógol se ve fuertemente influido artística e ideológicamente por la órbita de Pushkin y se muestra partidario de la Modernidad. Solo tras la muerte de Pushkin Gógol se acerca a la órbita eslavófila, donde encuentra una gran admiración por su obra, y, además, un motor para sus nuevas ideas religiosas y conservadoras. No duda, pues, en aferrarse a esos planteamientos puramente rusófilos. Poco a poco su obra abandona el carácter evidentemente social y se aproxima a unos planteamientos más espirituales. El escritor no renuncia a reformar la sociedad, pero si al principio aborda esta misión desde unos planteamientos cercanos al socialismo, después lo hace desde un pensamiento cristiano ortodoxo. No podemos olvidar que la obra de Gógol coincide con el surgimiento en Rusia de un interés por los cambios sociales, a los que sirvió en gran medida.

Con todo, desde sus inicios el autor establece unas líneas que van a apoyar el Romanticismo y otras que se salen de él y que predicen la llegada de otros movimientos. Su prosa es de una insuperable originalidad y, a través de ella, aúna lo moderno, lo tradicional y su visión personal. El Romanticismo de Gógol, preocupado por los problemas de la sociedad, anticipa también el Realismo. Al mismo tiempo, su opinión propia y peculiar de lo que sucede en el mundo le lleva a mostrar lo ridículo de la existencia humana, de sus costumbres absurdas, de sus comportamientos delirantes. Toda su producción está bañada de un humor inocente y a la vez incisivo que adelanta la aparición del absurdo.

La obra de Gógol puede dividirse, así pues, en dos periodos: uno laico y otro profundamente religioso. En el primero sus textos servirían a las aspiraciones progresistas de la sociedad del momento, mientras que en el segundo un conservador sentimiento religioso dominaría su producción. El periodo laico abarcaría, *grosso modo,* desde sus inicios hasta 1836, con el estreno de *El inspector.* El religioso, desde ese momento hasta su muerte. *Almas muertas* sería la obra más representativa de este segundo periodo. Tal vez Gógol nunca abandonó las ideas que presidieron su primer periodo ni creó de la nada el sentimiento religioso que se impuso en el segundo, sino que ambas concepciones habrían convivido siempre en él, aunque con distintas prevalencias. Su objetivo, en ambos casos, es el mismo: mostrar al lector el camino hacia la bondad, pero por dos caminos diferentes. Con su dualidad y sus contradicciones, Gógol se convierte en el estandarte de un nuevo movimiento social.

El estilo de Gógol es sencillo, coloquial y, al mismo tiempo, lírico. Puede ser trágico y cómico, poético y ordinario. Por separado o simultáneamente. Siembra sus obras de hallazgos fonéticos asombrosos y de ritmos musicales. Domina el lenguaje sonoro y lo dota de una expresividad nunca encontrada. Sus personajes, grotescos, recogen la esencia estereotipada de quienes existen y se arrastran por una vida aburrida y deformada por los vicios y las necesidades. La humanidad, la compasión del autor jamás juzga al pecador, sino al pecado. El ser humano es tratado con infinita piedad y, libre de su perversión y sus errores, resulta poco menos que una criatura desvalida que se mueve a ciegas por el mundo.

La materia de la que se nutren las obras de Gógol es ni más ni menos que la cruda realidad. Se alimenta de la cotidianidad que observa en las calles, en los centros de enseñanza, en los mercados, en los edificios gubernamentales. También de historias reales y leyendas populares. Introduce en sus textos situaciones y personajes corrientes, experimenta con ellos y alcanza conclusiones asombrosas. La verdad es esencial en su producción, pero no le basta. Debe apretar un poco más la tuerca para que los seres y escenarios que pueblan sus páginas se desnuden y muestren su yo más interior, su autenticidad más dolorosa. Y todo ello para mostrar un camino, un horizonte, un objetivo. Gógol, una de las piedras angulares de la literatura rusa, es el nexo entre el Romanticismo y muchos movimientos posteriores. El narrador de la realidad gris pintada con los colores más alegres y las formas más atrevidas. El escritor que más tiernamente dota de misticismo la existencia más mezquina.

La influencia de Gógol no se limita a los escritores del siglo XIX ni tampoco a los rusos. Tal vez es el primer escritor ruso que influye en autores extranjeros de todos los géneros. Los simbolistas, por ejemplo, encontraron en Gógol una fuente de la que extraer imágenes y sentidos escondidos en las palabras. No digamos nada de los absurdistas.

Una cuestión que siempre ha estado sometida a intenso debate y que ha provocado ríos de tinta es el sentimiento nacional de Gógol. Es decir, si el escritor es más ucraniano o si es más ruso. Parece que esto ha atraído a los estudiosos más que al propio Gógol, a quien no le interesaba la cuestión y solo se veía arrastrado a planteársela por culpa de sus compañeros artistas o por la crítica, y nunca dio una conclusión personal al asunto. Pero los expertos, tras duras y sangrientas batallas, han llegado a una satisfactoria (y más que lógica) solución: Gógol es un escritor localista ucraniano que se transformó en un poeta nacional ruso. Si su fondo, en algunas cuestiones, es ucraniano, su forma es la lengua rusa, a la que ayudó a conformarse literariamente. Gógol representa el encuentro de dos culturas, de dos naciones, en una sola persona, en una sola creación.

Veladas en un caserío de Dikanka

Tras el éxito relativo de sus poesías y sátiras, publicadas durante su periodo de estudiante y a su llegada a San Petersburgo, y tras el fracaso del poema romántico *Hanz Küchelgarten,* de 1829, Gógol necesita una obra con la que darse a conocer en el mundo literario. Decide aprovechar lo que conoce bien y comienza a recoger recuerdos, vivencias, relatos y leyendas de su Ucrania natal, en la que vivió hasta los 19 años. Se pone en contacto con su madre, que permanece en la casa familiar de Vasílievka, y le pide que, a través de cartas, le envíe todo lo que recuerde del campo ucraniano: cuentos, costumbres, indumentaria, supersticiones, chistes, personajes...

Con todo ello, Gógol compone una serie de relatos cuya base se encuentra en la tradición popular. Entremezcla anécdotas, situaciones e historias; refunde leyendas y cuentos, y obtiene así unos relatos de inspiración folclórica que contienen la esencia más auténtica de la Ucrania más profunda, la más verdadera y arcana, sin otra adulteración que el filtro de su pluma de escritor, que adapta las abruptas narraciones aldeanas a los códigos literarios.

Aprovecha también el interés que existía en Rusia por Ucrania, la Pequeña Rusia, considerada como el rincón agreste y misterioso del Imperio. El propio Alexandr Pushkin anima al joven Gógol a llevar al papel, como él mismo hace, los cuentos de su infancia. Y el joven Gógol elige los relatos de terror que tanto le fascinaban cuando era niño, los cuentos de miedo que su madre les contaba a él y a sus hermanos en las frías noches de invierno. El estilo del autor, con su humor e ironía inconfundibles y sus descripciones de la vida campesina, de un incalculable valor etnográfico, ya están presentes en esta su (casi) primera obra.

Titula la colección *Veladas en un caserío de Dikanka* y la articula en cuatro relatos. Cada uno corresponde a una de las veladas que transcurren en el caserío del título, en casa del apicultor (o *colmenero*) Pankó el Pelirrojo, donde gente del pueblo y forasteros se reúnen a diario para terminar el día entre cuentos, bromas, risas, buena comida y bebida. Los cuatro relatos son, por orden, *La feria de Soróchintsy*, *La víspera de Iván Kupala*, *La noche de mayo (o «La ahogada»)* y *La carta perdida*. Escribe también un prólogo en el que el narrador de los relatos, el anteriormente citado Pankó el Pelirrojo, explica, con mil y una interesantísimas divagaciones, por qué ha decidido recoger estas historias y publicarlas. Por supuesto, Pankó el Pelirrojo es un divertido y acertado *alter ego* de Gógol. El autor, con su ironía y humor característicos, se permite de esta forma reírse tanto de sí mismo, que tiene la osadía de reunir unos relatos populares y que pretende ofrecérselos a un público ahíto de lecturas y al que poco pueden interesar, como de los intelectuales que desprecian la cultura popular y que desean ridículamente desvincular sus creaciones de las irremediables raíces de estas. Pankó el Pelirrojo invita al lector a su casa, le trata con toda su hospitalidad campesina, rayana con la humillación, y le informa de que le va a contar los relatos que ha oído de boca de los huéspedes que han pasado por su mesa.

También este amable apicultor interviene antes de algunos de los relatos y lleva a cabo un breve preámbulo en el que presenta o aclara algunos conceptos necesarios para la comprensión perfecta del relato en cuestión. Por otra parte, el retrato que Gógol realiza de los personajes de los relatos es sangrante, extremo. El autor no tiene piedad con ellos, ni con los que pueden considerarse positivos ni con los negativos. Pero tampoco les condena ni les avergüenza públicamente, pues en todos deja relucir algo de su alma buena.

Veladas en un caserío de Dikanka se edita en 1831 y se convierte rápidamente en un éxito fulminante que concede al autor fama, reconocimiento y elogios, tanto de crítica como de público. La tirada se acaba en un santiamén y ese mismo año tiene lugar una segunda edición. Muchos escritores y artistas reconocidos alaban con fervor la obra de Gógol. Entre sus más fervientes defensores se encuentran Pushkin, Baratynski y Belinski.

Tras el éxito de estos cuatro relatos recogidos en *Veladas en un caserío de Dikanka,* Gógol y sus editores ven la oportunidad de publicar una segunda parte. Gógol revisa relatos que habían quedado excluidos en la primera parte y escribe otros nuevos. Las premisas son las mismas: utilizar leyendas y cuentos populares ucranianos para crear unas narraciones llenas de fantasía y, aun así, de autenticidad. La esperada segunda parte de *Veladas en un caserío de Dikanka* se publica al año siguiente, en 1832. El éxito es igualmente formidable. La nueva colección se encuentra también prologada por Pankó el Pelirrojo, que se lamenta y pide perdón al lector por esta segunda entrega y también presenta algunos de los relatos. La segunda parte de *Veladas en un caserío de Dikanka* está compuesta por los siguientes cuatro relatos: *La noche de Navidad, Una terrible venganza, Iván Fiódorovich Shponka y su tía* y *Un lugar embrujado.*

Las dos partes de *Veladas en un caserío de Dikanka* no se publican juntas hasta 1842. El propio Gógol escribe entonces un prólogo en el que afirma que la primera parte es totalmente prescindible, que solo está algo satisfecho de la segunda parte y que la obra en su conjunto no es más que un experimento fruto de su inexperiencia en el que recoge los relatos que se le grabaron en el alma cuando era niño. La colección es, según sus palabras, «indigna de la preciada atención del lector».

La crítica no opina lo mismo. De nuevo el gran Alexandr Pushkin sale en defensa de la obra:

> Acabo de terminar de leer *Veladas en un caserío de Dikanka.* Me ha sorprendido muchísimo. La obra es una verdadera alegría, sincera, relajada, sin afectación, sin rigidez. Y en algunos lugares, ¡cuánta poesía! Todo esto es tan poco frecuente en nuestra literatura actual que todavía no he salido de mi asombro.

El severo Visarión Belinski anota:

> El señor Gógol [...] posee un talento extraordinario. ¿Quién no conoce ya sus *Veladas en un caserío de Dikanka*? ¡Cuánto ingenio, alegría, poesía y patria contiene!

Yevgueni Baratynski, a quien Gógol le ha regalado una copia autografiada de la obra, escribe:

> Le estoy muy agradecido a Yanovski *[sic]* por el regalo. Nunca hemos tenido un autor que desprenda tanta alegría, es una rareza en nuestro norte. Yanovski posee un talento decisivo. Su estilo es vivaz, original, lleno de colores y muchas veces de muy buen gusto. Ha llegado nuestro relevo. Esta afirmación peca de inmodesta, pero expresa bien mis sentimientos hacia Yanovski.

Llama la atención que todos los críticos coincidan en una palabra: «alegría».

LOS RELATOS DE LAS *VELADAS*

Veladas en un caserío de Dikanka reúne ocho relatos relacionados en mayor o menor medida con el terror, lo misterioso, lo diabólico, lo mágico o lo oculto o la fantasía. Son una extensión del relato gótico que ya había arraigado en Rusia con Nikolái Karamzín y *La isla de Bornholm* (1793), considerado el primer relato ruso de terror; Alexandr Bestúzhev y *Sangre por sangre* (1825); Alexandr Pushkin y *La casita solitaria de la isla Vasílievski* (1828) y *El fabricante de ataúdes* (1830); Orest Sómov y *El hombre lobo* (1829); y Yevgueni Baratynski y *El anillo* (1831). Veamos un pequeño resumen y las resonancias de cada uno de ellos.

La feria de Soróchintsy. Gógol presenta la acción del relato, que tiene lugar en el siglo XIX, en la feria que se celebraba anualmente en su pueblo natal, Soróchintsy, e introduce numerosos motivos del folclore ucraniano y eslavo. El diablo, figura que va a aparecer a lo largo de la colección, toma parte en la lucha de dos enamorados a los que familia y sociedad les niega la posibilidad de estar juntos. El compositor Modest Músorgski compuso una ópera homónima a partir de este relato entre 1874 y 1880, aunque la dejó inacabada. Otros compositores la terminaron a principios del siglo XX y se estrenó el 26 de octubre de 1917.

La víspera de Iván Kupala. Apareció en primer lugar en los números de febrero y marzo de 1830 de la revista *Otéchestvennye Zapiski,* sin firma y con el título de *Basavriuk, o La noche de Iván Kupala.* El relato está precedido de una introducción en la que Gógol ridiculiza las numerosas y arbitrarias sugerencias que el editor propuso llevar a cabo en la pieza. Su acción se desarrolla en el siglo XVII y narra, una vez más, el amor imposible entre dos enamorados, él pobre y ella rica. Gracias al diablo, el protagonista masculino emprende un viaje iniciático, con resultados insospechados, con el único objetivo de conseguir a su amada.

La noche de mayo (o «La ahogada»). Escrita entre 1829 y 1830, está ambientada en el siglo XVIII. Cuenta la leyenda de una mansión encantada que posee una historia maldita y un habitante fantasmal. Introduce el mítico personaje eslavo de la rusalca, que aparece en multitud de cuentos populares y que muchos escritores utilizan en sus obras. La rusalca es el alma en pena de una joven que se ha ahogado en las aguas de un río o un lago y que se ve condenada a llevar a la perdición a los hombres que se cruzan en su camino. Gógol se vale en este relato de innumerables motivos de la mitología eslava que le confieren una autenticidad y una poesía sin igual.

Rimski-Kórsakov compuso una ópera a partir de este relato, *La noche de mayo,* con un libreto que él mismo escribió. Se estrenó en el Teatro Mariínski de San Petersburgo el 21 de enero de 1880 con notable éxito.

La carta perdida. Fue escrito probablemente entre 1828 y 1831. Es el relato que más cambios sufrió durante su redacción y para su segunda edición, lo que da una idea de lo laboriosa que resultó para Gógol su escritura, llena de diversas tramas. La narración va precedida de un divertido e irónico prólogo de Pankó el Pelirrojo en el que se queja de que al público le gustan los relatos de terror, pero que luego este no puede dormir. Para satisfacerle, cuenta una historia que le ocurrió a su abuelo (por lo tanto, situada en el siglo XVIII), a quien el atamán de los cosacos le ordena que lleve una carta a la zarina Catalina II. Por el camino, el abuelo pierde, por supuesto, la carta y para intentar encontrarla debe vérselas con toda una horda de brujas, demonios y seres mágicos.

La noche de Navidad. Este relato, tal vez el más conocido de *Veladas en un caserío de Dikanka,* fue escrito entre 1830 y principios de 1832. Es precisamente en el pueblo de Dikanka, en el siglo XVIII, donde se desarrolla la acción, que mezcla amores imposibles y la lucha contra el diablo. El héroe protagonista, el herrero Vakula, ha ofendido al diablo con unas pinturas que ha realizado en la iglesia local. Por otra parte, Vakula, enamorado de la rica heredera Oxana, debe cumplir un capricho de la joven si quiere que ella le entregue su mano: que le regale los botines de la zarina. El diablo hará lo imposible para que Vakula no lo consiga. Con esta premisa, Gógol obtiene un relato lleno de magia, fantasía y, al mismo tiempo, de admirable autenticidad. El autor describe con maestría la vida en el pueblo, sus costumbres, usos y celebraciones (no debemos olvidar que la acción tiene lugar en Navidad), e incluso se permite insertar algunos villancicos populares o de inspiración popular. Con igual genialidad narra los sucesos fantásticos, los encuentros con el diablo, los vuelos nocturnos, la magia del invierno ruso, de los objetos y de los lugares. Y, por supuesto, lo baña todo con su reconocible humor e ironía y su infalible comprensión del alma humana.

Para ofrecer mayor verosimilitud, Gógol introduce en la narración un hecho histórico, el último despacho de una delegación cosaca con la emperatriz Catalina II, que tuvo lugar en 1775. En él se trató la abolición de la *sech*[1] de Zaporozhie como organización administrativa y militar independiente. Los cosacos se negaron a desaparecer y ese mismo año las tropas imperiales les sometieron y pusieron fin a la autonomía zapóroga. El pueblo cosaco fue incorporado definitivamente al Imperio ruso y sus soldados integrados en el ejército imperial. La misma emperatriz Catalina II aparece como personaje en el relato, junto con su valido (y amante) el conde Grigori Potiomkin y el escritor Denís Fonvizin.

Existen dos magníficas óperas inspiradas en este relato. La primera es *Vakula el herrero,* de Piotr Chaikovski, estrenada el 6 de diciembre de 1876 en el Teatro Mariínski de San Petersburgo. El compositor revisó la obra posteriormente y, con el título de *Los botines,* se estrenó el 19 de enero de 1887 en el Teatro Bolshói de Moscú. También *La noche de Navidad,* de Nikolái Rimski-Kórsakov, estrenada el 28 de noviembre de 1895 en Teatro Mariínski de San Petersburgo.

Una terrible venganza. Gógol escribió este relato, ambientado en el siglo XVII, durante el verano e inicios del otoño de 1831. Influido enormemente por el folclore eslavo oriental, el autor inserta tanto canciones en las que imita los cantos tradicionales ucranianos como referencias populares. El relato es un auténtico cuento gótico, el más terrorífico de la colección, pues en él Gógol prescinde de toda distancia e ironía y compone una verdadera gesta en la que el protagonista se enfrenta a las fuerzas demoniacas y a maldiciones que pasan de generación en generación.

Gógol también se ayuda aquí de personajes reales para dar verosimilitud al relato. En un cuento incrustado dentro de la

---

[1] Cada una de las administraciones políticas y militares en las que se organizaban los diferentes grupos cosacos.

narración se habla del rey Stepán, figura inspirada en Esteban I Báthory (1533-1586), príncipe de Transilvania y rey de Polonia. Puede considerarse tal vez un homenaje del autor al soberano que dotó a los cosacos de Zaporozhie de una organización y una autonomía que supieron defender durante siglos. Esteban I Báthory, tal como se cuenta además en el relato, se enfrentó a Turquía y asignó tierras a los cosacos por sus servicios.

Iván Fiódorovich Shponka y su tía. Gógol terminó de escribir este relato a finales de 1831. Se trata de una obra *inacabada,* lo cual es, por supuesto, un recurso del autor. *Iván Fiódorovich Shponka y su tía* es un relato realista, que se desarrolla en el siglo XIX, cercano en muchos aspectos a las obras del Gógol maduro, por lo que destaca entre los demás relatos de *Veladas en un caserío de Dikanka.* Precedida de un prólogo en el que Pankó el Pelirrojo nos revela la cómica razón de por qué el relato se encuentra inacabado, la historia gira en torno a un joven cuya tía tiene unos planes muy claros para él: casarle con una rica heredera. El matrimonio no entra en los planes del joven y los malentendidos y los enredos no tardan en aparecer. Tal vez, Gógol realiza aquí una velada mención a su propia homosexualidad, además de un retrato perfecto de la sociedad de provincias y sus terratenientes. La pesadilla que una noche tiene Shponka, agobiado por su futuro compromiso, es el único pasaje fantástico del relato y supone un anticipo del absurdo del que el autor hará gala posteriormente en obras como, por ejemplo, *La nariz.*

Un lugar embrujado. Se supone que el relato, ambientado en el siglo XVIII, fue escrito entre 1829 y 1830, pero la ausencia del manuscrito original y de otros documentos imposibilitan una fecha precisa. Es el relato más breve de la colección. Pankó el Pelirrojo explica en un pequeño prólogo lo que le ha costado reunir y escribir todos estos relatos y asegura que este será el último (tristemente cierto, por otra parte). A pesar de que el autor no olvida su premisa general e introduce elementos fantásticos, como la búsqueda de tesoros, y terroríficos, como la acción del diablo, es un relato puramente cómico, de tono más ligero, relajado y humorístico que los anteriores. De igual modo, Gógol no pierde la oportunidad de realizar un vivo fresco de gran valor etnográfico de la vida en las aldeas ucranianas, con toda su verdad, pureza e inocencia, con el que dar fin a esta obra.

El terror, la crueldad, la sangre y el satanismo que contienen los relatos de *Veladas en un caserío de Dikanka* nacen de los relatos folclóricos de la Ucrania más profunda. De hecho, la tradición oral e incluso los populares teatros de marionetas que recorrían los pueblos y las aldeas y que tan extendidos y apreciados estaban en la época tienen una influencia notable. Antes de que su temática evolucionara hacia un mayor realismo, al menos hacia un *realismo fantástico,* aquí encontramos toda la pureza de unos cuentos populares que no rehúyen tampoco asuntos espinosos como los amores románticos truncados por intereses familiares, la descripción exhaustiva de la sociedad rural, el racismo, el fanatismo religioso, los vicios, la escatología, la homosexualidad y una crítica social a la altura de un intelectual sensible a este tipo de problemática como era Gógol. Por supuesto, el humor y la ironía del autor dominan estos relatos del primero al último y los bañan de un distanciamiento casi brechtiano.

Gógol consideraba Ucrania una nación unida por una cultura, una historia y una lengua propias. Para ofrecer un mayor efecto de autenticidad, el autor introduce en el texto ruso palabras y expresiones de la lengua ucraniana. Para aclarar las dudas que el lector pudiera tener con respecto a dichos términos y modismos, introduce tras el prólogo de Pankó el Rojo en las dos partes de la colección sendos glosarios que los recogen y ofrecen una traducción o explicación, muchas veces muy curiosa y humorística. De igual forma, mezcla la lengua llana con la culta de modo magistral, y crea así un resultado absolutamente poético, casi un símbolo de la lengua rusa en su totalidad.

Con todo ello, Gógol compone una perfecta carta de presentación tanto de lo que será su obra como de las culturas rusa y ucraniana, siempre tan ligadas y estrechamente unidas a pesar de lo que las altas esferas decidan en cada momento. *Veladas en un caserío de Dikanka* supone, pues, la puesta de largo de un autor que cambió el rumbo de la literatura rusa, le dio forma y que no solo influyó en sus contemporáneos, descendientes literarios y compatriotas, sino también en artistas de las más diversas ramas (músicos, pintores, escultores, dramaturgos, cineastas…) y nacionalidades. De un autor del que, tal vez sin saberlo, seguimos siendo deudores.

Manuel Ángel Chica Benayas

CRONOLOGÍA

1809 El 1 de abril nace Nikolái Vasílievich Gógol-Yanovski en Soróchintsy, en la provincia ucraniana de Poltava.

1818 Empieza sus estudios oficiales en la escuela primaria de Poltava.

1821-1828 Estudia en el Instituto de Enseñanza Superior de Nezhin. Escribe poemas, tragedias y novelas históricas.

1825 Fallece Vasili Gógol-Yanovski, padre del escritor. Esto representa un duro golpe para la familia y un afianzamiento de la relación entre Gógol y su madre.

1828 Se traslada a San Petersburgo. Intenta trabajar como actor, pero no lo consigue. Trabaja en el Ministerio de Hacienda. Se introduce en círculos artísticos y literarios.

1829 Publica el poema romántico *Hanz Küchelgarten,* que no obtiene el éxito deseado.

1831 Publica su primer gran éxito, la primera parte de *Veladas en un caserío de Dikanka,* colección de relatos populares ucranianos.

1832 Publica la segunda parte de *Veladas en un caserío de Dikanka.* Aparecen los primeros síntomas graves de depresión.

1834 La Universidad de San Petersburgo le contrata para enseñar Historia Universal. Al poco deja las clases por falta de vocación. Publica *Arabescos,* colección de conferencias y artículos sobre arte. Publica *Diario de un loco.*

1835 Publica *Mírgorod,* colección de cuatro novelas: *Terratenientes de antaño, Tarás Bulba, El vii* y *Por qué discutieron Iván Ivánovich e Iván Nikíforovich.* Publica *La avenida Nevski* y *El retrato.* Comienza la redacción del primer libro de *Almas muertas.* Gógol alcanza el reconocimiento general y ya se le considera un autor consagrado.

1836 Publica *La nariz.* Estrena con enorme éxito la comedia *El inspector.* Nuevos síntomas de depresión. Emprende un viaje al extranjero, donde, salvo cortas visitas a Rusia, permanece durante diez años.

1837 Se instala una temporada en Roma y queda entusiasmado por su arte. Se relaciona con círculos de artistas.

1840 Comienza la redacción del segundo libro de *Almas muertas.*

1842 Publica *El capote.*

1843 Publica el primer libro de *Almas muertas,* con un éxito fulminante. Publica reunidos los relatos *Diario de un loco, La avenida Nevski, El retrato, La nariz* y *El capote* bajo el título de *Novelas de Petersburgo.*

1845 La salud de Gógol sufre un grave retroceso. Apenas escribe.

1848 Lleva a cabo una peregrinación a Tierra Santa. Se agudiza su sentimiento religioso, que llega hasta el fanatismo: ayuna, rechaza los cuidados médicos y evita el contacto con la gente. Su objetivo es purificarse para purificar así a Rusia.

1852 Débil y enfermo, quema el manuscrito del segundo libro de *Almas muertas.* Nikolái Gógol fallece el 21 de febrero.

VELADAS
EN UN CASERÍO
DE DIKANKA

Relatos recogidos
por el colmenero Pankó el Pelirrojo

PRIMERA PARTE

PRÓLOGO

«¿Qué es eso de *Veladas en un caserío de Dikanka*? ¿Qué son esas *veladas*? ¡Y las muestra al mundo nada menos que un colmenero! ¡Que Dios nos proteja! ¿Acaso no se han pelado ya bastantes gansos para hacer plumas de escribir, ni se han convertido bastantes trapos en papel? ¡Y también ha habido ya muchos de todo grado y condición que se han manchado los dedos con tinta! ¡Y ahora es un colmenero el que quiere ir por ese camino! ¡Hay ya tanto papel impreso que no sabe uno qué envolver con él!».

¡Un servidor conoce muy bien y desde hace mucho todos esos comentarios! Es decir, amigos míos, que ojalá que no se atreva un hermano nuestro, un campesino, a asomar la nariz en el gran mundo. Sería como cuando alguien va a la casa de un gran señor, que todos le rodean y se ríen de él. Sería comprensible que lo hiciera uno de los criados de mayor rango. Pero no. El chiquillo más harapiento, el más sinvergüenza, el que hurga en el patio de atrás, ese será el que vaya y el que grite más fuerte: «¿Adónde vas tú? Y ¿para qué has venido? ¡Anda, paleto! ¡Lárgate!». Yo qué puedo decirles… Prefiero ir dos veces al año a Mírgorod, donde hace ya cinco años que no me han visto la jeta ni el subsecretario del juzgado ni el venerable sacerdote, antes que meter las narices en ese maldito gran mundo. Y quien lo haga, que luego no me venga llorando.

Nosotros, queridos lectores, y no se enfaden conmigo (tal vez les moleste que un colmenero les hable con tanta confianza como lo haría con un casamentero o con un compadre); nosotros, en nuestros pueblos, tenemos una tradición muy arraigada: en cuanto termina el trabajo en el campo, el campesino se mete todo el invierno a descansar junto a la estufa, y nuestro hermano el colmenero, cuando ya no se ven ni grullas en el cielo ni peras en el árbol, encierra sus abejas en un sótano oscuro. Entonces, en cuanto anochece, es muy posible que se encienda una luz al final de la calle y que se oigan risas y canciones a lo lejos, una balalaika y, a veces, hasta un violín, y conversaciones y ruido… ¡Son nuestras veladas! Si me permiten que les explique, les diré que son igual que sus bailes, pero no del todo. Si van al baile tienen que mover las piernas y taparse la boca con la mano al bostezar. Pero aquí tenemos a un montón de muchachas metidas en una isba, no listas para el baile, en absoluto, sino armadas con husos y cardas. Al principio parece que van a ponerse a trabajar. Zumban los husos, fluyen las canciones y ninguna muchacha levanta la vista. Pero en cuanto los muchachos entran en la isba con el violinista, resuenan los gritos, ondean los chales, empieza la danza y ocurren unas cosas que no puedo contar.

Pero lo mejor es cuando se juntan todos en un corro bien apretado y juegan a las adivinanzas o se ponen simplemente a hablar. ¡Dios mío! ¡Qué cosas se cuentan! ¡Qué historias tan antiguas desentierran! ¡Qué miedo dan algunos de esos relatos! Pero tal vez en ningún lugar se contaron tantas cosas asombrosas como en las veladas en casa del colmenero Pankó el Pelirrojo. Por qué mis paisanos me llaman Pankó el Pelirrojo, Dios me salve, no sabría decirles. Pues me parece que mi pelo es ya más gris que rojo. Pero esa es aquí nuestra costumbre, espero que no les inquiete, que cuando la gente te pone un mote ya no hay quien te lo quite ni por los siglos de los siglos. Lo que ocurría era que, en vísperas de un día de fiesta, la gente de bien se reunía en la casa del colmenero, se sentaba a su mesa y entonces ¡no había más que escuchar! Tengo que decirles, eso sí, que aquellas gentes no eran personas corrientes ni brutos campesinos. Puede que incluso alguien más importante que el colmenero hasta se hubiera sentido honrado con su visita. ¿Conocen, por ejemplo, al diácono de la iglesia de Dikanka, Fomá Grigórievich? ¡Qué cabeza tiene! ¡Qué historias contaba! Dos de ellas las encontrarán en este librito. Nunca llevaba la horrible sotana que visten muchos sacristanes rurales. Vayan a visitarlo cualquier día entre semana y siempre les recibirá con una sotana de paño fino de color del puré de patata por el que pagaba en Poltava casi seis rublos el *arshín*[1]. Nadie en todo el pueblo podrá decir que sus botas olían a betún, pues todo el mundo sabe que las limpia con la mejor manteca de cerdo, una tan buena que cualquiera la echaría con gusto a las gachas. Tampoco nadie podrá decir que se limpiaba la nariz con la manga, como hacen otros de su rango, sino que sacaba del bolsillo un pañuelo blanco pulcramente doblado con bordados de hilo rojo en todos sus bordes y, después de hacer lo necesario, lo doblaba de nuevo, como era su costumbre, en doce partes y se lo guardaba otra vez en el bolsillo. Otro de los que se reunían en mi casa… era un hombre tan fino que bien podría ser asesor o consejero. A veces alargaba el dedo, fijaba la mirada en la punta y se ponía a contar sus historias ¡con una astucia y una habilidad tales como la de los libros impresos! Uno escuchaba y escuchaba, y con frecuencia se veía ahogado por las reflexiones. Aunque te mataran, no entendías nada. ¿De dónde habrá sacado esas palabras? Fomá Grigórievich le contó una vez una bonita historia al respecto. Le contó que un estudiante, al que le había enseñado a leer y a escribir cierto diácono, regresó a casa de su padre. El caso es que este estudiante se había vuelto tan admirador del latín que hasta olvidó nuestra buena lengua cristiana. Todas las palabras las terminaba en «-us». A la pala la llamaba *«palus»*, y a la mujer, *«mujerus»*. Un día fue al campo con su padre. El latinista vio un rastrillo y le preguntó a su padre: «Padre, ¿cómo llamaría usted a eso?». Y entonces, boquiabierto como iba, pisó las púas con el pie. No hubo tiempo para respuestas; el palo del rastrillo se elevó a gran velocidad y le dio en toda la frente. «¡Maldito rastrillo!», gritó el estudiante,

---

[1] Antigua medida rusa de longitud que equivalía a 71,12 centímetros.

que se echó la mano a la frente y dio un salto de un *arshín*. «¡Que el diablo tire de un puente a quien lo inventó! ¡Qué daño me ha hecho!». ¡Bravo! ¡Qué rápido se acordó del nombre nuestro amigo! Pues ese cuento no le gustó al enrevesado narrador. Sin decir una palabra, se levantó de su asiento, se plantó en medio de la estancia, hizo una ligera reverencia con la cabeza, metió la mano en el bolsillo trasero de su caftán verdoso, sacó una tabaquera lacada redonda, pasó el pulgar por la cara de un general extranjero que había allí pintada, cogió una considerable porción de tabaco mezclado con cenizas y hojas de angélica, se la llevó a la nariz y, al vuelo, sin tocar ni siquiera el dedo, lo aspiró. Todo eso sin decir palabra. Pero cuando metió la mano en el otro bolsillo y sacó un pañuelo de papel azul, murmuró como para sí el siguiente proverbio: «No se hizo la miel para la boca del asno». «Esto termina en pelea», pensé al ver que los dedos de Fomá Grigórievich se plegaban para hacer la higa. Por suerte, a mi vieja se le ocurrió poner sobre la mesa un pan de mantequilla recién sacado del horno. Todos nos pusimos manos a la obra. El puño de Fomá Grigórievich, en vez de hacer la higa, cayó sobre el pan. Como siempre ocurre en estos casos, todos elogiamos a la cocinera. Quedaba todavía un narrador, pero este (no debería acordarme de él esta noche) desenterraba siempre unas historias tan terroríficas que nos ponían los pelos de punta. No las he recogido aquí a propósito. Asustarían tanto a las gentes de bien que todos le cogerían tanto miedo a este colmenero, Dios me perdone, como al demonio. Si Dios quiere, viviré para ver un nuevo año y publicar otro libro. Entonces ya podré asustarles con aparecidos y fantasmas de otro mundo que en los viejos tiempos venían a visitarnos a esta esfera nuestra y cristiana. Tal vez, entre estas historias se encuentren también los cuentos que este colmenero solía contarles a sus nietos. Si no fuera demasiado perezoso para escarbar en la memoria, podría escribir diez libritos para que ustedes escuchen o lean esos cuentos.

Sí, se me había olvidado lo más importante: cuando vengan a verme, señores, no tienen más que tomar el camino rural que va a Dikanka. Puse el nombre de mi pueblo en el título a propósito, para que pudieran ustedes llegar a nuestro caserío lo antes posible. Seguro que han oído hablar mucho de Dikanka. Baste decir que allí hay casas mejores que la isba de este colmenero. Y qué decir de los jardines. En su Petersburgo de ustedes no encontrarán uno igual. Cuando lleguen a Dikanka, no tienen más que preguntar al primer chiquillo con el que se encuentren y que esté pastoreando gansos con una camisa sucia: «¿Dónde vive Pankó el Pelirrojo, el colmenero?». «Allí», les dirá mientras señala con el dedo. Si así lo desean, incluso los llevará hasta el mismo caserío. Les pido, sin embargo, que no se pongan las manos a la espalda por si tienen, como suele decirse, una desgracia, porque los caminos que van a nuestros caseríos no son tan llanos como los que ustedes tienen delante de sus casas. Hace tres años, Fomá Grigórievich, viniendo desde Dikanka, fue a parar a un barranco con su carreta nueva y su yegua baya, a pesar de que él mismo conducía y de que llevaba sobre sus propios ojos otros comprados.

Cuando vengan a verme les serviremos unos melones como seguro que nunca los han probado. Y una miel que les prometo que no encontrarán una mejor en ningún otro caserío. Imaginen que cuando se entra con el panal en casa, la invade un aroma imposible de describir: puro como una lágrima o como el cristal de unos pendientes. ¡Y qué pasteles les servirá mi vieja! ¡Qué pasteles! Si supieran, ¡puro azúcar! Y la mantequilla que te corre por los labios en cuanto te pones a comer. Si lo piensas, es verdad: ¡la de cosas que saben hacer las mujeres! ¿Han bebido alguna vez, señores, *kvas*[2] de pera con endrinas? ¿O *varenuja*[3] con pasas y ciruelas? ¿Han comido alguna vez puches de leche? Dios mío, ¡qué manjares hay en el mundo! Como los pruebes, ya no paras hasta que terminas inflado. ¡Qué dulces son! El año pasado… Pero ¿por qué me he puesto a hablar así? Es decir, que vengan, vengan pronto.

---

[2] Bebida muy popular en Rusia y Ucrania, de la familia de la cerveza y con muy poca graduación, fabricada a partir de pan de centeno. A veces se la aromatiza con diversas frutas y especias.

[3] Bebida alcohólica muy extendida en Ucrania que consiste en vodka aromatizado con miel, frutas o especias.

Les daremos un banquete estupendo para que se lo cuenten a todos sus amigos y conocidos.

El colmenero Pankó el Pelirrojo.

Por si acaso, y para que no me maldigan, anoto aquí por orden alfabético aquellas palabras del libro que tal vez no todos entiendan[4].

Bandura: instrumento de la familia de la guitarra.
Batog: látigo.
Boliachka: escrófula.
Bóndar: tonelero.
Búblik: lacito de masa redondo, rosquilla.
Bujanéts: pan de pequeño tamaño.
Chumakí: comerciantes que van a Crimea a por sal y pescado.
Chuprina: mechón largo de pelo en la cabeza rapada, lo que en Rusia llamamos *chub.*
Divchata: muchachas.
Dívchina: muchacha.
Dizhá: tina.
Domovina: ataúd.
Dribushki: pequeñas trenzas.
Dukat: tipo de medalla que se lleva al cuello.
Dulia: higa.
Galushkas: bolitas de pasta que se cuecen en caldo o leche y que en Rusia llamamos *kliotski.*
Golodrabets: pobre, mendigo.
Gopak: baile ucraniano.
Górlitsa: baile ucraniano.
Jlopets: mozo.
Justka: pañuelo de bolsillo.
Kaganéts: lamparilla que consiste en un cuenco lleno de manteca de cerdo.

---

[4] Gógol incluye en las dos partes de la obra un glosario con los términos ucranianos que utiliza para aclarar al lector ruso su significado (véase el glosario de la segunda parte, *infra,* pp. 141-143). A pesar de que en los relatos hemos optado por traducir estos términos del ucraniano al español, conservamos ambos glosarios por considerarlos partes integrantes de la obra original.

Klepki: tablones convexos con los que se hace un barril.
Knish: tipo de panecillo cocido al horno.
Kobza: instrumento musical.
Komora: sótano.
Koráblik: tipo de tocado.
Korovái: pastel de boda.
Kújol: jarra de barro.
Kuntush: antiguo tipo de sobretodo femenino.
Liulka: pipa.
Makitra: olla en la que se machacan las semillas de amapola.
Makogón: mortero para machacar las semillas de amapola.
Malajái: látigo.
Miska: plato de madera.
Moloditsa: mujer casada.
Náimychka: jornalera.
Náimyt: jornalero.
Ochípok: especie de cofia.
Oseledets: mechón largo de pelo en la cabeza que se pone alrededor de la oreja.
Pampushki: tipo de bollo.
Párubok: muchacho.
Pásichnik: apicultor.
Péisiki: rizos de los judíos.
Peklo: el infierno.
Perékupka: vendedora.
Perepoloj: conjuro, maldición.
Plajta: prenda inferior femenina hecha de tela de lana a cuadros.
Polutabének: antigua tela de seda.
Povetka: granero.
Putria: comida, especie de gachas.
Rushnik: pañuelo.
Shishka: pan de pequeño tamaño que se cocina para las bodas.
Sindiachki: cintas muy estrechas.
Slivianka: licor de ciruelas.
Smushki: piel de cordero.
Sóniashnitsa: dolor de estómago.
Sopilka: caramillo, tipo de flauta.

Strichki: cintas.
Stusán: puño.
Svitka: especie de caftán corto.
Svólok: viga situada bajo el techo.
Tipo calvo: el diablo, el demonio.
Troichatka: látigo de tres puntas.
Tsibulia: cebolla.
Vínnitsa: destilería.
Yatka: especie de tienda o carpa.
Yushka: salsa, caldo.
Zhinka: esposa.
Zhupán: tipo de caftán.
Znájor: adivino, hechicero.

LA FERIA DE SORÓCHINTSY

I

«¡En esta isba me aburro!
¡Oh, llévame lejos de casa!
¡Adonde haya estruendo y alboroto,
adonde rían las muchachas
y se diviertan los muchachos!»[1].
De una antigua leyenda.

¡Qué embriagadores y deslumbrantes son los días de verano en Ucrania! ¡Qué lánguidamente calurosas son las horas en que el mediodía resplandece en silencio bajo el sol! ¡En las que el océano infinito y azul del cielo, similar a una voluptuosa cúpula que cubre la tierra, parece haberse quedado dormido, todo penetrado de ternura, mientras abraza con fuerza a una bella muchacha con sus etéreos brazos! Ni una nube hay en él. Ni una voz en el campo. Todo parece muerto. En lo alto, en las profundidades celestes, tiembla una alondra, cuyo canto de plata desciende por las escaleras del aire hasta la tierra enamorada. De vez en cuando se oye en la estepa el graznido de una gaviota o el sonoro crotoreo de una codorniz. Despreocupadas y perezosas, como si vagaran sin rumbo, se yerguen las encinas, más altas casi que las nubes. Los enceguecedores ra-

[1] En ucraniano en el original.

yos del sol iluminan por completo la pintoresca masa de sus hojas y proyectan sobre otras unas sombras oscuras como la noche, apenas interrumpidas con oro cuando un viento fuerte sopla. Sobre las abigarradas huertas caen las esmeraldas, topacios y rubíes de los ligeros insectos, a los que solo eclipsan los majestuosos girasoles. Grises almiares de heno y doradas gavillas de trigo acampan en las eras y recorren su inmensidad. Las poderosas ramas de los cerezos, los ciruelos, los manzanos y los perales se doblan bajo el peso de las frutas. El cielo y su límpido espejo, el río, con sus orgullosas y elevadas orillas cubiertas de verde... ¡Cuánta voluptuosidad y ternura encierra el verano en Ucrania!

Así de maravilloso resplandecía un día del caluroso agosto de mil ochocientos... de mil ochocientos... Bueno, hará unos treinta años, cuando el camino, a unas diez verstas de Soróchintsy, hervía de gentes que iban a la feria desde diferentes pueblos, cercanos o lejanos. Desde por la mañana, comerciantes con sal y pescado formaban una columna interminable. Montañas de ollas metidas entre heno se movían levemente, aburridas de su encierro en la oscuridad. De vez en cuando, solo alguna escudilla o algún almirez decorado con vivos colores se asomaba presumido entre la paja encima de un carro y atraía las miradas asombradas de los admiradores del lujo. Muchos caminantes miraban con envidia al alto alfarero, amo de tales joyas, que andaba lentamente detrás de su mercancía y volvía a enterrar a sus pisaverdes y lechuguinas de arcilla en la paja que tanto odiaban.

A un lado del camino, tirada por unos cansados bueyes, se arrastraba un solitario carro cargado de sacos, cáñamo, lino y diversos enseres domésticos. Tras él caminaba su dueño, que vestía una limpia camisa de lino y unos sucios pantalones bombachos también de lino. Con mano perezosa se secaba el sudor que le goteaba por su moreno rostro y que incluso le caía de sus largos bigotes, empolvados por ese inexorable barbero que visita sin que nadie lo llame tanto a las bellas mujeres como a los hombres monstruosos y que lleva empolvando a la fuerza a toda la raza humana desde hace varios miles de años. Junto a él, atada al carro, caminaba una yegua cuyo humilde aspecto mostraba su avanzada edad. Muchos caminantes, sobre todo los jóvenes, se quitaban el gorro cuando se encontraban con nuestro hombre. Sin embargo, no era su bigote gris ni su porte imponente lo que les impulsaba a hacerlo. Bastaba solo levantar un poco la mirada para ver la razón de tantos miramientos. En el carro viajaba su preciosa hija, una muchacha de cara redonda, cejas negras arqueadas sobre los ojos castaños claros y labios rosados que sonreían despreocupadamente. Llevaba atadas al pelo unas cintas rojas y azules que, junto con sus largas trenzas y una guirnalda de flores silvestres, formaban una rica corona sobre su encantadora cabecita. Todo parecía asombrarla, todo le resultaba sorprendente y novedoso… y sus bellos ojitos iban de un objeto a otro sin parar. ¡Cómo no maravillarse! ¡Era la primera vez que iba a una feria! ¡Una muchacha de dieciocho años que iba a una feria por primera vez! Pero ninguno de los caminantes y viajeros sabía lo que le había costado convencer a su padre para que la llevara con él. Su padre lo habría hecho mucho antes con gusto de no haber sido por la malvada madrastra, que había aprendido a dominarlo con la misma destreza con la que el hombre sujetaba las riendas de su vieja yegua, que ahora estaba en venta después de largos años de servicio. Su esposa era una mujer de carácter. Pero habíamos olvidado que también ella iba en lo alto del carro. Lucía una elegante chaqueta de lana verde en la que, como si fuera piel de armiño, llevaba cosidas motas de pelo del más puro color rojo; una lujosa falda a cuadros, como un tablero de ajedrez; y una colorida cofia de percal que le otorgaba cierto aire de importancia a su rostro rojo y carnoso, que desprendía algo tan desagradable, tan feroz, que todos le quitaban atemorizados la vista inmediatamente de encima y la llevaban sobre la alegre carita de la hija.

Nuestros viajeros ya divisaban Psiol. Desde lejos se notaba un frescor que se antojaba más intenso tras aquel calor persistente e insoportable. Entre las hojas verdes, oscuras y claras, de los álamos negros, los abedules y los álamos comunes, repartidos descuidadamente por el prado, destellaban chispas de fuego vestidas de frío. El hermoso río exhibía su brillante pecho de plata sobre el que caían suntuosos los rizos verdes de los árboles. Voluble como es, aún lo es más en esos instantes deliciosos en que su fiel espejo recoge envidiado la frente orgullosa y deslumbrante, los hombros de lirio y el cuello de mármol de una joven. Ensombrecidos por una onda oscura que cae de la cabeza rojiza, la dueña se deshace desdeñosa de unos adornos para sustituirlos por otros en un capricho sin fin. Ese río también cambiaba casi cada año su recorrido, y elegía así un nuevo camino y se rodeaba de variados e ignotos paisajes. Hileras de molinos levantaban anchas olas con sus pesadas ruedas para luego dejarlas caer con fuerza convertidas en minúsculas gotas, en polvo, y aturdían con su ruido los alrededores. Entonces fue cuando el carro con nuestros conocidos llegó hasta el puente. El río se extendía ante ellos con toda su belleza y majestuosidad como un cristal perfecto. El cielo, los bosques verdes y azules, la gente, los carros con ollas, los molinos...Todo se mostraba al revés, aunque sin caer en el hermoso abismo celeste. Nuestra bella muchacha contemplaba pensativa el esplendoroso paisaje. Se olvidó incluso de desgranar su girasol, cosa que había estado haciendo aplicadamente durante todo el viaje. De pronto, unas palabras llegaron hasta sus oídos: «¡Oh, vaya una buena moza!». Se dio la vuelta y vio a un grupo de jóvenes en el puente. Uno de ellos, vestido más gallardamente que los demás con una *svitka*[2] blanca y un gorro gris de astracán los miraba altivo. La bella muchacha no pudo evitar fijarse en su rostro bronceado, pero muy atractivo, y en sus ojos ardientes, que parecían traspasarla, y bajó la mirada al pensar que tal vez aquellas palabras fueran para ella.

—¡Qué guapa moza! –continuó el joven de la *svitka* blanca–. Daría todas mis propiedades por besarla. ¡Anda! ¡Si delante va sentado el mismísimo diablo!

Las carcajadas resonaron por doquier. Pero a la peripuesta esposa de su marido, que andaba con solemnidad, no le pareció agradable el saludo: sus mejillas rojas se incendiaron y una lluvia de palabras selectas llovió sobre el jocoso joven.

—¡Ojalá te ahogues, maldito sirgador! ¡Que a tu padre le caiga una olla en toda la cabeza! ¡Que resbale en el hielo, anti-

---

[2] Tipo de caftán corto.

cristo desgraciado! ¡Que el demonio le chamusque las barbas en el otro mundo!

—¡Mira cómo blasfema! –dijo el muchacho, que la miraba fijamente a los ojos mientras fingía quedar desconcertado por tan fuerte retahíla de inesperados saludos–. Y ¡qué lengua tiene la bruja centenaria! ¡Cualquiera enfermaría con solo pronunciar esas palabras!

—¡Centenaria! –saltó la longeva beldad–. ¡Apóstata! ¡Lávate la boca antes de hablar! ¡Miserable desgraciado! ¡No conozco a tu madre, pero sé que es una canalla! ¡Y tu padre también es un canalla! ¡Y tu tía también es una canalla! ¡Centenaria! ¡Si el mocoso todavía tiene leche en los labios!...

Entonces el carro descendió por el puente y fue imposible oír sus últimas palabras. Pero el muchacho no quiso, parece ser, que la cosa terminara así y, sin pensárselo mucho, cogió un puñado de barro y se lo tiró a la mujer. El lanzamiento no pudo ser más exitoso: toda la cofia de percal quedó manchada de barro. Las risas de aquellos gamberros estallaron con fuerza renovada. Nuestra presumida y corpulenta madrastra hervía de ira, pero el carro ya se había alejado bastante, por lo que su venganza se volvió contra la inocente hijastra y contra el acobardado de su marido, que, acostumbrado desde hacía mucho tiempo a sucesos tales, permanecía en obstinado silencio y aceptaba con frialdad las palabras de enfado de su airada esposa. Sin embargo, y a pesar de todo, la mujer sacó su lengua incansable a paseo y no la guardó hasta que llegaron a casa de un viejo conocido y compadre, el cosaco Tsibulia. El encuentro de los dos compadres, que no se veían desde hacía tiempo, alejó durante un rato de sus mentes el desagradable percance, lo que obligó a nuestros viajeros a hablar de la feria y a descansar un poco tras el largo viaje.

II

«¡Dios padre y muy Señor mío!
¡Cuántas cosas había en esa feria!
Ruedas, cristales, brea, tabaco,
cinturones, cebollas
y vendedores de todo tipo…
Aunque uno tuviera treinta rublos
en el bolsillo, no podría
comprar todo lo que allí había»[3].
De una comedia ucraniana.

Seguro que ustedes han oído alguna vez el ruido de una cascada lejana, cuando todo alrededor se llena de un insoportable estruendo y un caos de extraños y confusos sonidos se arremolina ante su persona. ¿No es cierto que son las mismas sensaciones las que al instante le envuelven en el torbellino de una feria de pueblo, cuando toda la gente se convierte en un solo monstruo enorme que mueve todo el cuerpo por la plaza y las calles atestadas por un gentío que grita, grazna y truena? Ruido, juramentos, mugidos, balidos, bramidos… Todo se funde en una algarabía informe. Bueyes, sacos, heno, gitanos, ollas, mujeres, *priániki*[4], gorros… Todo brilla con sus colores y en desorden. Todo se amontona y se precipita ante los ojos. Las conversaciones disonantes se tapan unas a otras y ni una sola palabra escapa a tal inundación, ni un solo grito se entiende con claridad. Tan solo las palmadas de los vendedores se oyen por todos lados en la feria. Un carro que se rompe, unos hierros que suenan y unas tablas que dan contra el suelo; uno siente la cabeza mareada y ya no sabe ni adónde ir. El hombre que fue allí con su hija, la de las cejas negras, llevaba mucho tiempo sorteando a la gente. Se acercaba a un carro, palpaba la mercancía de otro, preguntaba los precios… Y mientras tanto, sus pensamientos giraban incesantemente en torno a los diez sacos de trigo y a la vieja yegua que había traído para vender. Por la cara de su hija, no era muy difícil adivinar que no le hacía mucha gracia estar entre carros de harina y

[3] En ucraniano en el original.
[4] Dulces típicos de pan especiado.

trigo. Preferiría ir adonde, bajo carpas de lona, se ofrecían cintas rojas, pendientes, cruces de cobre y estaño y medallitas. Pero incluso allí encontró muchas cosas dignas de observación: le hizo partirse de risa ver cómo un gitano y un campesino chocaban las manos con tanta fuerza que terminaron aullando de dolor; cómo un judío borracho le daba patadas a una mujer; cómo unas vendedoras intercambiaban maldiciones y bofetadas; cómo un *moskal*[5] se atusaba la barba de chivo con una mano y con la otra... Pero entonces sintió que alguien le tiraba de la manga bordada de la blusa. Se volvió y vio que el muchacho de *svitka* blanca y ojos brillantes estaba delante de ella. Sintió que le ardía la sangre y que el corazón le latía como nunca lo había hecho, ya fuera por alegría o por tristeza. Aquello le pareció extraño y hermoso a la vez, y ni ella misma supo qué le ocurría.

—¡No tengas miedo, corazoncito mío! ¡No tengas miedo! –le dijo en voz baja al tiempo que le cogía la mano–. ¡No te diré nada malo!

«Tal vez sea cierto que no me dirás nada malo», pensó la joven para sus adentros, «pero siento algo maravilloso... ¡Es el diablo! Yo misma sé que esto no está bien... pero me faltan fuerzas para retirar la mano».

El padre se dio la vuelta y quiso decirle algo a su hija, pero oyó a lo lejos la palabra «trigo». Esta palabra mágica le llevó a unirse a la conversación que mantenían en voz alta dos comerciantes. Ya nada pudo apartar de allí su atención. Esto es lo que decían del trigo los dos comerciantes.

[5] Denominación peyorativa con la que los ucranianos se refieren a los rusos.

III

«¿Has visto qué muchacho?
Hay pocos como él en el mundo.
¡Bebe el aguardiente como si fuera cerveza!».
Kotliarevski, *Eneida*[6].

—Así que piensas, paisano, que no venderemos nuestro trigo –dijo un hombre con pinta de forastero, bien acomodado, llegado de vete tú a saber dónde, con unos pantalones bombachos de tela burda, manchados de brea y mugrientos, a otro que llevaba una *svitka* azul con remiendos en algunos lugares y que lucía un enorme bulto en la frente–.

—Ni que decir tiene. Estoy dispuesto a echarme un lazo y colgarme de este árbol como un salchichón antes de Navidad si vendemos un solo saco.

—¿A quién quieres engañar, paisano? No hay más trigo que el nuestro –objetó el de los pantalones manchados–.

«Vale, decid lo que queráis», pensó el padre de nuestra belleza, que no se perdía ni una sola palabra de la conversación de los dos vendedores. «Yo tengo diez sacos a buen recaudo».

—Como de veras intervenga el diablo, ya puedes esperar lo mismo que de un *moskal* muerto de hambre –dijo revelador el del bulto en la frente–.

—¿Cómo que el diablo? –preguntó el de los pantalones manchados–.

—¿No has oído lo que dice la gente? –continuó el del bulto mientras le miraba de reojo de forma un tanto arisca–.

—¡Vaya!

—¡Pues claro que vaya! El consejero, que ojalá no pueda limpiarse la boca después de beber el licor de ciruelas del amo, ha reservado para la feria un lugar maldito en el que resulta imposible vender ni un solo grano así revientes. ¿Ves aquel viejo granero en ruinas que hay al pie de esa colina? –Entonces el curioso padre de nuestra bella joven se acercó aún más y fue todo oídos–. En ese granero se cuecen asuntos de-

[6] En ucraniano en el original. *Eneida* es la obra maestra del escritor Iván Kotliarevksi (1769-1838), padre de la literatura ucraniana moderna.

moniacos. Y ni una sola feria ha tenido lugar aquí sin que haya ocurrido alguna desgracia. Ayer, a última hora de la tarde, pasó por allí cerca el escribiente del distrito y vio asomar por la ventana el morro de un cerdo que gruñía de tal forma que le entraron escalofríos. ¡El día más inesperado vuelve a aparecer el de la *svitka* roja[7]!

—¿Quién es el de la *svitka* roja?

Llegado este momento, a nuestro atento oyente se le pusieron los pelos de punta y regresó aterrorizado. Entonces vio que su hija y el muchacho se abrazaban tranquilamente y que se decían el uno al otro palabras de amor, ajenos a todas las *svitkas* del mundo. Aquello mitigó su miedo y le hizo volver a su antigua despreocupación.

—¡Eh, paisano! ¡Ya veo que eres un maestro en eso de los abrazos! Yo aprendí a abrazar a mi difunta Jveska al cuarto día de la boda, y solo gracias a mi compadre, que me enseñó.

El muchacho comprendió entonces que el padre de su amada no era ningún lumbrera y comenzó a darle vueltas a la mollera para ganárselo.

—Seguramente no me reconoces, buen hombre, pero yo a ti sí te he reconocido enseguida.

—Tal vez.

—Si quieres te puedo decir tu nombre, tu apodo y muchas cosas más. Te llaman Solopi Cherevik[8].

—Así es, Solopi Cherevik.

—Mírame bien. ¿No me reconoces?

—No, no te reconozco. Sin ánimo de ofender, pero ¡he visto tantas caras en mi vida que ni el diablo las recordaría todas!

—¡Qué pena que no recuerdes al hijo de Golopupenko!

—¿Eres el hijo de Ojrimov?

—¿Y quién quieres que sea? ¿El de los cuernos y el rabo?

Entonces los dos amigos se quitaron el gorro y se besaron. Sin embargo, nuestro querido hijo de Golopupenko no quiso perder tiempo y decidió abrumar allí mismo a su nuevo conocido.

---

[7] «*Svitka* roja» es una expresión ucraniana para referirse al diablo sin nombrarlo.

[8] El apodo *Cherevik* podría traducirse como «el Botines».

—Bueno, Solopi, como ves, tu hija y yo nos hemos enamorado y ya no queremos separarnos nunca más.

—Pero ¿cómo es eso, Paraska? –dijo Cherevik, y se volvió riendo hacia su hija–. Pues tal vez esté bien eso que dicen… ¡A vivir en la misma casa y a pastar en la misma hierba! ¿Qué? ¿Trato hecho? Vamos, yerno, ¡invítame a algo!

Y los tres se fueron a un conocido restaurante de la feria, bajo la carpa de una judía, y llenaron la mesa de un buen montón de garrafas, botellas y frascas de todo tipo y edad.

—¡Qué aplicado! ¡Por eso me gustas! –dijo Cherevik, que ya había bebido un poco, cuando vio que su futuro yerno se servía una jarra de medio litro y, sin inmutarse, se la bebió de un trago y después la hizo pedazos contra el suelo–. ¿Qué me dices, Paraska? ¡Menudo novio que te he conseguido! ¡Mira! ¡Mira cómo sopla!…

Y, riendo y tambaleándose, se fue con su hija al carro. Entonces nuestro joven marchó a recorrer las filas de vistosos puestos, donde había vendedores incluso de Gádiach y de Mírgorod, dos famosas ciudades de la provincia de Poltava, en busca de la mejor pipa de madera con incrustaciones de cobre, un pañuelo de rojo de flores y un gorro, que ofrecería como regalo de bodas a su suegro y a todos los que fuera necesario.

IV

«Aunque el marido no esté por la labor,
si la mujer tiene un deseo,
sin duda hay que complacerla…»[9].
Kotliarevski.

—¡Bueno, querida esposa! ¡Le he encontrado un marido a nuestra hija!

—¡Claro! ¡Como este es el momento para encontrarle un marido!… Pero ¡mira que eres tonto! ¡Mira que eres tonto! ¿Dónde has oído que un hombre de bien corra en busca de maridos! Mejor sería que pensaras en cómo vender el trigo.

[9] En ucraniano en el original.

¡Buena pieza debe ser ese marido! Seguro que es el más andrajoso de todos los mendigos.

—¡Eh! ¡Ojalá vieras lo buen mozo que es! Su *svitka* ya vale más que tu chaqueta verde y tus botas rojas juntas. Y ¡cómo sopla vodka! Que el diablo me lleve si alguna vez he visto en mi vida a ningún jovencito meterse entre pecho y espalda medio litro de vodka como si nada.

—Muy bien, borracho y vagabundo, como los de tu ralea. Apuesto a que es el mismo golfo que nos insultó en el puente. Qué pena que no me lo he vuelto a encontrar: le hubiera hecho saber lo que es bueno.

—Bueno, Jivria, y aunque fuera el mismo, ¿por qué iba a ser un golfo?

—¿Eh? ¿Cómo que por qué iba a ser un golfo? ¡Eres un cabeza hueca! ¿Que por qué es un golfo? ¿Dónde tenías metidos esos estúpidos ojos que tienes cuando pasamos por el molino? Ante tus propias narices, que apestan a tabaco, ofenden a tu mujer y tú te quedas tan tranquilo.

—Pues yo no le veo nada malo. ¡Es un buen tipo! ¿Solo porque te llenó un poco la cara de estiércol?

—¡Ajá! ¡Ya veo que no me dejas decir ni una palabra! Y ¿qué significa eso? ¿Cuándo te ha pasado? Seguro que ya has echado más de un trago y no has vendido nada…

Entonces Cherevik cayó en la cuenta de que estaba hablando demasiado y se cubrió la cabeza con las manos, pues suponía, y no sin razón, que su iracunda parienta no dudaría en tirarle del pelo con sus maritales garras.

«¡Al diablo con todo! ¡Adiós a la boda!», pensó para sí, mientras esquivaba el duro ataque de su esposa. «Habrá que decirle que no a un buen hombre sin darle más explicaciones. ¡Dios mío! ¡Por qué haces sufrir tanto a este pecador! El mundo no estaba lo suficientemente lleno de porquería ¡y a ti se te ocurre crear a mi esposa!».

V

«No te dobles, pequeño arce,
aún estás verde.
No te aflijas, cosaquito,
¡aún eres joven!»[10].
De una canción ucraniana.

El muchacho de la *svitka* blanca se había sentado junto a su carro y miraba distraído a la gente que pasaba alrededor. El sol se alejaba cansado del mundo después de haber lucido su mediodía y su mañana. El día que se iba se teñía de un rojo cautivador y brillante. Las puntas de las blancas tiendas y carpas deslumbraban la mirada, ensombrecidas por una intensa luz rosa apenas perceptible. Los cristales para las ventanas, amontonados, ardían. Las frascas y copas verdes de las mesas de las taberneras se transformaban en fuego. Las montañas de melones, sandías y calabazas parecían esculpidas con oro y cobre oscuro. Las conversaciones se redujeron y apagaron y las lenguas cansadas de los vendedores ambulantes, los campesinos y los gitanos se movían con mayor pereza y lentitud. En algunos lugares se encendieron las hogueras y el delicioso aroma de las *galushkas*[11] en las ollas se extendía por las calles silenciosas.

—¿Por qué estás tan triste, Gritskó? –exclamó un gitano alto y moreno mientras le golpeaba en el hombro a nuestro muchacho–. ¡Dame esos bueyes por veinte rublos!

—A ti no te interesan más que los bueyes. Tu raza solo mira por sus ganancias. Y por estafar y engañar a las buenas personas.

—¡Diablo! Vaya un carácter que gastas. ¿No será que te arrepientes de haberte echado novia?

—No, en absoluto. Yo mantengo mi palabra. Lo que digo, lo hago. Pero ese vejestorio de Cherevik no tiene la más mínima moral. Lo que antes prometió, ahora lo retira… Bueno, él no tiene la culpa. No es más que un calzonazos. ¡Todo esto son

[10] En ucraniano en el original.

[11] Bolitas de pasta usadas a modo de fideos en la cocina ucraniana.

tejemanejes de la vieja bruja esa con la que los mozos y yo nos metimos en el puente esta mañana! ¡Ay! Si yo fuera zar o un gran señor no tardaría en colgar a todos esos idiotas que se dejan domar por las mujeres…

—¿Me darás los bueyes por veinte rublos si hacemos que Cherevik te devuelva a Paraska?

Gritskó lo miró perplejo. Había algo maléfico, sarcástico, ruin y, a la vez, arrogante en el semblante moreno de aquel gitano. Quien lo viera sabría que en aquella alma maravillosa hervían grandes virtudes, pero que solo una cosa podría recompensarlas: la horca. Su boca, completamente hundida entre la nariz y una afilada barbilla, lucía siempre una cínica sonrisa. Los ojos eran pequeños pero vivos como el fuego, y en su rostro fulguraban los constantes rayos de sus volubles propósitos e intenciones. Todo aquello parecía exigir una indumentaria adecuada, tan extraña como la que, en efecto, vestía. Un caftán marrón oscuro que parecía que iba a convertirse en polvo con solo tocarlo, el largo cabello negro que le caía a mechones sobre los hombros, los zapatos que calzaba en sus pies desnudos y bronceados… Todos esos detalles parecían haber adquirido una naturaleza propia.

—No por veinte, sino por quince te los doy si no mientes –le dijo el muchacho al gitano sin apartar los ojos de él–.

—¿Por quince? ¡Magnífico! Ten cuidado y no lo olvides: ¡por quince! ¡Aquí tienes cinco como señal!

—¿Y si mientes?

—Si miento, la señal es tuya.

—¡Muy bien! ¡Venga esa mano!

—¡Venga!

VI

«¡Qué desgracia! Aquí viene Román
a darme una paliza.
Y usted, señor Jomo, tampoco saldrá bien parado»[12].
De una comedia ucraniana.

—¡Por aquí, Afanasi Ivánovich! ¡Aquí la valla es más baja! Levante la pierna, no tenga miedo. El bobo de mi marido se va a pasar toda la noche con su compadre debajo del carro para que los *moskales* no les afanen algo.

Así la aterradora parienta de Cherevik animaba cariñosamente al hijo del pope. El joven se había acercado temeroso a la valla y se había subido a ella con agilidad, pero llevaba ya largo rato allí sentado, indeciso, como una horrible visión, mientras se pensaba hacia dónde sería mejor saltar. Cuando por fin lo hizo, cayó con ruido en la maleza.

—¡Ay, cielo santo! ¿Se ha hecho daño? ¿No se habrá roto el cuello, Dios no lo quiera? –murmuró Jivria muy preocupada–.

—¡Chist! ¡No ha sido nada! ¡No ha sido nada, querida Javronia Nikíforovna! –susurró dolorido el hijo del pope al tiempo que se ponía en pie–. Salvo el picor que me han producido las ortigas, esas plantas serpentinas, como decía el difunto protopapa.

—Ahora vayamos a casa. Allí no hay nadie. Y yo que pensaba, Afanasi Ivánovich, que había cogido usted la escrófula o que le dolía el estómago y que por eso no aparecía. ¿Cómo se encuentra? ¡He oído que a su señor padre le han regalado muchas cosas!

—Nada más que fruslerías, Javronia Nikíforovna. Mi padre recibió por Cuaresma quince sacos de trigo, cuatro de mijo, cien panes; y si cuentas las gallinas, no pasaban de cincuenta. Y los huevos están casi todos podridos. Pero las ofrendas dulces de verdad, si le soy sincero, ¡solo vendrán de usted, Javronia Nikíforovna! –continuó el hijo del pope, que la miraba con ternura y se acercaba a ella–.

—¡Aquí tiene sus ofrendas, Afanasi Ivánovich! –le dijo ella mientras le ponía los platos sobre la mesa y se abrochaba la

[12] En ucraniano en el original.

blusa, que llevaba abierta como por casualidad–. ¡Empanadillas, *galushkas* de trigo, bollos, buñuelos!

—¡Apuesto a que los han hecho las manos más habilidosas de todas las hijas de Eva! –dijo el hijo del pope mientras cogía los buñuelos con una mano y se acercaba las empanadillas con la otra–. Sin embargo, Javronia Nikíforovna, mi corazón desea de usted un plato más dulce que todos los bollos y *galushkas.*

—¡No sé qué otro plato puede querer, Afanasi Ivánovich! –respondió la corpulenta beldad, que fingía no entender–.

—¡Su amor, por supuesto, incomparable Javronia Nikíforovna! –le farfulló el hijo del pope, que sostenía una empanadilla en una mano y con el otro brazo rodeaba el ancho talle de la mujer–.

—¡Dios sabe lo que usted se imagina, Afanasi Ivánovich! –dijo Jivria a la vez que bajaba avergonzada la mirada al suelo–. ¡Igual hasta quiere besarme y todo!

—En cuanto a eso –continuó el hijo del pope–, le diré que cuando estudiaba en el seminario, lo recuerdo como si fuera hoy…

Entonces se oyeron en el patio ladridos y golpes en la puerta de la valla. Jivria corrió afuera apresuradamente y volvió pálida del todo.

—¡Ay, Afanasi Ivánovich! ¡Nos han pillado! Hay mucha gente llamando a la puerta y hasta me ha parecido oír la voz de nuestro anfitrión…

Al hijo del pope se le atragantó la empanadilla… Los ojos se le salían de las órbitas como si se le hubiera aparecido un fantasma venido del otro mundo.

—¡Súbase ahí! –gritó Jivria, asustada, mientras le señalaba un par de tablas suspendidas bajo el mismo techo en las que se amontonaban diversos trastos domésticos–.

El peligro insufló valor en el alma de nuestro héroe. Tras dudarlo un instante, saltó sobre el poyete de la estufa y desde allí trepó con cuidado hasta las tablas. Jivria corrió histérica a abrir la puerta, pues los golpes se sucedían cada vez con más fuerza e impaciencia.

VII

«¡Aquí hay verdaderos milagros, señores!»[13].
De una comedia ucraniana.

En la feria había sucedido algo bastante extraño. Por todas partes corrió el rumor de que entre las mercancías había aparecido el *svitka* roja. Una vieja que vendía rosquillas vio a Satanás transformado en cerdo que se asomaba a los carros en busca de algo. La noticia se difundió rápidamente por todos y cada uno de los rincones del ya tranquilo campamento. Todos consideraron un crimen no creerla, a pesar de que la vendedora de rosquillas, cuyo puesto se encontraba junto a la carpa de la tabernera, se había pasado el día entero haciendo reverencias totalmente innecesarias y dibujando con los pies perfectos ejemplos de su sabrosa mercancía. A esto se sumó la exagerada noticia del milagro que el escribiente del distrito había visto en el granero en ruinas, de modo que por la noche todos buscaron la compañía de los demás. La tranquilidad se esfumó y el miedo no permitió que nadie cerrara los ojos. Los que no eran lo bastante valientes y tenían casa en la que dormir, regresaron a ella. Entre estos últimos se hallaba Cherevik, su hija y su compadre, que, junto con otros huéspedes, dieron aquellos fuertes golpes que tanto asustaron a nuestra Jivria. El compadre ya iba un poco perjudicado, lo que quedó bien claro cuando dio dos vueltas al patio con el carro antes de encontrar la casa. Los invitados también estaban bastante contentos y entraron sin ceremonia alguna antes que el anfitrión. La esposa de nuestro Cherevik se puso como sobre ascuas cuando comenzaron a registrar todos los rincones de la casa.

—¿Qué, comadre? –gritó el anfitrión al entrar–. ¿Sigues temblando por la fiebre?

—Sí, todavía no estoy bien –contestó Jivria mientras miraba nerviosa las tablas del techo–.

—¡Vamos, mujer! ¡Trae la garrafa que tenemos en el carro! –le dijo el compadre a su esposa, que había entrado con él–.

[13] En ucraniano en el original.

La vaciaremos con estas buenas gentes. Esas malditas mujeres nos han metido tanto miedo en el cuerpo que hasta me da vergüenza reconocerlo. ¡Bien sabe Dios, hermanos, que hemos venido aquí por una tontería! –continuó al tiempo que sorbía de una jarra de barro–. Apuesto mi gorro nuevo a que esas mujeres solo querían reírse de nosotros. Y aunque fuera realmente Satanás, ¿a nosotros qué nos importa? ¡Le escupiremos en la cara! Si, por ejemplo, le viniera en gana aparecerse aquí, ahora mismo, delante de mis narices, ¡sería yo un hijo de perra si no le hiciera la higa delante de sus morros!

—¿Por qué te has puesto tan pálido de repente? –exclamó uno de los invitados, que era una cabeza más alto que los demás y que siempre quería demostrar que era el más valiente–.

—¿Yo?… ¡Que Dios sea contigo! ¿Estás soñando?

Los presentes se rieron. Una sonrisa de satisfacción apareció en el rostro del locuaz valiente.

—¡Cómo se va a poner pálido! –afirmó alguien–. Sus mejillas están coloradas como amapolas. Ya no es Tsibulia, sino Buriak[14]. O, mejor dicho, el mismísimo *svitka* roja que tanto asustaba a la gente.

La garrafa recorrió la mesa y puso aún más contentos a los invitados. Entonces Cherevik, que llevaba tiempo intrigado por ese tal *svitka* roja y cuyo espíritu curioso no le había dejado descansar, preguntó a su compadre:

—Amigo, ¿serías tan amable de contarme la historia de ese maldito *svitka* roja?

—¡Ay, compadre! No es buena idea contarla por la noche, pero lo haré para complacerte a ti y a esta buena gente –y miró a los invitados–, que, según veo, está tan ansiosa como tú de saber algo sobre ese prodigio. Que así sea. ¡Escuchad!

Se rascó el hombro, se limpió con el faldón de la camisa, puso las manos sobre la mesa y comenzó su relato.

—Una vez, no sé por qué razón, válgame Dios, echaron a un diablo del infierno.

---

[14] Juego de palabras entre *tsibulia,* que significa «cebolla» en ucraniano, y *buriak,* «remolacha».

—¿Qué, compadre? –le interrumpió Cherevik–. ¿Cómo van a echar a un diablo del infierno?

—¿Qué quieres que te diga, compadre? Lo echaron y ya está. Como cuando alguien echa a un perro de su casa. A lo mejor le entraron ganas de hacer una buena obra. El caso es que le pusieron de patitas en la calle. El pobre diablo se aburría tanto, tantísimo, que por poco se ahorca. ¿Qué podía hacer? Estaba tan triste que se dio a la bebida. Convirtió en su casa ese granero en ruinas que habéis visto al pie de la colina y al que ahora no entraría ninguna persona de bien sin ir protegida con la santa cruz. El caso es que el diablo se convirtió en un juerguista tan empedernido como no encontraréis otro entre los mozos. ¡Se pasaba el día entero en la taberna!...

En ese momento, el severo Cherevik interrumpió de nuevo a nuestro narrador:

—¡Tal vez Dios entienda algo de lo que dices! ¿Cómo pueden dejar entrar a un diablo en la taberna? Tiene, gracias al Señor, garras en lugar de manos y cuernos en la cabeza.

—Pues llevaría gorro y manoplas. ¿Quién iba a reconocerlo así? Como no dejaba la fiesta, al final se bebió todo lo que llevaba encima. El tabernero le fio durante un tiempo, pero después dejó de hacerlo. El diablo tuvo que empeñar su *svitka* roja, por menos de un tercio de lo que en realidad valía, a un judío que por aquellos entonces pululaba por la feria de Soróchintsy. Al empeñarla, le dijo: «Escúchame bien, judío. Vendré a por la *svitka* justo dentro de un año. ¡ten mucho cuidado con ella!». Y desapareció como si se lo tragara la tierra. El judío examinó atentamente la prenda y vio que era de una tela tan buena que ni siquiera en Mírgorod podía encontrarse. Además, el color rojo ardía como el fuego y era tan hermoso que ¡no podía dejar de mirarlo! Al judío le pareció mucho tiempo esperar un año, así que se rascó los rizos de las sienes y se la vendió a un forastero por algo más de cincuenta rublos. Y el judío se olvidó por completo del plazo acordado. Entonces, una noche, se le acercó un hombre y le dijo: «¡Vamos, judío! ¡Dame mi *svitka*!». Al principio, el judío no le reconoció, pero después le observó con mayor atención e hizo como si no le hubiera visto nunca. «¿Qué *svitka*? ¡Yo no tengo ninguna *svitka*!

¡No sé de qué *svitka* me hablas!». El hombre desapareció. Al anochecer, el judío cerró la puerta de su madriguera y empezó a contar el dinero de los cofres. Luego se echó una tela por encima y se puso a rezar como hacen los judíos. Entonces oyó un ruido. Miró y vio que por todas las ventanas asomaban hocicos de cerdo.

En ese mismo instante se oyó un extraño sonido, similar al gruñido de un cerdo. Todos los presentes palidecieron... El sudor apareció en el rostro del narrador.

—¿Qué ha sido eso? –preguntó Cherevik aterrado–.

—¡Nada!... –respondió su compadre, que temblaba de pies a cabeza–.

—¡Eh! –dijo uno de los invitados–.

—¿Has dicho tú eso?

—¡No!

—¿Quién ha gruñido, entonces?

—¡Sabe Dios por qué nos hemos asustado! ¡Aquí no hay nadie!

Todos miraron a su alrededor aterrorizados y comenzaron a buscar por los rincones. Jivria estaba más muerta que viva.

—¡Oh, qué cobardes! Pero ¡qué cobardes sois! –dijo la mujer en voz alta–. ¿Y vosotros os hacéis llamar hombres y cosacos? ¡Deberíais poneros con el huso y la rueca! Alguno de los presentes, que Dios me perdone, ha soltado un..., el banco ha retumbado, y ¡todos corriendo como locos!

Esto avergonzó a nuestros valientes, que consiguieron el valor necesario para animarse. El compadre dio un largo trago a su jarra y continuó.

—El judío se quedó paralizado. Los cerdos, que tenían patas tan largas como zancos, entraron por las ventanas y al momento hicieron volver en sí al judío con látigos de tres puntas y le hicieron bailar más alto que esa viga. El judío se tiró a sus pies y les confesó todo. Pero fue imposible recuperar rápidamente la *svitka,* porque un gitano se la había robado al forastero por el camino y se la había endosado a una vendedora, que la había vuelto a llevar a la feria de Soróchintsy. Desde entonces nadie le había comprado nada a la mujer. La vendedora, más que sorprendida, cayó por fin en la cuenta de que la culpable era la *svitka* roja. No sin razón cuando se la ponía sentía que algo la oprimía. Sin pensárselo dos veces, la arrojó al fuego, pero ¡aquella prenda del demonio no ardía! «¡Oh, la *svitka* está endemoniada!». La vendedora consiguió meterla en el carro de un comerciante de mantequilla. El muy tonto se alegró, pero desde entonces nadie le compraba mantequilla. «¡Ay, unas manos malditas fueron las que me procuraron la *svitka*!». Cogió un hacha y la hizo pedazos, pero los pedazos volvieron a unirse y la *svitka* quedó como nueva. El hombre se santiguó, cogió otra vez el hacha, dispersó los pedazos por todas partes y se marchó. Desde entonces, cada año, justo en el tiempo que dura la feria, un diablo con cara de cerdo se pasea por la plaza, gruñe y recoge los pedazos de la *svitka*. Dicen que ya solo le falta la manga izquierda. Desde aquel momento, la gente rehúye el lugar y hará como unos diez años que no se celebraba allí la feria. Pero al consejero se le ha ocurrido la mala idea de…

El resto de la frase no quiso salir de la boca del narrador…

La ventana golpeó ruidosamente. Los cristales sonaron y salieron volando. Y un aterrador morro de cerdo se asomó por el agujero, miró dentro y pareció preguntar: «¿Qué hacéis ahí, buenas gentes?».

VIII

«Iba con la cola entre las patas, como un perro,
como Caín, y todo su cuerpo temblaba.
De la nariz le salía humo»[15].
Kotliarevski, *Eneida*.

El terror se apoderó de todos en la casa. El compadre, boquiabierto, se quedó petrificado. Los ojos parecían salírsele de las órbitas y los dedos, crispados, se le congelaron en el aire. Aquel hombre alto tan valiente, presa de un pánico irrefrenable, pegó un salto casi hasta el techo y se dio con la cabeza contra las tablas. Estas resbalaron y el hijo del pope cayó al suelo con enorme estruendo. «¡Ay! ¡Ay! ¡Ay!», gritó alguien que se echaba ate-

[15] En ucraniano en el original.

rrorizado sobre un banco y sacudía desesperado brazos y piernas. «¡Socorro!», vociferó otro que intentaba cubrirse con la zamarra. El compadre, al que un segundo susto sacó de su pasmo, se arrastró entre convulsiones bajo la falda de su mujer. El hombre alto y valiente se metió en la estufa, a pesar de la estrecha abertura, y él mismo cerró la portezuela. Y Cherevik, como si le hubieran tirado encima agua hirviendo, se puso una olla en la cabeza en lugar del gorro, se precipitó hacia la puerta y corrió como un loco por las calles como alma que lleva el diablo. Solo la fatiga le hizo reducir un poco la velocidad. El corazón se le salía por la boca y sudaba la gota gorda. Agotado, a punto estaba de caer al suelo cuando de pronto le pareció que alguien lo perseguía. El alma se le escapó del cuerpo. «¡El demonio! ¡El demonio!», gritó fuera de sí a pleno pulmón, y en apenas un minuto cayó al suelo casi desmayado. «¡El demonio! ¡El demonio!», también gritaban detrás de él, y solo fue capaz de ver cómo algo se le echaba encima con gran estruendo. Entonces perdió el conocimiento y, como el aterrado inquilino de un estrecho ataúd, quedó mudo e inmóvil en medio del camino.

IX

«Por delante, mal que bien,
pero por detrás, ¡era el diablo!».
De un cuento popular.

—Oye, Vlas –dijo uno de los que dormían en la calle–, ¡alguien ha nombrado al demonio por aquí!

—¡A mí qué me importa! –refunfuñó desperezándose el gitano que dormía a su lado–. ¡Que nombre a todos sus parientes si le viene en gana!

—Pero ¡es que gritaba como si lo apalearan!

—¡Cualquier cosa inventa uno cuando duerme!

—Como quieras, pero yo creo que tendríamos que echar una ojeada. ¡Enciende el *kaganéts*!

El otro gitano refunfuñó para sus adentros y se puso en pie. Las chipas le iluminaron el rostro como si fueran relámpagos, sopló sobre la yesca y, con el *kaganéts,* la típica lamparilla ucraniana que consiste en un cueco lleno de grasa de cordero, en la mano, avanzó unos pasos para iluminar el camino.

—¡Quietos! Aquí en el suelo hay algo. ¡Traed más luces!

Más hombres fueron adonde ellos estaban.

—¿Qué es lo que hay?

—Parece que dos personas, una arriba y otra abajo. ¡No sabría decir cuál de ellas es el diablo!

—¿Quién está encima?

—¡Una mujer!

—¡Pues esa es el diablo!

Se produjo una carcajada general que despertó a casi toda la calle.

—Una mujer encima de un hombre... ¡Esa sí que sabe cabalgar! –dijo alguien de entre la muchedumbre–.

—¡Mirad, hermanos! –dijo otro al recoger un fragmento de olla, de la que solo la mitad quedaba en la cabeza de Cherevik–. ¡Qué sombrero se ha puesto este buen hombre!

El ruido creciente y las carcajadas despertó a nuestros muertos, que no eran otros que Solopi y su mujer, quienes, todavía aturdidos, contemplaron horrorizados durante largo rato, con la mirada fija, a los gitanos. Estos, iluminados por la luz de las lamparillas, débil y temblorosa, parecían una salvaje hueste de gnomos rodeados de un espeso vapor subterráneo en medio de la oscuridad somnolienta de la noche.

X

«¡Fuera! ¡Atrás, satánica visión!»[16].
De una comedia ucraniana.

El frescor de la mañana caía sobre Soróchintsy, que poco a poco se despertaba. Las columnas de humo de las chimeneas volaban hacia el sol naciente. Se empezaba a oír el ruido de la feria. Las ovejas balaban y los caballos relinchaban. Los graznidos de los gansos y los gritos de las vendedoras se extendían de nuevo por todo el campamento. Y las terribles con-

[16] En ucraniano en el original.

versaciones sobre el *svitka* roja, que había asustado tanto a la gente en las misteriosas horas del crepúsculo, desaparecieron con la llegada de la mañana.

Cherevik, que dormía en casa de su compadre, bostezaba y se estiraba en el cobertizo cubierto de paja, entre bueyes, sacos de harina y trigo. Parecía no tener el menor deseo de abandonar su sueño cuando, de pronto, oyó una voz tan conocida como el placer de la pereza, la sagrada estufa de su isba o la taberna de una pariente lejana, y que no se encontraba a más de diez pasos del umbral.

—¡Levántate! ¡Levántate! –le tronaba al oído su dulce esposa mientras le tiraba del brazo todo lo fuerte que podía–.

Como respuesta, Cherevik hinchó las mejillas y se puso a manotear como si tocara el tambor.

—¿Se te ha ido la cabeza? –gritó ella al tiempo que esquivaba un manotazo que a punto estuvo de darle en la cara–.

Cherevik se incorporó, se enjugó un poco los ojos y miró a su alrededor.

—Que el diablo me lleve si no soñaba, palomita mía, que tu cara era un tambor en el que me obligaban a tocar diana, como hacen los *moskales.* Y quienes me obligaban eran esos mismísimos morros de cerdo que, como dice mi compadre...

—¡Basta de tonterías! Levántate y lleva a vender la yegua. La gente se ríe de nosotros. Vienen a la feria y ven que no hemos vendido ni un puñado de cáñamo...

—Pues ahora, esposa mía –dijo Solopi–, seguro que se van a reír todavía más.

—¡Vamos! ¡Vete! ¡De ti sí que se ríen ya!

—Pero si aún no me lavado la cara –continuó Cherevik, que bostezaba y se rascaba la espalda en un intento de remolonear un poco más–.

—¿A qué vienen tantas ganas de asearte? ¿Cuándo lo has hecho? Toma un pañuelo y límpiate la jeta...

Entonces cogió un trapo que había por allí hecho una bola y al instante lo tiró aterrorizada: ¡era el puño de la *svitka* roja!

—¡Vete ya a trabajar! –le repitió en cuanto se recuperó del susto a su marido, pues vio que a este le temblaban las piernas y le castañeteaban los dientes–.

—¡Voy a venderla, voy!… –refunfuñó para sí Solopi mientras desataba a la yegua y la llevaba a la plaza–. No en vano, cuando venía camino de esta maldita feria sentí un peso tan grande en el alma como si me hubieran echado encima una vaca muerta. Sin contar que los bueyes se volvieron ellos solos dos veces para regresar a casa. Y ahora me acuerdo de que casi salimos un lunes. ¡De ahí es de donde nos vienen todos los males! Y ese maldito diablo es incansable. Bien podría llevar la *svitka* sin un puño, pero no, se ha empeñado en molestar a la gente de bien. Si yo fuera diablo, que Dios no lo quiera, ¿iba yo a arrastrarme por las noches en busca de unos trapos asquerosos?

Entonces una voz potente y áspera interrumpió el filosofar de nuestro Cherevik. Un gitano muy alto se encontraba delante de él.

—¿Qué vendes, buen hombre?

El vendedor guardó silencio. Miró al gitano de pies a cabeza y, sin detenerse ni soltar las riendas, le dijo amablemente:

—¡Tú mismo ves lo que vendo!

—¿Riendas? –le preguntó el gitano, que miraba las riendas que llevaba Solopi–.

—Sí, riendas, si es que la yegua se parece a unas riendas.

—Pero, por todos los demonios, paisano, ¡veo que la has alimentado solo con paja!

—¿Con paja?

Entonces Cherevik quiso tirar de las riendas para acercar la yegua y darle en los morros al desvergonzado mentiroso, pero se dio con la mano en la barbilla con insólita ligereza. Se miró la mano y vio que sujetaba unas riendas cortadas y que, al final de ellas, llevaba atado, ¡oh, qué horror! (y los pelos se le pusieron de punta), ¡un trozo del puño de la *svitka*! Escupió, se santiguó, sacudió los brazos y escapó de aquel inesperado regalo. Y más rápido que un mozalbete, desapareció entre la multitud.

XI

«Como soy desgraciado, me pegan»[17].
Proverbio.

—¡Cogedle! ¡Cogedle! –gritaron unos muchachos al final de la calle, y Cherevik sintió que unos fuertes brazos le agarraban–.

—¡Atadle! ¡Es el que le ha robado la yegua a un buen hombre!

—¡Dios bendito! Pero ¿por qué me atáis?

—¿Y nos los preguntas! ¿Por qué le has robado la yegua a Cherevik, un vendedor de la feria?

—¿Os habéis vuelto locos, muchachos? ¿Dónde habéis visto que un hombre se robe algo a sí mismo?

—¡Ese truco es muy viejo! ¡Muy viejo! ¿Por qué has salido corriendo como si te persiguiera el mismísimo Satanás?

—No puedes evitar correr cuando las ropas de Satanás…

—¡Eh, amigo! ¡A otro perro con ese hueso! Ya te enseñará el alcalde a no andar asustando por ahí a la gente con asuntos diabólicos.

—¡Cogedle! ¡Cogedle! –se oyó al otro extremo de la calle– ¡Es él! ¡Al ladrón! ¡Al ladrón!

Y ante los ojos de Cherevik apareció su compadre, en el estado más lamentable, con las manos atadas a la espalda y conducido por unos mozos.

—Ha ocurrido un prodigio –dijo uno de ellos–. Deberíais escuchar lo que dice este sinvergüenza, al que solo hay que mirarle a la cara para ver que es un ladrón. Cuando le preguntamos que por qué corría como un loco, se metió la mano en el bolsillo para coger un pellizco de rapé, pero en vez de la tabaquera, lo que sacó fue un trozo de la *svitka* endemoniada, de la que salía un fuego rojo. Y entonces ¡salió corriendo!

—¡Vaya, vaya! ¡Así que dos pájaros de un tiro! ¡Atadlos juntos!

---

17 En ucraniano en el original.

XII

«¿De qué, buenas gentes, soy culpable?
¿Por qué me perseguís? –dijo nuestro desdichado–.
¿Por qué me maltratáis así?
¿Por qué? ¿Por qué? –preguntó mientras derramaba lágrimas
y más lágrimas y se tocaba el costado–»[18].
Gulak-Artemovski, *El amo y el perro*[19].

—¿Qué es lo que has robado, compadre? –preguntó Cherevik, que yacía atado junto a su amigo en una choza de paja–.

—¿Tú también con esas? ¡Que se me sequen las manos y las piernas si alguna vez he robado algo! Si exceptuamos las empanadillas de nata agria que hacía mi madre, y eso fue cuando tenía diez años.

—¿Por qué nos han maltratado así, compadre? Para ti no es nada, porque por lo menos te acusan de robar, pero a mí ¿por qué? Yo, un pobre inocente, ¿tengo que recibir un agravio tan injusto solo porque creen que me he robado la yegua a mí mismo? ¡Es nuestro sino, compadre, tener tan mala suerte!

—¡Ay de nosotros! ¡Qué desgraciados somos!

Entonces los dos compadres se pusieron a llorar.

—¿Qué te ha pasado, Solopi? –dijo Gritskó, que entró en ese momento–. ¿Quién te ha atado así?

—¡Ah, Golopupenko! ¡Golopupenko! –gritó Solopi de alegría–. Mira, compadre, este es el muchacho del que te hablé. ¡Es muy aplicado! Que Dios me deje seco aquí mismo si no se metió entre pecho y espalda una jarra de vodka tan grande como tu cabeza y ni se quedó tan tranquilo.

—Y entonces, compadre, ¿por qué le hiciste un desprecio así a tan buen partido?

—Ahora puedes ver –continuó Cherevik dirigiéndose a Gritskó– que Dios me ha castigado por faltarte. ¡Perdóname, amigo! Bien sabe Dios que estaría encantado de hacer cual-

[18] En ucraniano en el original.

[19] Piotr Petróvich Gulak-Artemovski (1790-1865). Poeta y escritor ucraniano. Junto con Kotliarevski, sentó los cimientos de la literatura ucraniana moderna. En 1818 publicó la fábula *El amo y el perro*, en la que denunciaba la servidumbre.

quier cosa por ti... Pero ¿qué puedo hacer? Mi parienta tiene el diablo dentro.

—No soy rencoroso, Solopi. Si quieres, ¡te libero! –y les guiñó un ojo a los mozos que les habían estado vigilando y ésos mismos se apresuraron a desatarlos–. Ahora debes cumplir tu parte: ¡consiente la boda! Haremos una fiesta tan grande que nos dolerán los pies un año de tanto *gopak*[20].

—¡De acuerdo! ¡De acuerdo! –dijo Solopi aplaudiendo–. ¡Estoy tan contento como si a mi parienta se la hubieran llevado los *moskales*! ¡No hay nada que pensar! Ya veremos si sale bien o mal, ¡hoy mismo celebraremos la boda! ¡Y aquí paz y después gloria!

—Escucha, Solopi, dentro de una hora me reuniré contigo. Ahora vete a casa, ¡que allí te esperan unos que quieren comprarte la yegua y el trigo!

—¿Han encontrado la yegua?

—¡Sí!

Cherevik, pasmado de la alegría, se quedó viendo cómo Gritskó se alejaba.

—¿Qué, Gritskó? ¿Hemos hecho mal nuestro trabajo? –le dijo aquel gitano tan alto al muchacho, que apretaba el paso–. ¿Son míos ahora los bueyes?

—¡Tuyos son!

---

[20] Danza ucraniana en compás de 2/4, generalmente masculina, en la que se realizan saltos y acrobacias.

XIII

«No temas, mamaíta, no temas.
Ponte las botas rojas
y pisotea a los enemigos
con los pies.
¡Que tus tacones
resuenen!
¡Que tus enemigos
guarden silencio!»[21].
Canción de boda.

Paraska estaba sola en casa, pensativa y con la barbilla apoyada en el codo. Muchos sueños revoloteaban alrededor de su cabeza castaña. A veces, una ligera risita afloraba de pronto a sus labios escarlatas y un sentimiento de alegría levantaba sus oscuras cejas. Y otras, una nube de reflexión ensombrecía sus brillantes ojos marrones. «¿Y si lo que ha dicho no llega a hacerse realidad?», murmuraba con cierta expresión de duda. «¿Y si no me dejan que me case con él? ¿Y si…? No, no, ¡eso no sucederá! Mi madrastra hace lo que se le viene en gana, pero ¿acaso no puedo yo hacer también lo que me plazca? ¡Bastante cabezota soy! ¡Qué guapo es! ¡Cómo resplandecen sus hermosos ojos negros! ¡Con qué cariño me habla! "¡Parasia, palomita mía!". ¡Qué bien le queda la *svitka* blanca! Ojalá tuviera una faja más lustrosa… Yo misma se la haré cuando nos vayamos a vivir a nuestra propia casa. No puedo pensar sin alegrarme», continuó al tiempo que sacaba de entre sus senos un pequeño espejito forrado de papel rojo que había comprado en la feria y se miraba en él con placer secreto, «el momento en que me encuentre a mi madrastra y pase por delante sin hacerle reverencia alguna. ¡Que reviente! ¡No, madrastra! ¡Ya no pegarás más a tu hijastra! ¡Antes la arena se subiría a la piedra o el roble se inclinaría sobre el agua que yo ante ti! Se me olvidaba… Voy a probarme esta cofia, aunque sea de mi madrastra, a ver cómo me queda». Entonces se levantó con el espejo en la mano, asomó a él su rostro y recorrió temblorosa la casa, como si temiera caerse y ver bajo sus pies, en lugar del suelo,

[21] En ucraniano en el original.

el techo con los tablones de los que se había desplomado hacía poco el hijo del pope y estanterías llenas de ollas. «Pero ¿es que soy una niña», exclamó entre risas, «que tengo miedo de pisar con fuerza?». Y comenzó a dar pisotones cada vez más sonoros. Se puso al fin la mano izquierda en el costado y empezó a bailar y a taconear con el espejo ante ella y a cantar su canción preferida:

Verde hierba doncella,
¡no crezcas mucho!
Y tú, querido muchacho de cejas negras,
¡acércate a mí!

Verde hierba doncella,
¡no crezcas nada!
Y tú, querido muchacho de cejas negras,
¡acércate más!

En ese momento, Cherevik se asomó a la puerta y, al ver que su hija bailaba frente al espejo, se detuvo. La observó durante largo rato mientras se reía para sus adentros de aquella travesura de la muchacha, que, ensimismada, parecía no darse cuenta de nada. Pero nada más oír la melodía tan conocida de la canción, la sangre le hirvió en las venas, se acercó lleno de orgullo, se puso a hacer la *prisiadka*[22] y se olvidó de todo lo demás. La sonora carcajada del compadre les estremeció.

—¡Muy bien! ¡El padre y la hija ya están celebrando la boda! Venid rápido los dos, que ¡acaba de llegar el novio!

Al oír esta última palabra, Paraska se puso más roja que la cinta que llevaba atada al pelo, y su olvidadizo padre recordó la razón por la que había venido.

—¡Vamos, hija mía! ¡Rápido! Jivria, feliz porque he vendido la yegua, ha corrido –dijo mirando temeroso a su alrededor– a comprarse trapos y telas varias. ¡Así que debemos terminar todo antes de que vuelva!

---

[22] Pase de baile en la que el bailarín, de cuclillas, estira y recoge alternativamente las piernas.

En cuanto Paraska atravesó el umbral, se vio en brazos del muchacho de la *svitka* blanca que la esperaba en la calle rodeado de gente.

—¡Que Dios os bendiga! –dijo Cherevik mientras les juntaba las manos–. ¡Que viváis en paz y armonía!

Entonces se oyó un ruido entre la concurrencia.

—¡Prefiero reventar antes que permitirlo! –gritó la señora de Solopi, a quien la multitud impidió el paso entre grandes carcajadas–.

—¡No te enfades! ¡No te enfades, esposa mía! –dijo Cherevik, que hizo gala de una auténtica sangre fría, cuando vio que dos gitanos fornidos la sujetaban por los brazos–. Lo hecho, hecho está. ¡No me gusta cambiar lo que ya he decidido hacer!

—¡No! ¡No! ¡De ninguna manera! –vociferó Jivria, pero nadie la escuchó. Varias parejas rodearon a los novios y formaron a su alrededor una impenetrable muralla danzante–.

Un extraño e inexplicable sentimiento se apoderaba del espectador al ver cómo un músico de rústica *svitka,* largos y retorcidos bigotes, ponía con un solo golpe de arco paz y armonía entre las gentes, quisieran o no. Los presentes, cuyos rostros ariscos parecían no haber esbozado en siglos una sonrisa, ahora zapateaban y sacudían los hombros. Todos se movían. Todos bailaban. Pero un sentimiento aún más extraño, aún más insondable, se despertaba en el fondo del alma del espectador cuando veía a las ancianas, de caras decrépitas que olían ya a la soledad de la tumba, apretarse entre hombres jóvenes, risueños y llenos de vida. ¡Despreocupadas ellas! Incluso sin ninguna alegría infantil, sin una mínima chispa de gracia, como impulsadas por el mecanismo de un autómata inanimado que las obligaba a realizar movimientos semejantes a los humanos, sacudían tranquilamente sus cabezas embriagadas y bailaban entre aquellas gentes alborozadas sin mirar siquiera a la joven pareja.

El estruendo, las risas y las canciones se fueron apagando poco a poco. El arco del violín perdía su fuerza, sucumbía, arrojaba sus agonizantes melodías al aire infinito. Aún era posible oír un taconeo en alguna parte, algo así como el murmullo del mar en la lejanía. Pero, de pronto, todo quedó desierto y en silencio.

* * *

¿No es así como la alegría, esa bella y voluble invitada, se aleja de nosotros y no queda más que un susurro solitario que en vano se esfuerza por expresar júbilo? En su propio eco ya oye la tristeza y la desolación y la escucha sutilmente. ¿No es así como los bulliciosos amigos de nuestra turbulenta y desenfrenada juventud desaparecen uno a uno y al fin dejan solo al más viejo de sus hermanos? ¡Qué doloroso es ser abandonado! El corazón queda triste y abatido y nada hay que pueda ayudarlo.

LA VÍSPERA DE IVÁN KUPALA[1]

*Hecho verídico narrado por el diácono de la iglesia de ****

Fomá Grigórievich tenía una extraña peculiaridad: odiaba a muerte contar lo mismo dos veces. Si le pedías que te volviera a contar una historia, siempre añadía algo nuevo o lo retorcía de tal manera que no podías reconocer lo anterior. Pero un caballero... Bueno, a nosotros, la gente sencilla, nos cuesta llamarles escritores, porque no son escritores, sino más bien revendedores (como esos que hay en nuestras ferias, que cogen, piden y roban toda clase de cosas) que sacan un libro no más grueso que una cartilla al mes o incluso a la semana. Pues uno de esos caballeros le guindó esta misma historia a Fomá Grigórievich, que luego se olvidó de ella por completo. Mas he aquí que ese caballero de verde caftán del que les he hablado y del que seguro que ya han leído alguna novelita, vino de Poltava con un librito. Lo abrió y nos lo enseñó. Fomá Grigórievich se disponía ya a encabalgarse los anteojos en la nariz cuando recordó que había olvidado atarlos con hilo y pegarlos con cera, y me los dio. Y yo, que, aunque leo como puedo, no necesito anteojos, me puse a leerlo. Apenas llevaba dos páginas cuando, de pronto, Fomá Grigórievich me detuvo agarrándome la mano.

[1] La noche de Iván Kupala se celebra en los países eslavos entre los días 6 y 7 de julio. Es la celebración eslava del día de San Juan Bautista.

—¡Un momento! ¿Qué es lo que lee?

Reconozco que esa pregunta me hizo caer en la cuenta.

—¿Que qué es lo que leo, Fomá Grigórievich? Su historia, sus mismas palabras.

—¿Quién le ha dicho que son mis palabras?

—Aquí lo dice: «narrado por el diácono…».

—¡Escúpale en la cara a quien haya escrito eso! ¡Maldito *moskal* hijo de perra! ¿Acaso yo se lo conté así? ¡El amigo tiene una cuba por cabeza! Escuchad, os lo volveré a contar.

Nos acercamos a la mesa y Fomá Grigórievich comenzó su relato.

* * *

Mi abuelo, que en paz descanse y que en el otro mundo tenga todos los panecillos de trigo y todos los bollos con miel y semillas de amapola que pueda comer, sabía contar tan bien historias que era una maravilla. Cuando las contaba, uno podía quedarse ahí todo el día escuchando sin moverse. Igualito que ahora con esos charlatanes que mienten más que hablan y que, además, lo hacen con una lengua que parece que no ha tocado comida en tres días y que en cuanto abren la boca a uno le entran ganas de salir corriendo. Lo recuerdo muy bien… Mi difunta madre aún vivía. En las largas tardes de invierno, cuando el hielo crujía en el patio y cubría los finos cristales de nuestra isba, mi madre se sentaba a la rueca, le daba vueltas al largo hilo con la mano, mecía la cuna con el pie y cantaba una canción. Me parece que la estoy oyendo ahora mismo. Las lamparillas, chispeantes y temblorosas como si tuvieran miedo, iluminaban el interior de la isba. El huso zumbaba y, apiñados, todos los niños escuchábamos al abuelo, que hacía más de cinco años que no se bajaba de la estufa[2] por lo viejo que era. Pero los maravillosos relatos sobre la remota antigüedad, sobre las incursiones de los cosacos

[2] La estufa rusa es una construcción de piedra o ladrillo con varias gradas sobre las que se puede estar y dormir.

zapórogos[3], sobre los polacos, sobre las legendarias hazañas de Podkova, Poltorá-Kozhujá y Sagaidáchny[4] nos fascinaban tanto como los relatos sobre algún antiguo hecho misterioso que siempre nos producían escalofríos y nos ponían los pelos de punta. A veces se volvían tan terroríficos que, desde que se ponía el sol, no veíamos más que monstruos por todas partes. Si salíamos de casa por la noche por lo que fuera, a la vuelta se nos figuraba que un aparecido dormía en nuestra cama. Y que no vuelva a contarlo nunca más si no tomaba a menudo desde lejos mi propia *svitka* doblada en la cabecera por el diablo acurrucado. Pero lo más importante de las historias de mi abuelo es que jamás mentía y que lo que contaba había pasado exactamente así. Os contaré uno de sus insólitos relatos. Sé que hay muchas personas tan inteligentes que escriben leyes y leen libros de derecho, pero que si les dan un simple libro de horas no entienden ni papa. Y, para su vergüenza, se ríen de todo. Enseñan los dientes ante cualquier cosa que se les diga. ¡La incredulidad se ha extendido por el mundo! ¡Que Dios y la Santísima Virgen me abandonen si no es así! Puede que tampoco me crean, pero una vez me puse a hablar de unas brujas. ¿Y qué pasó? ¡Pues que salió un impío que no creía en las brujas! Sí, desde que vivo en el mundo, gracias a Dios, he visto infieles a los que les resultaba más fácil mentir al pope en la confesión que a cualquiera de nosotros esnifar tabaco. Pues bien, ¡ni siquiera ellos negaban la existencia de las brujas! Pero, dejémoslos... No quiero hablar de ellos, no me apetece ni siquiera mencionarlos.

Hace más de cien años, ¡y tanto!, ya decía mi difunto abuelo que nadie reconocería nuestro pueblo, que por aquel entonces no era más que un caserío, ¡el más pobre de los caseríos! Diez casas de mala muerte, sin blanquear y mal techadas, asomaban por aquí y por allá en medio del campo. No había ni

---

[3] Los cosacos zapórogos dependían de la Sech de Zaporozhie, al sur del río Dniéper (de hecho, el nombre de esta ciudad significa «al otro lado de los rápidos»).

[4] Iván Podkova (1533-1578), Karl Poltorá-Kozhujá (¿?-1642), Piotr Sagaidáchny (1577-1622): caudillos ucranianos que se enfrentaron a las diferentes invasiones polacas y tártaras.

una valla ni un establo decente donde meter el ganado o el carro. Y así era como vivían los ricos, que si echabas la vista sobre nuestros hermanos, los pobres… ¡Sus casas eran unos agujeros excavados en la tierra! Solo por el humo podía sospecharse que allí vivía un cristiano. Ustedes se preguntarán que por qué vivían así. Es que por aquel entonces esa pobreza no era pobreza. Casi todo el mundo podía unirse a los cosacos y hacerse con una gran fortuna en tierras extranjeras. Era más bien porque no se sentía la necesidad de construir una casa como es debido. Y ¿quiénes merodeaban por todas partes? ¡Crimeos, polacos, lituanos…! Incluso a veces tu propia gente venía en tropel y te robaba todo lo que tenías. Cualquier cosa podía suceder.

Un hombre, o, mejor dicho, un diablo con forma humana aparecía a menudo en este caserío. Nadie sabía de dónde venía ni a qué. Se paseaba, se emborrachaba y de pronto desaparecía como si se lo hubiera tragado la tierra y nadie era capaz de dar noticia de él. Después, como caído del cielo, volvía a aparecer merodeando por las calles de una aldea que estaba por allí, mirad, y que ahora ya no existe pero que entonces no estaba a más de cien pasos de Dikanka. Reunía a cuantos cosacos se acercaban y no se oían más que carcajadas, canciones, el dinero corría a raudales y el vodka como el agua… A veces incluso abordaba a las chicas guapas y les regalaba lazos, pendientes, collares… ¡Todo sin medida! También es cierto que las chicas guapas dudaban bastante de si coger aquellos regalos, pues Dios sabría por qué manos impuras habían pasado. La tía de mi abuelo regentaba en aquel tiempo una taberna situada en el actual camino de Oposhniansk. Allí era donde habitualmente se desmelenaba Basavriuk, que así se llamaba aquel hombre endemoniado. Pues bien, la mujer decía que no aceptaba ningún regalo de él por nada del mundo. Pero, por otra parte, ¿cómo no hacerlo? Todo el mundo se sentía aterrorizado cuando Basavriuk fruncía sus erizadas cejas y lanzaba tales miradas que daban ganas de poner tierra de por medio. Pero si alguien lo aceptaba, a la noche siguiente le visitaba algún amigo salido de un pantano, con cuernos en la cabeza, y si el regalo había sido un collar, le apretaba el cuello; si había sido un anillo, le mordía el dedo; o si había sido un lazo, le tiraba de la trenza. ¡Entonces la gente mandaba al diablo todos esos regalos! Pero ahí estaba el problema, que no podían librarse de ellos. Si lo tiraban al agua, el maldito anillo o collar flotaba por el agua y llegaba de nuevo a las manos de su dueño.

En la aldea había una iglesia, si la memoria no me falla, consagrada a san Pantaleón. Allí entonces vivía un hierofante de bendita memoria, el padre Afanasi. Cuando se dio cuenta de que Basavriuk no iba a la iglesia ni siquiera el Domingo Santo, pensó en regañarle e imponerle una penitencia. ¡Nada más lejos! Por los pelos fue que pudo escapar. «Escúchame bien, amiguito», le respondió con voz de trueno, «antes de meterte en asuntos ajenos, aplícate mejor en los tuyos ¡si no quieres que te llene esa garganta de cabra que tienes con *kutiá*[5] ardiendo!». ¿Qué podía hacer entonces el padre Afanasi con el infiel? Se limitó a anunciar que cualquiera que se juntara con Basavriuk sería considerado católico, enemigo de la iglesia de Cristo y de todo el género humano.

En aquel pueblo, un cosaco apodado Korzh[6] tenía un trabajador al que llamaban Petró el Sin Familia, quizá porque nadie recordaba quiénes eran su padre ni su madre. Es verdad que el pope afirmaba que habían muerto a causa de la peste un año después de nacer su hijo. Pero la tía de mi abuelo no hacía caso de esto e intentaba con todas sus fuerzas darle una familia, aunque el pobre Petró la necesitaba tanto como un dolor de tripas. Decía que el padre se encontraba todavía en Zaporozhie, que había sido prisionero de los turcos, que había sufrido sabe Dios qué torturas y que, gracias a un milagro, había conseguido escapar disfrazado de eunuco. A las mujeres, solteras o casadas, de cejas negras, no les interesaba quiénes eran sus padres. Solo decían que si lo vestían con un caftán nuevo, le ceñían una faja roja, le ponían en la cabeza un gorro de astracán con un elegante remate azul, le colgaban un sable turco al costado, le daban un látigo y una pipa bellamente labrada, haría

[5] Gachas de arroz con miel que solía tomarse en las celebraciones importantes, como los entierros o en la cena de Nochebuena.

[6] En ruso y ucraniano, «galleta» o «torta».

sombra a todos los muchachos habidos y por haber. El problema era que el pobre Petró solo tenía una *svitka* gris con más agujeros que monedas el bolsillo de un judío. Con todo, eso no era una gran desgracia. Para gran desgracia lo siguiente. El viejo Korzh tenía una hija tan preciosa como estoy seguro de que nunca se ha visto. La tía de mi difunto abuelo me dijo (y ya saben que para una mujer es más fácil, que nadie se ofenda, besar al diablo que reconocer que otra mujer es hermosa) que las redondas mejillas de aquella cosaquita eran tan frescas y lozanas como una amapola de refinado color rosa cuando, humedecida por el rocío del Señor, resplandece, abre sus pétalos y se curva ente el sol naciente. Sus cejas, que se asomaban a sus ojos claros, eran como esos cordones negros que nuestras jóvenes compran ahora a los *moskales,* que van por los pueblos con cajas llenas, para colgar cruces y medallas. Su boquita, por la que los jóvenes de entonces se relamían, parecía haber sido hecha para cantar cantos de ruiseñor. Su cabello, negro como las alas de los cuervos y suave como el lino joven (nuestras muchachas no se hacían aún trencitas con cintas de vivos colores), caía en rizos ensortijados sobre el vestido bordado en oro. Ay, que Dios me castigue si es mentira que la besaría ahora mismo a pesar de que las canas se abren paso por el viejo bosque que cubre mi cabeza y que mi parienta anda siempre pegada a mí. Y, bueno, si un muchacho y una muchacha viven cerca el uno del otro, pues ya saben lo que pasa. En ocasiones, se veían al amanecer las huellas de las botas rojas de Pidorka en el lugar donde se había encontrado con su Petró. Korzh ni aun así pensó nada malo. Pero una vez, por indudable maniobra del diablo, a Petró, que no miró bien en el zaguán, se le ocurrió estampar un beso, como suele decirse, con toda el alma, en los rosados labios de la cosaquita. Y resulta que el mismísimo diablo, ¡que el muy hijo de perra sueñe con la Santa Cruz!, llevó al tonto del viejo a abrir la puerta de la casa justo en ese momento. Korzh se quedó petrificado, con la boca abierta y la mano todavía en el pomo. Le pareció que el dichoso beso le estalló en los oídos. Le sobrecogió más fuerte que el golpe de mortero contra la pared con el que hoy día la gente suele espantar a los visitantes no deseados a falta de fusil y pólvora.

En cuanto volvió en sí, descolgó el látigo de su abuelo y se dispuso a golpear con él la espalda del pobre Petró. Pero, en ese mismo instante, el hermano de seis años de Pidorka, Ivás, llegó corriendo, lo abrazó por las piernas y gritó: «¡Papá! ¡Papá! ¡No pegues a Petrusha!». Y ¿qué iba a hacer? El corazón de su padre no era de piedra. Colgó el látigo de nuevo en la pared y se llevó a Petró en silencio lejos de la isba. «Si alguna vez vuelves a aparecer por mi casa», le dijo, «o merodeas bajo las ventanas, escúchame bien, Petró, ¡por Dios que te arranco ese bigote negro que llevas, ese *chub*[7] que ya te da dos vueltas a la oreja y, como que me llamo Terenti Korzh, la cabeza también!». Nada más terminar de hablar, le dio un suave golpe con el puño en la nuca y Petró salió volando y cayó de bruces sobre la tierra. ¡Ese fue el resultado de tanto beso! La mala suerte la tomó con nuestros dos palomos. Más tarde, corrió por la aldea el rumor de que un polaco con ropas bordadas de oro, con bigote, sable, espuelas y bolsillos que sonaban como la talega que nuestro amigo Tarás hace tintinear todos los días en la iglesia, frecuentaba la casa de Korzh. Ya se sabe para qué va alguien a visitar al padre cuando este tiene una hija de cejas negras. Un día, Pidorka, llena de lágrimas, tomó a Ivás entre sus brazos y le dijo: «¡Mi querido y amado Ivás! ¡Vuela como una flecha, mi dulce niño, a casa de Petró! Cuéntaselo todo, que amo sus ojos pardos, que no dejaría nunca de besar su blanco rostro. Pero que mi destino me lo impide. He empapado pañuelos enteros con amargas lágrimas. Me siento muy mal. Me duele el corazón. Mi propio padre se ha convertido en un enemigo para mí y me obliga a casarme con un polaco al que no amo. Cuéntale que ya están preparando la boda, pero que en ella no habrá música, pues en lugar de sonar las *kobzas*[8] y las *sopilkas*[9] cantarán los diáconos. No bailaré con el novio de buena gana, sino que me obligarán. Mi oscura casa será de madera de arce, y en vez de chimenea en el tejado ¡habrá una cruz!».

---

[7] Especie de copete o coleta que los cosacos se dejaban crecer sobre la cabeza afeitada.

[8] Instrumento de cuerda típico ucraniano de la familia del laúd.

[9] Instrumento de viento típico ucraniano similar a una flauta doble.

Petró escuchaba congelado y sin moverse de su asiento las palabras de Pidorka que aquel inocente niño le balbuceaba. «Y yo, desdichado de mí, que pensaba ir a Crimea y a Turquía para ganar dinero y volver con las mejores intenciones a por ti, hermosa mía. Pero ya no será así. La mala suerte ha caído sobre nosotros. Me casaré, sí, mi querido pececillo, pero en mi boda no cantarán siquiera los diáconos. En lugar de un pope, será un cuervo negro quien me dedique gimoteando unas palabras. El campo abierto será mi casa y una nube azul será mi techo. Un águila me arrancará los ojos a picotazos, las lluvias lavarán los huesos de este cosaco y el viento los secará. Pero ¿a quién le hablo? ¿A quién invocar? ¿A quién dirigir mis lamentos? Parece que Dios así lo ha dispuesto ya. ¡Perezca yo pues!». Y se fue derecho a la taberna.

La tía de mi difunto abuelo se extrañó un poco de ver a Petró en la taberna, pues a esas horas un hombre de bien va a misa de maitines. Lo miró fijamente, como si acabara de despertarse, cuando él le pidió una jarra de vodka barato casi de medio cubo. El pobre quería ahogar en vano sus penas. El vodka le picaba en la lengua como las ortigas y le resultó más amargo que el ajenjo, así que terminó por tirar la jarra al suelo. «¡No te aflijas más, cosaco!», tronó detrás de él una potente voz de bajo. Petró se volvió. ¡Era Basavriuk! ¡Ay, qué pintas tenía! ¡Sus cabellos eran puros rastrojos y los ojos grandes como los de un buey! «¡Sé muy bien lo que necesitas! ¡Aquí está!», y de inmediato sacudió con risa endemoniada la bolsa de cuero que colgaba de su faja. Petró se estremeció. «¡Oh, oh, oh! ¡Cómo brillan!», rugió mientras derramaba las monedas sobre su mano. «¡Oh, oh, oh! ¡Cómo suenan! Y solo te pido una cosa por una montaña entera de semejantes tesoros». «¡Tú eres el mismísimo diablo!», gritó Petró. «¡Dámelas! ¡Haré lo que me pidas!». Los dos se dieron un sonoro apretón de manos. «Mira, Petró, llegas justo a tiempo. Mañana es Iván Kupala. Esta es la única noche del año en que florecen los helechos. ¡Que no se te escape la ocasión! Te espero a medianoche en el barranco del Oso».

Creo que las gallinas no esperan con tanta impaciencia la hora en que su dueña les trae el grano como Petró esperó la noche. Miraba con frecuencia si la sombra del árbol se alargaba y si el sol de poniente enrojecía. Cuanto más tiempo pasaba, ¡más impaciente se ponía Petró! ¡Qué larga se le hizo la espera! ¡Le parecía que aquel día de Dios había perdido su final en alguna parte! Pero he aquí que el sol por fin desapareció. El cielo se coloreaba solo por un extremo y palidecía con rapidez. El frío se adueñaba poco a poco de los campos. La oscuridad se hacía cada vez más y más densa, hasta que el último rayo de luz se esfumó definitivamente. ¡Ya era hora! Con el corazón que se le salía del pecho, Petró se puso en camino. Descendió con cuidado por un espeso bosque hasta el profundo barranco que llamaban del Oso. Basavriuk ya lo estaba esperando allí. Estaba muy oscuro, pero su imagen le saltó a Petró a los ojos. Los dos, cogidos de la mano, se abrieron paso a través de ciénagas. Se sujetaban a los crecidos espinos, pero, aun así, tropezaban casi a cada paso. Al fin alcanzaron tierra llana. Petró miró a su alrededor. Nunca había estado allí. Basavriuk también se detuvo.

—¿Ves las tres colinas que se alzan delante de ti? En ellas hay muchas flores diferentes, pero que las fuerzas del inframundo te guarden de cortar solo una. En cambio, nada más que florezca el helecho, cógelo y corre sin mirar atrás veas lo que veas.

Petró quiso preguntar algo, pero Basavriuk ya había desaparecido. Llegó hasta las tres colinas. ¿Dónde estaban las flores? No se veía nada. La maleza silvestre era completamente negra y lo ahogaba todo con su espesura. Pero entonces un relámpago brilló en el cielo y ante él apareció una abigarrada gama de flores, todas extrañas y asombrosas. También pudo ver unas sencillas hojas de helecho. Petró dudó un instante y se puso ante ellas con los brazos en jarra.

—¿Cuál es la maravilla? Diez veces al día ve uno esta planta. ¿Qué tiene de peculiar? ¿No querrá ese demonio reírse de mí?

Vio que el pequeño capullo de una flor se coloreaba y se movía como si estuviera vivo. ¡Era mágico! No paraba de moverse y a cada instante se hacía más grande y se inflamaba como un ascua. Una chispa centelleó, algo crujió en silencio y la flor se abrió ante sus ojos como una llama que iluminó también a las que se encontraban alrededor.

«¡Es el momento!», pensó Petró y acercó la mano. Vio que, desde detrás de él, cientos de manos peludas intentaban alcanzar la flor y que algo correteaba de un sitio a otro. Cerró los ojos, tiró del tallo y se hizo con la flor. Todo volvió a su ser. Basavriuk apareció sentado en un tocón, azul como un muerto. Si al menos hubiera movido un dedo… Sus ojos estaban fijos en algo visible tan solo para él. Tenía la boca entreabierta pero no emitía ningún sonido. Todo permanecía inmóvil a su alrededor. ¡Qué miedo daba!… Entonces se oyó un silbido que hizo que a Petró le dolieran las entrañas. Le pareció que la hierba susurraba extrañas palabras y que las flores hablaban entre sí con una fina voz como si fueran campanillas de plata. Los árboles comenzaron a rugir con indecibles blasfemias… Y el rostro de Basavriuk cobró vida de repente y sus ojos se incendiaron. «¡Has vuelto aun en contra de tu deseo, ¿eh, Yagá[10]?», murmuró entre dientes. «Escucha, Petró. Ahora aparecerá ante ti una hermosa mujer. ¡Haz cuanto te ordene o estarás perdido para siempre!». Acto seguido, apartó unos arbustos de endrino con un palo y, como suele ser habitual, una isba con patas de gallina surgió ante ellos. Basavriuk la golpeó con el puño y el muro tembló. Un gran perro negro salió a su encuentro. Gritó, se convirtió en gato y se le tiró a los ojos. «¡No te enfades! ¡No te enfades, vieja bruja!», dijo Basavriuk, y añadió tales palabras que cualquier persona de bien se habría tapado los oídos. El gato se había transformado en una anciana con la cara arrugada como una manzana asada y encorvada como un arco. La nariz y la barbilla formaban una de esas tenacillas que se usan para cascar nueces. «¡Una mujer en verdad hermosísima!», pensó Petró, y la piel de la espalda se le puso de gallina. La bruja le arrebató la flor de las manos, se inclinó sobre ella, le susurró largas palabras y la roció con cierta agua. De su boca brotaban chispas y sus labios desprendían espuma. «¡Tírala!», dijo mientras le devolvía la flor. Petró

---

[10] Baba Yagá es la bruja de los cuentos tradicionales rusos. Vive en una isba con patas de gallina y viaja en un mortero.

la tiró y, ¡oh, maravilla!, la flor no cayó a tierra, sino que durante un buen rato se convirtió en una bola de fuego y, suspendida en la penumbra, navegó por el aire como un barco. Luego comenzó a descender lentamente y dio en caer tan lejos que apenas se veía una estrellita no mayor que una semilla de amapola. «¡Allí!», farfulló la vieja. Basavriuk le dio una pala y le dijo: «Cava en ese lugar, Petró. Verás tanto oro como ni tú ni Korzh habéis soñado jamás». Petró se escupió en las manos, cogió la pala, la clavó en la tierra y la pisó una vez, y otra, y una tercera, y más todavía… ¡hasta que dio con algo duro! La pala chocaba con algo y no podía avanzar. Entonces los ojos de Petró distinguieron claramente un pequeño cofre de hierro. A punto estuvo de cogerlo, pero el cofre se hundió en la tierra; y cuanto más cavaba Petró, más se hundía el cofre. Oyó tras él una risa que más bien se parecía al siseo de una serpiente. «¡No! ¡No verás el oro hasta que no derrames sangre humana!», le dijo la bruja, que condujo hasta su lado a un niño de unos seis años, cubierto con una sábana blanca, y le indicó por señas que le cortara la cabeza. Petró se quedó estupefacto. ¡Menuda cosa! Cortarle por las buenas la cabeza a una persona… Y además ¡a un niño inocente! Quitó la sábana que le cubría y ¿qué es lo que vio? ¡Ante él se encontraba Ivás! El pobre niño tenía los brazos cruzados sobre el pecho y la cabeza le colgaba… Petró, enloquecido, se lanzó cuchillo en mano contra la bruja y a punto estaba de alcanzarla cuando…

—¿Qué es lo que prometiste por la muchacha? –retumbó la voz de Basavriuk como un tiro en su espalda–.

La bruja golpeó el suelo con el pie y una llama azul brotó de la tierra. El centro del planeta se iluminó y este se volvió transparente como si fuera de cristal. Todo lo que había debajo podía verse con la misma facilidad que si estuviera en la palma de la mano. Gusanos, piedras preciosas en cofres y en calderos se amontonaron bajo el lugar en el que se encontraba Petró. Los ojos se le encendieron y la mente se le nubló… Enloquecido, empuñó el cuchillo y la sangre le salpicó a los ojos. Una carcajada diabólica resonó por doquier. Manadas de horribles monstruos corrieron a su alrededor. La bruja agarró el cadáver decapitado entre las manos y, como un lobo, bebió su sangre… ¡A Petró le daba vueltas la cabeza! Reunió todas sus fuerzas y echó a correr. Todo ante él estaba cubierto de rojo. Los árboles, bañados en sangre, parecían arder y gemir. El cielo, envuelto en llamas, temblaba… Manchas de fuego cruzaban sus ojos como relámpagos. Extenuado, llegó a su casa y se desplomó sobre el suelo cual gavilla. Un sueño mortal se apoderó de él.

Petró durmió dos días y dos noches sin despertar una sola vez. Cuando al tercer día abrió por fin los ojos, inspeccionó durante largo rato todos los rincones de la casa. En vano se esforzó por recordar. Su memoria era como el bolsillo de un viejo avaro, del que resultaba imposible sacar ni medio kópek. Se estiró y oyó un tintineo a sus pies. Miró y vio que había dos sacos llenos de oro. Solo entonces, como a través de un sueño, recordó que había buscado un tesoro, que había estado en un bosque, que había tenido miedo… Pero cómo consiguió el oro y a qué precio no llegó a comprenderlo en absoluto.

Cuando Korzh vio lo sacos, se ablandó. «¿De verdad ha sido Petró un sinvergüenza? ¿Es que no lo quise? ¿Acaso no lo consideraba mi propio hijo?», y el vejete profirió tantas palabras tan increíbles que Petró no pudo contener las lágrimas. Pidorka le contó que unos gitanos que habían pasado por allí secuestraron a Ivás. Pero Petró no pudo siquiera recordar el rostro del niño. ¡Hasta tal punto lo había hechizado aquella maldita bruja! No había razón para dudar. Le dieron al polaco con la puerta en las narices y comenzaron a preparar la boda. Hornearon panecillos, bordaron echarpes y pañuelos, trajeron un tonel de vodka, sentaron a la mesa a los novios, cortaron el pastel, tocaron *banduras*[11], salterios, *sopilkas, kobzas* y ¡comenzó la diversión!

Las bodas de antes no eran como las de ahora. La tía de mi abuelo solía contarme, y ¡qué bien lo hacía!, que las jóvenes bailaban la *górlitsa*[12] con un tocado de cintas amarillas, azules y rosas que llevaba una franja dorada en la parte superior.

---

[11] Instrumento típico ucraniano de cuerda pulsada que combina en sí mismo el laúd y la cítara.

[12] Tipo de danza ucraniana.

Vestían finas blusas con bordados de seda roja y pequeñas flores plateadas y calzaban botas de cuero con grandes tacones de hierro sobre las que danzaban majestuosas como pavos reales y formaban un ruidoso torbellino. También que las recién casadas llevaban en la cabeza un ostentoso tocado con dos rizos negros del más fino pelo de oveja, uno delante y otro detrás, cuya parte superior era de tela brocada en oro y tenía una pequeña abertura en la nuca por la que asomaba una cofia dorada. Llevaban un sobretodo azul, de la mejor seda, con las solapas de los bolsillos rojas. Con los brazos orgullosamente en jarras, salían una a una y bailaban el *gopak* con ritmo perfecto. También que los mozos, con altos gorros cosacos, *svitkas* de fina tela, ceñidas fajas bordadas de plata y pipas entre los dientes, se deshacían con ellas en cumplidos y les contaban historias. Cuando vio a los novios, Korzh no pudo evitar recordar sus años jóvenes. Tomó una *bandura* en sus manos, dio una calada a la pipa y cantó con los demás. Se colocó una copa sobre la cabeza y, acompañado de los fuertes gritos de los presentes, el viejo quiso sacudirse de encima la vejez y se entregó en cuerpo y alma a una enloquecida *prisiadka*. ¡Qué no se le ocurrirá a un borracho! Antes acostumbraban a vestirse con unas ropas que les hacían no parecer humanos. Nada que ver con los disfraces que la gente se pone ahora en las bodas. ¿De qué se disfrazan hoy día? Solo de gitanas o de *moskales*. Antes uno se vestía de judío, el otro de demonio… Empezaban dándose besos y terminaban tirándose del *chub*… ¡Dios los guarde! Los invitados se reían tanto que tenían que agarrarse la tripa. Se vestían de turcos y de tártaros, con unos trajes que parecían hechos de fuego. Y entonces comenzaban a decir tonterías y a gastar bromas. Era el momento de encomendarse a los santos. A la tía de mi difunto abuelo le ocurrió una graciosa anécdota en una boda. Iba vestida con un amplio vestido de tártara y agasajaba a la concurrencia con una copa entre las manos. El diablo quiso que a uno se le ocurriera echarle vodka por la espalda. Y otro, que tampoco se quedaba atrás, dio en encender fuego y… La llama saltó y mi pobre tía, asustada, empezó a desnudarse delante de todo el mundo. Hubo escándalo, risas… Fue una escena hilarante más propia de una feria. En una palabra, que los viejos no recordaban una boda tan alegre.

Pidorka y Petró comenzaron a vivir como marido y mujer. No les faltaba de nada. La vida les sonreía. Pero las gentes de bien los miraban y sacudían la cabeza. «Del diablo no viene nada bueno», decían todos al unísono. «¿De dónde sino del maligno les vienen tantas riquezas? ¿De dónde ha sacado Petró semejante montón de oro? ¿Por qué de pronto, el mismo día que el joven se hizo rico, Basavriuk desapareció como si se lo hubiera tragado la tierra?». ¡Díganme si esta gente estaba equivocada! Lo cierto es que al mes ninguna persona reconocía ya a Petró. Sabe Dios lo que le pasaba. Se sentaba sin moverse, no cruzaba una palabra con nadie y permanecía allí quieto, pensativo, como si quisiera recordar algo. Cuando Pisorka conseguía que hablara, parecía que volvía en sí y que incluso se alegraba. Pero luego miraba de nuevo los sacos… «¡Espera! ¡Espera! ¡Que se me olvida!», gritaba, y otra vez se ponía a pensar como si intentara recordar algo. En ocasiones, después de largo rato sentado en un mismo sitio, sentía que todo estaba a punto de acudir a su mente, pero al instante volvía a desaparecer. A veces creía estar en la taberna. Le traían vodka, este le quemaba la garganta y le daba mucho asco. Alguien se le acercaba, le tocaba en el hombro… Pero todo se le nublaba ante los ojos. El sudor le caía por la cara y de nuevo se sentaba en su sitio, agotado.

Hiciera lo que hiciera Pidorka (fue a ver a adivinos, le leyó el futuro, le preparó pociones para el dolor de estómago[13]), no servía de nada. Y así pasó el verano. Muchos cosacos recogieron la cosecha. Otros, más bulliciosos, partieron a la guerra.

---

[13] Nuestras gentes realizan el ritual del *perepoloj* cuando alguien ha tenido un problema y desea saber la causa. Se echa cera o estaño derretidos en agua. La forma que toman estos al solidificarse indica lo que ha importunado a la persona en cuestión. La *sóniashnitsa* es un remedio para quitar el malestar o el dolor de estómago. Se prepara de la siguiente forma. Se prende un cabo de cuerda de cáñamo. Se mete en una jarra que posteriormente se pone boca abajo sobre una palangana con agua. Esta palangana se coloca sobre el vientre del enfermo. Tras los conjuros adecuados, se le da al enfermo una cucharada de esa agua *[Nota del autor]*.

Las bandadas de patos se apretaban aún en nuestros pantanos, pero todas las demás aves migratorias ya se habían marchado. Las estepas se tiñeron de rojo. Aquí y allá, similares a gorros cosacos, los haces de cereal salpicaban el campo. Los carros recorrían el camino cargados de leña. La tierra se endureció y en algunos lugares se cubrió de hielo. Empezó a nevar y las ramas de los árboles se cubrieron de escarcha, blanca y esponjosa como piel de liebre. Era un claro día de invierno. Un camachuelo de pecho rojo se paseaba como un presumido noble polaco por los montones de nieve para buscar semillas. Los niños hacían girar sus peonzas de madera sobre el hielo con cuerdas atadas a largas varas. Sus padres permanecían perezosos sobre la estufa, de la que solo salían de vez en cuando con la pipa encendida entre los labios para maldecir con ganas el frío ortodoxo, tomar un poco de aire o trillar junto al porche el trigo estropeado. Poco a poco empezó a derretirse la nieve y el lucio a agrietar el hielo con la cola, pero Petró estaba igual o incluso peor. Se quedaba sentado, como clavado al sitio, en medio de su isba con los sacos de oro a los pies. Se había vuelto arisco, se había dejado crecer el pelo y tenía un aspecto horrible. Pensaba, se esforzaba por recordar, y se enfadaba y se ponía furioso porque no podía conseguirlo. En ocasiones se levantaba de un salto, fijaba los ojos en algo y movía los brazos como si quisiera atraparlo. Movía los labios como si pronunciara una palabra olvidada hace tiempo y al instante los detenía... La ira se apoderaba de él. Como un loco, se arañaba y se mordía los brazos y, excitado, se arrancaba mechones de pelo hasta que por fin se calmaba, caía en un sereno letargo y entonces otra vez hacía por recordar y de nuevo lo dominaba la cólera y, más tarde, la angustia... ¿Qué era aquel castigo divino? La vida de Pidorka era un infierno. Al principio tenía miedo de quedarse a solas en casa con su marido, pero después la pobre se acostumbró a su desgracia. Resultaba imposible reconocer a la antigua Pidorka. No quedaba el más mínimo rastro de su rubor ni de su hermosa sonrisa. Estaba siempre cansada, exhausta y sus ojos claros no hacían más que llorar. Hubo alguien que se compadeció de ella y le aconsejó que visitara a la bruja del Barranco del Oso, ya que tenía fama de poder curar todas las enfermedades del mundo. Pidorka decidió probar ese último remedio y con esfuerzo convenció a la vieja de que la acompañara a casa. Era ya al atardecer, justo la víspera de Iván Kupala. Petró yacía inconsciente sobre un banco y no percibió la presencia de la recién llegada. Se incorporó poco a poco y la miró. De pronto comenzó a temblar como si estuviera en el patíbulo. Se le erizaron los cabellos y lanzó tal carcajada que el terror se adueñó del corazón de Pidorka. «¡Ya me acuerdo! ¡Ya me acuerdo!», gritó con terrorífica alegría. Entonces tomó un hacha y la arrojó con todas sus fuerzas contra la vieja. El hacha se hundió medio metro en la puerta de roble. La vieja se esfumó, pero un niño de unos siete años, con camisa blanca y la cabeza tapada, apareció en medio de la isba… Entonces voló la sábana. «¡Ivás!», exclamó Pidorka, y corrió hacia su hermano. Pero aquel espectro estaba cubierto de sangre de los pies a la cabeza e iluminaba de luz roja toda la estancia. Pidorka corrió horrorizada fuera de la casa. Poco después se tranquilizó y quiso ayudar al pequeño, pero ¡todo en vano! La puerta se había cerrado con tal fuerza cuando salió que no tuvo modo de abrirla. La gente llegó alarmada. Llamaron y, al fin, consiguieron derribar la puerta, pero allí no había un alma. La casa estaba llena de humo, y solo en medio, donde había estado Petró, quedaba un montón de cenizas que aún desprendían vapor en algunos lugares. Todos se precipitaron sobre los sacos, pero en vez de monedas solo encontraron trozos de vasijas rotas. Con los ojos fuera de las órbitas, la boca abierta y sin atreverse a sacudir siquiera los bigotes, los cosacos se quedaron petrificados. Así de grande fue el terror que les produjo aquel prodigio.

No recuerdo lo que sucedió después. Pidorka hizo la promesa de ir de peregrinación. Recogió las pertenencias que heredó tras la muerte de su padre y pocos días más tarde desapareció definitivamente de la aldea. Nadie sabía dónde se había ido. Las atentas ancianas del lugar ya la habían enviado al mismo lugar que Petró, pero un cosaco que había llegado de Kiev contó que había visto en un monasterio una monja, reseca como un esqueleto, que no dejaba de rezar. Los lugareños reconocieron en ella a Pidorka por las señas que el cosaco les dio: que había llegado al monasterio a pie y que llevaba consigo un enchapado para el icono de la Virgen cuajado de brillantes piedras preciosas multicolores con el que todo el mundo se quedaba boquiabierto.

Pero déjenme decir que la historia no había terminado. El mismo día en que el maligno se llevó a Petró, Basavriuk apareció de nuevo. Todos huyeron de él, pues ya sabían qué clase de pájaro era: el mismísimo Satanás, que había tomado forma humana para desenterrar tesoros. Y como los tesoros no se dejan tomar por manos impuras, atraía hacia él a jóvenes inocentes. Ese mismo año, todos abandonaron sus covachas y se mudaron al pueblo, pero ni siquiera allí Basavriuk los dejó en paz. La tía de mi difunto abuelo contaba que Basavriuk se enfadó muchísimo con ella por abandonar la antigua taberna del camino de Oposhniansk y trató de vengarse con todas sus fuerzas. Una vez, las autoridades del pueblo se reunieron en la nueva taberna para hablar, como suele decirse, de sus cosas. Se sentaron a una mesa en cuyo centro yacía asado, que en paz descanse, un pequeño carnero. Hablaron de esto y de aquello, y contaron fenómenos y sucesos varios. Entonces les pareció ver (no tendría importancia si solo se lo hubiera parecido a uno, pero resulta que les ocurrió a todos) que el carnero levantaba la cabeza, que sus ojos turbios cobraban vida y se iluminaban, y que unos bigotes negros y ralos llamaban la atención de los presentes. Todos reconocieron al instante la cara de Basavriuk en la cabeza del carnero. La tía de mi abuelo aseguraba que a punto estuvo de pedir vodka… Así que aquellos honrados ancianos cogieron sus gorros y se marcharon a toda prisa. En otra ocasión, el mismísimo pope del pueblo, a quien con frecuencia le gustaba charlar con la jarra del abuelo, no había llegado a apurarla dos veces cuando vio que la jarra le hacía reverencias. ¡Al diablo que la mandó! ¡La de cruces que se hizo! Y también a su señora le pasó algo extraño. Acaba de ponerse a amasar pan en una tina enorme cuando, de repente, la tina pegó un salto. «¡Alto! ¡Alto! ¡Adónde vas!», dijo la mujer. Y la tina se puso a hacer la *prisiadka* con aires de importancia por toda la casa… Pueden reírse, pero nuestros abuelos no se reían. Aunque el padre Afanasi fue por todo el pueblo con el agua bendita y perseguía al diablo con el hisopo por las calles, la tía de mi difunto abuelo se quejó mucho tiempo de que en cuanto anochecía alguien golpeaba el tejado y le arañaba la pared.

¡Para qué más! Ahora todo parece estar tranquilo en el lugar donde se encuentra nuestro pueblo. Pero no hace tanto tiempo que mi difunto padre recordaba, y yo también lo recuerdo, cómo ninguna persona de bien se atrevía a pasar junto a las ruinas de aquella taberna, que los paganos utilizaron mucho tiempo después para sus asuntos. Una columna de humo salía por la chimenea obstruida y subía tan alto que a uno se le caía el gorro de mirarla. El humo se convertía luego en brasas ardientes que caían por toda la estepa, y el diablo (no tendríamos ni que nombrarlo, hijo de perra) sollozaba tan lastimoso en aquella su guarida que los cuervos, asustados, se levantaban en bandadas de los robledales vecinos y revoloteaban por el cielo con salvajes graznidos.

LA NOCHE DE MAYO
(O «LA AHOGADA»)

¡Ni el demonio lo entiende!
Si un cristiano se pone a hacer algo,
rondará y rondará y no le saldrá
nada a derechas. Sin embargo,
si el diablo se mete de por medio,
en cuanto menea el rabo, las cosas
salen como caídas del cielo[1].

I
Ganna

Una sonora canción corría como un río por las calles de la aldea de ***. Cansados del trabajo y de las preocupaciones diarias, muchachos y muchachas solían reunirse en ruidoso corro, a la luz del claro atardecer, para convertir su júbilo en cantos, siempre inseparables de la dulce melancolía. La lánguida tarde abrazaba soñadora el cielo azul y lo transformaba todo en una confusa lejanía. Anochecía y las canciones aún sonaban. Levkó, un joven cosaco hijo del alcalde de la aldea, se había librado de los cantores y caminaba por las calles con una *bandura* en las manos. El cosaco, tocado con un gorro de astracán, se paseaba por la aldea mientras rasgueaba las cuer-

[1] En ucraniano en el original.

das con los dedos y bailoteaba. En un momento dado se detuvo ante la puerta de una casa rodeada de cerezos de poca altura. ¿De quién era la casa? ¿De quién era esa puerta? Guardó silencio un instante y, después, comenzó a tocar y a cantar:

> El sol está bajo, la noche se acerca.
> ¡Ven a mí, corazón mío![2].

—¡No! ¡Está claro que mi hermosa muchacha de ojos claros duerme! –dijo el cosaco cuando terminó la canción y se acercó a la ventana–. ¡Ganna! ¡Ganna! ¿Duermes? ¿O es que no quieres salir a mi encuentro? Tal vez temes que alguien nos vea o ¿acaso no quieres mostrarle tu carita blanca al frío? No temas, pues. No hay nadie y la noche es cálida. Y si alguien se presentase, te taparía con la *svitka,* te rodearía con la faja, te cubriría con las manos y nadie nos vería. Y si hiciera frío, te estrecharía contra mi corazón, te calentaría con besos y pondría mi gorro sobre tus blancos piececitos. ¡Corazón mío! ¡Mi palomita! ¡Mi tesoro! ¡Asómate un instante! Saca al menos tu blanca mano por la ventana... ¡No! ¡Tú no duermes, orgullosa muchacha! –dijo en voz más alta y avergonzada por tal humillación–. Ya que te gusta tanto burlarte de mí, ¡adiós!

Levkó se dio entonces media vuelta, se ladeó el gorro y se alejó muy digno de la ventana al tiempo que rasgueaba fríamente las cuerdas de la *bandura.* El picaporte de madera de la puerta giró, la puerta se abrió sigilosa y una muchacha que contaba diecisiete primaveras cruzó el umbral envuelta en la penumbra. Miraba tímidamente a su alrededor y no se atrevía a soltar el picaporte. En la oscuridad, apenas interrumpida, sus ojos claros ardían acogedores como dos estrellitas. Brillaba su collar de coral rojo y ni siquiera el rubor que afloraba vergonzoso a sus mejillas pudo ocultarse de la vista de águila del joven.

—Qué impaciente eres –le dijo en voz baja–. ¡Ya te has enfadado! ¿Por qué has elegido este momento, con toda esa gente que deambula por las calles? Estoy temblando.

---

[2] En ucraniano en el original.

—¡Oh, no tiembles, mi pequeño petirrojo encarnado, y abrázame fuerte! –exclamó el cosaco mientras la abrazaba, se deshacía de la *bandura,* que colgaba alrededor de su cuello con una larga correa, y se sentaba con ella junto a la puerta de la casa–. Bien sabes que no puedo estar sin verte ni siquiera una hora.

—¿Sabes lo que creo? –le interrumpió la muchacha y le miró pensativa–. Algo me dice que no podremos vernos tan a menudo. Las gentes del lugar son antipáticas. Las chicas miran todas con envidia y los chicos… Hasta noto que últimamente mi madre es más severa conmigo. Confieso que me sentía más feliz cuando vivía en otro lugar.

Un gesto de añoranza recorrió su rostro cuando pronunció estas últimas palabras.

—Llevas dos meses en mi tierra natal y ¡ya echas de menos la tuya! ¿Es que te has cansado de mí?

—Oh, yo no me he cansado de ti –le dijo con una sonrisa–. ¡Te quiero, mi cosaco de cejas negras! Te quiero porque tienes los ojos pardos y, si los miro, el alma se me llena de alegría y se me pone feliz y contenta. Porque mueves tu bigote negro de forma encantadora. Y porque vas por la calle con tu *bandura,* y cantas, y me agrada escucharte.

—¡Oh, Ganna mía! –exclamó el muchacho, que la besó y la apretó con más fuerza contra su pecho–.

—¡Espera! ¡Basta, Levkó! Antes, dime: ¿has hablado con tu padre?

—¿Qué? –dijo volviendo en sí–. Que quiero casarme contigo y que tú te cases conmigo: eso fue lo que le dije.

Pero las palabras «le dije» sonaron un tanto desesperanzadas.

—Y ¿qué te contestó?

—¿Qué quieres que me conteste? Ese viejo carcamal se hizo el sordo, como de costumbre. No escuchó nada y además me regañó por vagabundear por ahí, divertirme y bromear con mis amigos por la calle. Pero ¡no te preocupes, Ganna mía! Tienes mi palabra de cosaco de que le convenceré.

—Todo lo que tienes que hacer, Levkó, es abrir la boca y todo sucederá a tu gusto. Yo misma lo sé. A veces desearía no escucharte, pero en cuanto abres la boca soy capaz de hacer todo lo que desees. Mira. ¡Mira! –añadió. Y apoyó la cabeza en el hombro de él y alzó los ojos a lo alto, donde el cálido cielo ucraniano se mostraba de un intenso azul oscuro, y cuya parte inferior resguardaban las retorcidas ramas de los cerezos que crecían ante los dos jóvenes–. ¡Mira! A lo lejos titilan las estrellas. Una, otra, una tercera, una cuarta, una quinta... ¿No es verdad que son los ángeles del Señor, que han abierto las ventanas de sus luminosas casas celestes y que nos miran? ¿No es verdad, Levkó? ¿No son los ángeles que nos miran desde arriba? ¿Y si las personas pudiéramos volar como los pájaros y llegáramos hasta allí, alto, muy alto?... ¡Oh, qué miedo! Ni un solo roble llega hasta el cielo. Dicen, sin embargo, que, en alguna parte, en una tierra lejana, existe un árbol que roza con su copa el mismísimo cielo. Y que Dios desciende por él a la tierra la madrugada del Domingo de Resurrección.

—No, Ganna. Dios tiene una escalera muy larga por la que baja del cielo a la tierra. Los santos arcángeles la colocan la madrugada del Domingo de Resurrección. Y en cuanto Dios pisa el primer peldaño, todos los espíritus del mal salen volando y caen a montones al infierno. Por eso el día de la Resurrección de Cristo no hay en la tierra un solo espíritu maligno.

—¡Qué serenamente se mece el agua! ¡Como un bebé en su cuna! –continuó Ganna al tiempo que señalaba el estanque, que el oscuro bosque de arces bordeaba sombrío y sobre el que los sauces lloraban y hundían sus apenadas ramas. Como un frágil anciano, recogía el lejano y oscuro cielo en su frío abrazo y rociaba con besos helados las ardientes estrellas, que flotaban dulcemente en el cálido aire nocturno y presentían la inminente llegada de la luminosa reina de la noche. Cerca del bosque, sobre una colina, una vieja casa de madera dormitaba con los postigos cerrados. El musgo y las hierbas silvestres cubrían el tejado, y ensortijados manzanos crecían delante de las ventanas. El bosque la abrazaba con su sombra y proyectaba sobre ella unas tinieblas siniestras. Un soto de nogales se alzaba a sus pies y descendía hasta el estanque–.

—Recuerdo como en un sueño –dijo Ganna sin apartar los ojos de él– que hace mucho, mucho tiempo, cuando todavía era una niña y vivía con mi madre, me contaron algo terrible sobre esa casa. Tú, Levkó, seguro que conoces la historia. ¡Cuéntamela!

—¡Sabe Dios cuál es, hermosa mía! Qué no contarán esas viejas y esa gente estúpida. Lo único que conseguirás será inquietarte, tener miedo y no poder dormir.

—¡Cuéntamela! ¡Cuéntamela, mi querido cosaco de cejas negras! –dijo ella mientras apretaba su rostro contra la mejilla de él y lo abrazaba–. ¡No! Está claro que no me quieres y que tienes a otra. No voy a tener ningún miedo y esta noche dormiré muy bien. Si no me lo cuentas es cuando no voy a dormir. Sufriré y pensaré que… ¡Cuéntamela, Levkó!

—Va a ser verdad eso que dice la gente, que las chicas tenéis un diablo dentro que azuza vuestra curiosidad… Escucha, pues. Hace mucho tiempo, corazón mío, vivía en esa casa un *sótnik*[3] cosaco. El *sótnik* tenía una hija, una damita bellísima, blanca como la nieve, como tu carita. La mujer del *sótnik* había muerto hacía tiempo y él había decidido casarse otra vez. «¿Me seguirás queriendo, papá, cuando tomes una nueva esposa?», le decía su hija. «¡Por supuesto, hija mía! ¡Te abrazaré contra mi pecho con más fuerza si cabe que antes! ¡Claro que te querré, mi niña! ¡Y te regalaré pendientes y collares todavía más brillantes!». El *sótnik* llevó al hogar a su joven esposa. Era sonrosada, pálida, de una gran belleza. Pero nada más llegar miró a su hijastra de una forma tan terrible que esta dio un grito. Después, la severa madrastra no dijo una palabra durante el resto del día. Llegó la noche. El *sótnik* y su joven esposa se fueron a la alcoba y la blanca damita se encerró en su buhardilla. Estaba muy triste y se puso a llorar. Entonces vio que un horripilante gato negro caminaba hacia ella. El pelaje le brillaba como si estuviera en llamas y las temibles garras resonaban contra el suelo. Asustada, la muchacha saltó sobre un banco. El gato hizo lo mismo. Ella saltó a la cama y el gato también. De pronto, el animal se abalanzó sobre su cuello y trató de estrangularla. Con un grito, la muchacha se lo quitó de encima y lo arrojó al suelo, pero el horrible gato se le echó de nuevo encima. La muchacha estaba aterrorizada. De la pared colgaba un sable de su padre. Lo cogió y golpeó el suelo con él. El gato apartó sus crueles garras, soltó un bufido y desapa-

[3] Rango del ejército cosaco equivalente al de capitán.

reció por un rincón oscuro. Durante el día siguiente la joven esposa no salió de su habitación, y al tercero lo hizo con una mano vendada. La pobre muchacha adivinó que su madrastra era una bruja y que le había hecho un corte en la mano. Al cuarto día, el *sótnik* le ordenó a su hija que trajera agua, que barriera la casa como una simple campesina y que no apareciera por la alcoba del matrimonio. Aquello fue muy duro para la pobre damita, pero no podía hacer nada, así que se limitó a cumplir la voluntad de su padre. Al quinto día, el *sótnik* echó a su hija descalza de casa y no le dio ni un mendrugo de pan para el camino. Entonces la muchacha se puso a llorar y se cubrió el rostro con las manos: «¡Papá! ¡Has llevado a tu hija a la perdición! ¡Esa bruja ha destruido tu alma pecadora! Que Dios te perdone. Y a mí, infeliz como soy, ¡que me permita pronto abandonar este mundo!». Y entonces, ¿lo ves allí? –Levkó se volvió hacia Ganna y le señaló la casa–. Allí, mira, apartado de la casa, hay un acantilado. Pues desde ese acantilado la muchacha se arrojó al agua y dejó de existir…

—¿Y qué pasó con la bruja? –le interrumpió Ganna, asustada, y le miró con los ojos llenos de lágrimas–.

—¿Con la bruja? Las viejas cuentan que desde ese momento todas las ahogadas salen las noches de luna para calentarse bajo sus rayos en el jardín de la casa. Y la hija del *sótnik* se convirtió en su reina. Una noche vio a su madrastra cerca del estanque, se lanzó sobre ella y la arrastró al agua entre alaridos. Pero incluso allí la bruja encontró el modo de escapar, pues bajo el agua se convirtió en una más de las ahogadas y gracias a eso se libró del látigo de los juncos verdes con el que las ahogadas querían golpearla. ¡Vete a saber si es verdad lo que cuentan esas viejas! Cuentan también que la muchacha reúne cada noche a sus ahogadas y las mira a la cara una a una para intentar averiguar cuál de ellas es la bruja, pero hasta el momento no lo ha conseguido. Y si se topa con algún humano, de inmediato le obliga a intentar adivinarlo bajo la amenaza de ahogarlo en el agua. ¡Esto es, mi amada Ganna, lo que cuentan los viejos! El dueño actual quiere construir allí una destilería y para tal propósito ha enviado un destilador… Oigo gente. Son mis amigos que vuelven cantando. ¡Adiós,

Ganna! Duerme tranquila y ¡no pienses más en estos cuentos de viejas!

Dicho eso, la abrazó todavía con más fuerza, le dio un beso y se marchó.

—¡Adiós, Levkó! –le dijo Ganna mientras miraba pensativa el oscuro bosque–.

Una enorme luna de fuego se elevó en ese mismo instante majestuosa desde la tierra. La mitad continuaba aún enterrada, pero ya iluminaba el mundo entero con luz solemne. El estanque se llenó de brillos chispeantes. La sombra de los árboles comenzó a separarse claramente del oscuro verdor.

—¡Adiós, Ganna! –oyó la joven a sus espaldas estas palabras acompañadas de un beso–.

—¡Has vuelto! –dijo mirando a su alrededor. Pero solo vio ante ella a un muchacho desconocido y se dio la vuelta–.

—¡Adiós, Ganna! –oyó de nuevo, y otra vez la besaron en la mejilla–.

—¡El diablo me ha dado otro! –dijo enfadada–.

—¡Adiós, querida Ganna!

—¡Y otro más!

—¡Adiós! ¡Adiós! ¡Adiós, Ganna! –Y los besos le llovían de todas partes–.

—¡Pero si es toda la pandilla! –exclamó Ganna, que se zafó a toda prisa de la multitud de mozos que intentaban abrazarla–. ¡Y que no se cansan de besuquear! ¡Muy pronto, vive Dios, no podremos ni salir a pasear!

Tras estas palabras cerró la puerta de un portazo y se oyó cómo corría el cerrojo de hierro con un chirrido.

II
El alcalde

¿Conocen ustedes la noche ucraniana? ¡Oh, no conocen la noche ucraniana! Atentos. Desde lo alto del cielo la luna mira hacia abajo. La inmensa bóveda celeste se hace más y más grande. Brilla y se agita. Una luz plateada envuelve por completo la tierra, y el mágico aire es fresco y fragante y lleno de ternura y penetrado de un océano de sugerentes aromas. ¡Qué noche tan sublime! ¡Qué noche tan cautivadora! Los bosques, negros e inmóviles, arrojan inspirados lejos de sí una larga sombra. Silenciosos y serenos son los estanques. El frescor y la oscuridad de sus aguas quedan retenidos en los muros verdes de los jardines. Los espesos y virginales huertos de guindos y cerezos extienden temerosos las raíces hacia el frío manantial y de cuando en cuando murmuran sus hojas, molestas e incómodas, si la dulce brisa nocturna las mueve por un instante y las besa. Todo el paisaje duerme. Y en lo alto todo descansa, todo es prodigioso y solemne. Y en el alma todo es inmenso y maravilloso, y de sus profundidades surgen sutiles visiones de plata. ¡Qué noche tan sublime! ¡Qué noche tan cautivadora! Y de pronto todo cobra vida. Los bosques, los estanques, las estepas. Se extiende el majestuoso trino del ruiseñor ucraniano y parece que hasta la luna lo escucha en lo alto del cielo… Como hechizado, el pueblo dormita sobre la loma. La multitud de isbas resplandece aún más blanca, aún más bella a la luz de la luna. Sus muros bajos se recortan en la penumbra de forma aún más deslumbrante. Ya no hay canciones. Todo está en silencio. Duermen las gentes de bien. Solo algunas estrechas ventanas están iluminadas todavía. Son muy pocas las familias que cenan ya tan tarde en el umbral de sus casas.

—Pero ¡que así no se baila el *gopak*! ¡Ya me parecía a mí que la cosa no iba bien! ¿Qué es lo que dice el compadre? ¡Vamos! ¡Gop, trala! ¡Gop, trala! ¡Gop, gop, gop! –hablaba consigo mismo un hombre de mediana edad que bailaba por la calle–. ¡Por Dios! ¡Que así no se baila el *gopak*! Pero ¿por qué iba a mentir? ¡Por Dios! ¡Que no es así! ¡Vamos! ¡Gop, trala! ¡Gop, trala! ¡Gop, gop, gop!

—¡Hay que ver lo tonto que eres! No habría problema si se tratara de un mozo, pero ¿un viejo jabalí como tú? ¡Los niños se ríen de ti! –le gritó una anciana que pasaba por allí con un haz de paja en la mano–. ¡Vete a tu casa! ¡Hace horas que deberías estar durmiendo!

—¡Ya voy! –dijo el hombre, que se detuvo al instante–. ¡Ya voy! ¡Y me da igual el alcalde! ¿Qué se ha creído? ¡Así se le aparezca el diablo a su padre! Como es el alcalde, se cree que puede echarle a la gente agua fría por la cabeza cuando hiela. ¡Y te mira por encima del hombro! Ay, alcalde, alcalde… ¡Yo soy mi propio alcalde! ¡Así me lleve el Señor! ¡Que me lleve el Señor si no soy mi propio alcalde! Así es, y no… –continuó antes de acercarse a la primera casa que encontró. Se detuvo frente a la ventana y pasó los dedos por el cristal para intentar encontrar el picaporte–. ¡Mujer! ¡Abre! ¡Date prisa, mujer! ¡Que te dicen que abras! ¡El cosaco tiene que dormir!

—¿Adónde vas, Kalénik? ¡Esa no es tu casa! –le gritaron entre risas unas muchachas que cantaban una canción–. ¿Te llevamos a la tuya?

—¡Llevadme, amables mocitas!

—¿Mocitas? ¡Oíd lo que nos llama! –dijo una de ellas–. ¡Qué considerado este Kalénik! Te llevaremos a tu casa, sí, pero primero ¡tendrás que bailar!

—¿Bailar?… ¡Oh, qué muchachas tan exigentes! –dijo Kalénik alargando las palabras. El cosaco se reía y las amenazaba con el dedo. No paraba de dar traspiés, pues sus piernas se negaban a quedarse quietas en el mismo sitio–. ¿Me dejaréis que os bese? ¡Os daré un besito a todas! ¡A todas! –Y con pasos temblorosos corrió tras ellas–.

Las muchachas gritaron asustadas. Luego, ya más tranquilas, cruzaron deprisa al otro lado de la calle, pues vieron que Kalénik no podía correr muy rápido.

—¡Esa es tu casa! –le gritaron mientras se alejaban. Le señalaron una isba mucho más grande que las demás, que era la del alcalde de la aldea. Kalénik se dirigió obediente hacia allí y de nuevo la emprendió con el alcalde–.

Pero ¿quién es ese alcalde que suscitaba palabras y opiniones tan desfavorables? Pues ese alcalde es una persona muy importante en la aldea. Mientras Kalénik consigue dar con su casa, nosotros tendremos tiempo suficiente para hablar del alcalde. Cuando se cruzan con él, todos en la aldea se quitan el sobrero. Y las muchachas, incluso las más jovencitas, le dan los buenos días. ¿Quién de los muchachos no querría ser alcalde? El alcalde tiene entrada libre en todas las tabernas, y hasta el hombre más robusto se descubre respetuosamente y permanece firme mientras el alcalde hurga con dedos gruesos y toscos en su tabaquera tallada. En la asamblea municipal, o en el consejo provincial, aunque su poder se reduzca a unos pocos votos, el alcalde siempre queda por encima de los demás y casi sin oposición envía a quien le apetece a allanar o a arreglar el camino o a cavar zanjas. El alcalde es un tipo hosco, de aspecto severo y no muy hablador. Hace mucho, mucho tiempo, cuando la zarina Catalina la Grande, bendita sea su memoria, viajó a Crimea, lo eligieron como escolta. Dos días enteros desempeñó tal cometido, e incluso tuvo el honor de sentarse en el pescante junto al cochero de la zarina. Desde entonces, el alcalde sabe bajar la cabeza pensativo y, con aire de importancia, acariciarse los largos y rizados bigotes y lanzar penetrantes miradas por debajo de las cejas. Desde entonces, el alcalde, no importa de qué le hablen, siempre se las arregla para llevar la conversación a cómo escoltó a la zarina o a cómo se sentó en el pescante de la carroza real. A veces, al alcalde le gusta hacerse el sordo, sobre todo si oye algo que no quiere escuchar. No soporta el lujo: siempre lleva una *svitka* negra de tela corriente ceñida con una faja de lana de colores. Nadie le ha visto nunca con otra vestimenta, salvo la vez que viajó con la zarina a Crimea, en la que llevó un caftán azul de cosaco. Pero de aquella época ya no se acuerda casi nadie en la aldea y el caftán lo tiene guardado bajo llave en un baúl. El alcalde es viudo, pero una cuñada vive con él en su casa. La mujer le hace la comida y la cena, limpia, blanquea las paredes, le cose las camisas y lleva la casa. En la aldea dicen que no es realmente su cuñada, pero ya hemos visto que el alcalde cuenta con muchos enemigos que están encantados de difundir cualquier calumnia. Sin embargo, a estos rumores podría haber ayudado el que a la cuñada no le guste que el alcalde vaya a campos llenos de segadoras o a casa de un cosaco que tenga una hija casadera. El alcalde es tuerto, pero su único ojo es astuto y capaz de divisar a lo lejos a una aldeana hermosa. No obstante, jamás lo pone sobre una cara bonita antes de asegurarse de que su cuñada no lo ve. Bueno, ya hemos dicho casi todo lo que necesitamos saber sobre el alcalde y el borracho de Kalénik no ha completado todavía la mitad del camino, aunque durante largo rato le ha dedicado al alcalde las más refinadas palabras que solo pueden salir de su lengua aletargada y torpe.

III
Un rival inesperado. La conspiración

—¡No, muchachos! ¡No! ¡No quiero! ¿Qué jolgorio es este? ¿De verdad que no os aburre tanta fiesta? Ya sin ello tenemos buena fama de juerguistas. ¡Será mejor que os vayáis a dormir! –Así les hablaba Levkó a sus amigos borrachos, que lo animaban a seguir con la diversión–. ¡Adiós, hermanos! ¡Buenas noches tengáis todos! –Y se alejó de ellos por la calle a paso rápido–.

«¿Estará ya dormida mi preciosa Ganna?», pensó mientras se acercaba a la casa rodeada de cerezos que tan bien conocía. En medio del silencio oyó que alguien hablaba en voz baja. Una camisa blanca se divisaba entre los árboles… «¿Qué es eso?», dijo para sus adentros. Se acercó sigilosamente y se escondió detrás de un árbol. El rostro de una muchacha brilló a la luz de la luna… ¡Era Ganna! Pero ¿quién era aquel hombre tan alto que le daba la espalda? En vano intentó reconocerlo, pues una sombra le cubría de pies a cabeza. Solo por delante estaba un poco iluminado, pero con el menor paso que diera, Levkó corría el riesgo de quedar al descubierto. Decidió quedarse donde estaba y se apoyó sin más en el árbol. La muchacha pronunció su nombre claramente.

—¿Levkó? ¡Levkó no es más que un mocoso! –dijo aquel hombre alto en voz baja y ronca–. Si alguna vez le veo rondar tu casa, le arrastraré por el *chub*…

—¡Quiero saber quién es ese canalla que se jacta de arrastrarme por el *chub*! –murmuró para sí Levkó, que estiró el cuello e intentó no perderse ni una sola palabra. Pero el desconocido hablaba en voz tan baja que no puedo oír nada–.

—¡Cómo no te da vergüenza! –dijo Ganna cuando su interlocutor terminó de hablar–. ¡Mientes! ¡Me estás engañando! ¡Tú no me amas! ¡Jamás creeré que me amas!

—Sé muy bien –prosiguió el hombre alto– que Levkó te ha dicho un montón de tonterías y que te ha hecho perder la cabeza. –Entonces le pareció al muchacho que la voz de aquel hombre no le resultaba del todo desconocida y que ya la había oído alguna que otra vez–. ¡Ya le enseñaré quién soy yo! –continuó de igual manera aquel tipo–. Se cree que no veo todas sus travesuras. ¡Ya probará mis puños el muy hijo de perra!

Cuando oyó estas palabras, Levkó no pudo contener más la ira. Dio tres pasos hacia él y se preparó para soltarle un puñetazo con el que el desconocido, a pesar de su aparente fortaleza, habría rodado por los suelos. Pero justo en ese momento la luz cayó sobre el rostro del rival y Levkó se quedó totalmente estupefacto al comprobar que ¡era su padre! Un movimiento involuntario de cabeza y un leve silbido entre dientes fueron su única expresión de asombro. A lo lejos se oyó un ruido, pues Ganna se apresuró a entrar en la casa y cerró la puerta tras de sí.

—¡Adiós, Ganna! –gritó entonces uno de los mozos, que se acercó con sigilo al alcalde y le dio un abrazo, pero cuando se encontró con aquellos duros bigotes, pegó un salto atrás horrorizado–.

—¡Adiós, hermosa! –gritó otro, que voló de cabeza por el fortísimo empujón que le propinó el alcalde–.

—¡Adiós! ¡Adiós, Ganna! –exclamaron varios mozos colgados de su cuello–.

—¡Largo de aquí, condenados sinvergüenzas! –prorrumpió en gritos el alcalde, que les rechazaba a patadas–. ¡Yo no soy Ganna! ¡Seguid a vuestros padres a la horca, malditos críos! ¡Van a la miel como las moscas! ¡Ya os daré yo Ganna!...

—¡El alcalde! ¡El alcalde! ¡Es el alcalde! –gritaron los mozos, y corrieron en todas direcciones–.

—¡Ay! ¡Así que es mi padre! –dijo Levkó mientras salía de su asombro y seguía con la mirada al alcalde, que continuaba blasfemando–. Pero ¿cómo eres capaz de hacer estas barrabasadas? ¡Increíble! Y yo que me preguntaba que por qué se hacía el sordo cuando le decía que quería casarme... ¡Espera, viejo verde! ¡Ya te enseñaré yo a rondar las ventanas de las jovencitas! ¡Ya te enseñaré a levantarle la novia a los demás! ¡Eh, muchachos! ¡Aquí! ¡Aquí! –gritó al tiempo que agitaba la mano hacia los mozos, que volvían a reunirse–. ¡Venid aquí! Os insistí para que os fuerais a dormir, pero he cambiado de opinión y ¡estoy dispuesto pasar la noche de fiesta con vosotros!

—¡Así se habla! –dijo uno de los mozos, ancho de hombros y corpulento, considerado el mayor juerguista y calavera de la aldea–. Cuando no la armamos como es debido me pongo hasta malo. Es como si me faltara algo. Como si hubiera perdido el gorro o la pipa. Es decir, que no me siento un cosaco y ya está.

—¿Qué os parece si hoy le gastamos una buena broma al alcalde?

—¿Al alcalde?

—Sí, al alcalde. Pero ¿quién se ha creído que es? Nos gobierna como si fuera un general. No solo nos trata como si fuéramos sus esclavos, sino que además corteja a nuestras novias. Creo que no hay una muchacha bonita en todo el pueblo a la que el alcalde no le tire los tejos.

—¡Es verdad! ¡Es verdad! –gritaron todos a la vez–.

—¡Amigos! ¿Acaso somos sus esclavos? ¿Es que no somos de la misma estirpe que él? ¡Somos, gracias a Dios, cosacos libres! ¡Demostrémosle, muchachos, que somos cosacos libres!

—¡Eso es! –gritaron los mozos–. Y si la tomamos con el alcalde, ¡que tampoco se libre su escribano!

—¡Tampoco se librará el escribano! Y, como que ni pintado, se me está ocurriendo una canción estupenda sobre el alcalde. ¡Vamos! ¡Os la enseñaré! –continuó Levkó mientras rasgueaba con los dedos las cuerdas de la *bandura*–. ¡Escuchad! Además, ¡disfrazaos de lo que podáis!

—¡Así es como se divierten los cosacos! –dijo el joven juerguista mientras pateaba el suelo y aplaudía de alegría–. ¡Qué lujo! ¡Qué libertad! En cuanto empiezas a divertirte, vuelves a la juventud como por arte de magia. ¡El corazón te late fuerte en el pecho y el alma vuela libre como en el paraíso! ¡Eh, muchachos! ¡Eh! ¡A divertirse!...

Y aquella multitud se precipitó ruidosamente por las calles. Los gritos despertaron a todas las ancianitas venerables, que abrían las ventanas, se santiguaban con mano somnolienta y decían: «¡Vaya! ¡Ahora se van de juerga estos mozos!».

IV
Los muchachos se van de juerga

Solo una casa tenía aún las luces encendidas, allá al final de la calle. Era la del alcalde. Hacía tiempo que este había terminado de cenar y, sin duda, llevaría dormido un buen rato de no ser por tener un invitado, el destilador que aquel terrateniente había mandado llamar para construir la destilería en la pequeña propiedad que tenía en esa tierra de cosacos libres. Bajo los iconos, en el lugar de honor, estaba sentado el invitado, un hombrecillo bajito y regordete, de ojillos pequeños y siempre risueños en los que parecía estar escrito el placer con que fumaba su pipa corta. Cada poco escupía o apretaba con el dedo el tabaco que salía de ella convertido en ceniza. Nubes de humo aumentaban rápidamente de tamaño a su alrededor y lo envolvían en una niebla azulada. Se diría que una gran chimenea de una destilería, aburrida de estar en el tejado, hubiera salido a pasear y se hubiera sentado a la mesa del alcalde. De debajo de la nariz le asomaba un bigote corto y tupido, pero se le veía de forma tan borrosa a través del humo de tabaco que parecía un ratón que el destilador hubiera atrapado y llevara en la boca, destruyendo así el monopolio del gato del granero. El alcalde, como dueño de la casa que era, solo vestía camisa y pantalones bombachos de tela. Su ojo de águila, como el sol del atardecer, comenzaba a apagarse y a oscurecerse poco a poco. Al otro extremo de la mesa, uno de los guardias que formaban parte del equipo del alcalde fumaba su pipa y llevaba puesta una *svitka* por respeto al anfitrión.

—¿Cree usted –le preguntó el alcalde al destilador mientras se tapaba la boca al bostezar– que tardará mucho en poner la destilería?

—Tan pronto como Dios nos lo permita. Para el otoño, seguramente, ya la tengamos en marcha. Apuesto que para la fiesta de la Protección de la Virgen[4] el alcalde andará haciendo eses por los caminos.

---

[4] Una de las festividades religiosas más importantes de la Iglesia ortodoxa rusa. Se celebra el 14 de octubre.

Nada más pronunciar estas palabras, los ojillos del destilador desaparecieron y se transformaron en unas rayas que le llegaron hasta las mismas orejas. Todo su cuerpo se contrajo de la risa y sus alegres labios soltaron por un momento la humeante pipa.

—Así lo quiera Dios –dijo el alcalde con algo parecido a una sonrisa en la cara–. Ahora, por desgracia, quedan pocas destilerías, pero en los viejos tiempos, cuando escolté a la zarina por el camino de Pereiaslavl, el difunto Bezborodko…

—¡Ay, compadre!… ¡Pues sí que te acuerdas bien de aquellos tiempos! Entonces desde Kremenchug hasta Romný no había siquiera ni dos destilerías. Y ahora… ¿Te has enterado de lo que han inventado esos malditos alemanes? Dicen que pronto ya no trabajarán con leña, como cualquier hijo de cristiano, sino con no sé qué vapor puñetero –Mientras hablaba, el destilador miraba pensativo la mesa y sus manos, que descansaban sobre ella–. ¡Bien sabe Dios que no tengo ni idea de cómo conseguirán hacerlo con vapor!

—¡Esos alemanes, el Señor me perdone, son imbéciles! –dijo el alcalde–. ¡Yo a esos hijos de perra les daría con el látigo! ¿Habéis oído de algo que pueda hervir solo con vapor? Aunque si el *borsch*[5] echa vapor, mejor que no te lleves la cuchara a la boca o te achicharrarás los labios como un cochinillo…

—Y tú, compadre –dijo la cuñada, que se encontraba sentada en el poyete de la estufa con las piernas cruzadas–, ¿estarás aquí todo este tiempo sin tu esposa?

—¿Y para qué la quiero? Diferente sería si trajera algo bueno.

—¿No es guapa? –le preguntó el alcalde con su ojo fijo en él–.

—¿Guapa dices? Es más vieja que el demonio. Tiene la cara más llena de arrugas que un saco descosido –Y el pequeño cuerpecito del destilador volvió a temblar de nuevo con sus sonoras carcajadas–.

Entonces la puerta de entrada hizo ruido. La puerta se abrió y apareció un hombre. Atravesó el umbral sin quitarse el gorro y, pensativo, se quedó de pie en medio de la casa, con la boca abierta y mirando al techo. Era nuestro ya conocido Kalénik.

---

[5] Sopa de remolacha muy popular en Rusia y Ucrania.

—¡Ya estoy en casa! –dijo mientras se sentaba en un banco situado junto a la puerta y sin reparar en absoluto en los presentes–. ¡Mirad cómo Satanás me ha enredado el camino! Andaba y andaba y ¡no llegaba nunca al final! ¡Tengo las piernas rotas! ¡Tráeme una zamarra, mujer, y me hago una cama aquí mismo! ¡No iré a dormir contigo en la estufa! ¡No iré, por Dios, que me duelen las piernas! Tráeme la zamarra. Está ahí, cerca de los iconos. Pero ten cuidado y no tires la olla del tabaco picado. ¡O mejor, no! ¡No la toques! ¡No la toques! Parece que estás borracha esta noche... Ya la cojo yo.

Kalénik intentó levantarse, pero una fuerza invencible le tenía encadenado al banco.

—¡Qué educación! –dijo el alcalde–. ¡Entra en casa ajena y se pone a dar órdenes como si estuviera en la suya! ¡Fuera con él! ¡Sin miramientos!

—¡Déjale que descanse, compadre! –dijo el vinatero al tiempo que sujetaba al alcalde por el brazo–. Necesitamos personas como él. Más gente así y nuestra destilería iría viento en popa...

Pero no fue la clemencia lo que le hizo decir tales palabras. El destilador era muy supersticioso, y creía que echar a un hombre que ya se había sentado podía acarrear una desgracia.

—¡Qué dejaremos para le vejez!... –refunfuñaba Kalénik mientras se tumbaba en el banco–. Podría decirle que estoy borracho. Pero no, no estoy borracho. ¡No estoy borracho, vive Dios! ¡Por qué voy a mentir! Estoy dispuesto a confesárselo al alcalde en sus narices. ¿Qué representa para mí el alcalde? ¡Así se muera ese hijo de perra! ¡Escupo en su estampa! ¡Ojalá que un carro atropelle a ese diablo tuerto! ¡Que le echa agua a la gente en medio de la helada!...

—¡Vaya! ¡Este cerdo ha entrado en casa y hasta se atreve a poner las pezuñas sobre la mesa! –dijo el alcalde, que se levantó de su asiento hecho una furia. En ese mismo instante, una piedra hizo añicos la ventana y fue a parar entre sus pies. El alcalde se detuvo–. Si hubiera sabido –dijo recogiendo la piedra– que querían matarme, ¡les habría enseñado a arrojar piedras! ¡Qué insolencia! –continuó mientras la examinaba con ardiente mirada en su mano–. Que se atragante con ella quien la lanzó…

—¡Basta! ¡Basta! ¡Dios te guarde, compadre! –exclamó el destilador completamente pálido–. ¡Dios te guarde, en este y en el otro mundo, de bendecir a nadie con tales blasfemias!

—¡Mira por dónde aquí tenemos un abogado! ¡Ya le daré yo…!

—¡No digas eso, compadre! No sabes lo que le ocurrió a mi difunta suegra, ¿verdad?

—¿A tu suegra?

—Sí, a mi suegra. Una noche, quizá un poco antes que ahora, se sentaron a cenar mi difunta suegra, mi difunto suegro, un jornalero, una jornalera y unos cinco niños. Mi suegra sacó de un caldero grande a un cuenco unas *galushkas* para que no estuvieran tan calientes. Después del trabajo todos tenían mucha hambre y no querían tener que esperar a que se enfriaran. Pincharon las *galushkas* en largas brochetas de madera y empezaron a comérselas. De pronto, un hombre apareció de la nada, sabe Dios qué clase de hombre era, y les pidió que le dejaran cenar con ellos. ¡Cómo no dar de comer a una persona hambrienta! Le dieron otra brocheta y el invitado se puso a tragar *galushkas* como una vaca el heno. Cuando los demás terminaron con una y fueron con sus brochetas a pinchar otra, el fondo del cuenco estaba tan liso como el suelo de una casa señorial. Mi suegra sacó más del caldero. Pensó que el invitado ya habría comido bastante y que tendría menos hambre. Nada de eso. ¡Continuó comiendo todavía con mayor avidez hasta que vació el segundo cuenco! «¡Ojalá te atragantes con esas *galushkas*!», pensó mi suegra muerta de hambre. En ese mismo instante, el invitado se atragantó y cayó al suelo. Todos corrieron a ayudarle, pero aquel hombre ya había entregado su alma. ¡Había muerto atragantado!

—¡Le está bien empleado! ¡Maldito tragón! –dijo el alcalde–.

—Puede ser, pero el caso es que aquello no trajo nada bueno. Desde entonces, mi suegra no tuvo descanso. En cuanto se hacía de noche, el muerto se le presentaba. El condenado se sentaba en lo alto de la estufa con una *galushka* entre los dientes. De día todo estaba tranquilo y no se le sentía en absoluto, pero en cuanto oscurecía, no había más que mirar al tejado para ver a ese hijo de perra encaramado a la chimenea.

—¿Y con una *galushka* entre los dientes?

—Con una *galushka* entre los dientes.

—¡Asombroso, compadre! Yo escuché una historia parecida cuando aún vivía la zarina…

El alcalde guardó silencio. Bajo la ventana se oía ruido y el taconeo de gente que bailaba. Primero sonaron suavemente las cuerdas de una *bandura,* a las que se unió una voz. Después las cuerdas vibraron con más fuerza, un coro de voces comenzó a entonar cierta melodía y la canción retumbó por el aire como un torbellino:

> Muchachos, ¿no lo sabéis?
> ¡Nuestro alcalde no está bien!
> El alcalde es feo y tuerto,
> y tiene tornillos sueltos.
>
> Póngale ya, tonelero,
> ¡unos buenos clavos de acero!
> ¡Y dele bien con la maza
> en toda la calabaza!
>
> Nuestro alcalde es tuerto y bobo,
> y más viejo que el demonio.
> Deja ya a las jovencitas,
> ¡no les hagas más visitas!
>
> Viejo verde y lujurioso,
> ¡atrévete con estos mozos!
> Prepara ya el ataúd:
> ¡te meteremos del *chub*![6].

—¡Una canción preciosa, compadre! –dijo el destilador, que inclinó un poco la cabeza y se volvió hacia el alcalde, ató-

---

[6] El original establece un juego de palabras entre «alcalde» y «cabeza», que en ruso designa el mismo término, *golová.*

nito al escuchar semejante insolencia–. ¡Preciosa! Lo malo es que se refiere al alcalde con palabras no del todo decentes... –Y de nuevo, con una dulce emoción en la mirada, puso las manos sobre la mesa y se preparó para seguir escuchando, pues los muchachos reían y gritaban bajo la ventana: «¡Otra vez! ¡Otra vez!». Sin embargo, un ojo perspicaz se habría percatado enseguida de que no era el asombro lo que había dejado de piedra al alcalde. Solo un gato viejo y experimentado permite en ocasiones que un ratón inexperto corretee alrededor de su cola mientras que rápidamente elabora un plan para chafarle la huida a su agujero. El único ojo del alcalde permanecía fijo en la ventana. Poco después, su mano le hizo una seña al guardia y agarró el picaporte de la puerta. Al instante estalló fuera un feroz alarido. El destilador, entre cuyas numerosas virtudes se encontraba también la curiosidad, rápidamente llenó de tabaco la pipa y salió deprisa a la calle, pero los gamberros ya se habían marchado a toda velocidad–.

—¡No! ¡No te escaparás! –gritaba el alcalde, que sujetaba del brazo a un muchacho con una zamarra negra de piel de oveja puesta al revés. El destilador aprovechó la ocasión y corrió a verle la cara a aquel perturbador de la tranquilidad, pero retrocedió asustado al ver una larga barba y el rostro horriblemente pintarrajeado–. ¡No te escaparás! –seguía vociferando el alcalde, que arrastraba al prisionero directamente hacia el zaguán. El muchacho no ponía resistencia alguna y lo seguía tan tranquilo como si lo llevaran a su propia casa–.

—¡Karpó! ¡Abre el sótano! –le dijo el alcalde al guardia–. ¡Lo meteremos en el sótano a oscuras! Después despertaremos al escribano, reuniremos a los guardias, atraparemos a todos esos gamberros y hoy mismo escribiremos una denuncia contra ellos.

El guardia revolvió en el pequeño candado que colgaba en el zaguán y abrió el sótano. Al instante, el prisionero aprovechó la oscuridad del zaguán y se soltó con una fuerza extraordinaria de las manos que lo sujetaban.

—¿Adónde te crees que vas? –gritó el alcalde a voz en cuello–.

—¡Déjame! ¡Soy yo! –se oyó decir a una voz aguda–.

—¡Eso no te servirá de nada! ¡No te servirá de nada, hermano! Puedes gritar como una mujer, como un demonio, pero ¡tú a mí no me la das! –y lo empujó dentro de aquel sótano oscuro y el pobre prisionero soltó un chillido y cayó al suelo. A continuación, el alcalde se dirigió, acompañado del guardia, a casa del escribano. El destilador, que echaba humo como un barco de vapor, los seguía–.

Los tres caminaban con la cabeza gacha, pensativos. De pronto, nada más doblar una oscura callejuela, emitieron un grito simultáneo de dolor tras recibir un fuerte golpe en la frente. Un grito idéntico les contestó. El alcalde, con el ojo entornado, se asombró al ver al escribano con dos guardias.

—Pues iba a su casa, señor escribano.

—Y yo a ponerme a su servicio, señor alcalde.

—Están ocurriendo cosas raras, señor escribano.

—Cosas muy extrañas, señor alcalde.

—¿Como cuáles?

—¡Los muchachos están desmadrados! Recorren en grupo las calles y se refieren a usted con unas palabras que hasta un *moskal* borracho preferiría no pronunciar con su lengua pecadora –decía estirando y encogiendo el cuello el esquelético escribano, que vestía unos pantalones bombachos multicolores y un chaleco del color de la levadura del vino–. Ya estaba dormido ¡y esos malditos gamberros me sacaron de la cama con sus canciones y sus golpes! Quise echarles una buena bronca, pero cuando conseguí ponerme los pantalones y el chaleco, ya habían salido corriendo. Aunque el cabecilla no se nos ha escapado. Ahora sigue cantando en la choza donde encerramos a los detenidos. Mi alma ardía en deseos de saber quién era ese pajarraco, pero tenía el rostro tan embadurnado de hollín como el del diablo cuando forja clavos para los pecadores.

—¿Cómo iba vestido, señor escribano?

—El muy hijo de perra llevaba una zamarra negra puesta al revés, señor alcalde.

—¿Está seguro de lo que dice, señor escribano? ¡Si ese mocoso está ahora mismo en mi sótano!

—Seguro, señor alcalde. No se enfade conmigo, pero es usted quien inventa cosas.

—¡Eso ya lo veremos! ¡Luces!

Trajeron una lamparilla, abrieron la puerta y el alcalde se quedó de piedra cuando vio delante de él a su cuñada.

—Permíteme una pregunta –se dirigió la mujer al alcalde–: ¡¿es que ya te has vuelto loco por completo?! ¿Te quedaba algo de cerebro en esa cabeza tuerta que tienes cuando me metiste a oscuras en el sótano? Suerte tuve de no abrirme la crisma con un gancho de hierro. ¿No me oías cuando te gritaba que era yo? ¡Pues nada! ¡Este maldito oso me agarró con sus asquerosas zarpas y me empujó dentro! ¡Que los demonios te empujen a ti al otro mundo!...

Las últimas palabras las dijo ya en la calle, adonde salió por sus propios medios.

—¡Sí, ya veo que eres tú! –dijo el alcalde nada más volver en sí–. ¿Qué dice usted, señor escribano? ¿No es un perfecto sinvergüenza ese gamberro del demonio?

—Un sinvergüenza, señor alcalde.

—¿No es hora ya de que les demos a todos esos crápulas un buen escarmiento y que les enseñemos a ocuparse de cosas útiles?

—Hace mucho que lo es, señor alcalde, hace mucho que lo es.

—A esos imbéciles se les ha metido en la cabeza... Pero ¿qué demonios? El caso es que a mí me pareció oír a mi cuñada gritar en la calle. Bueno, pues a esos imbéciles se les ha metido en la cabeza que son iguales que yo. Se creen que soy un hermano suyo o ¡un simple cosaco! –El alcalde tosió y miró a su alrededor, lo que daba a entender que se disponía a decir algo importante–. En mil... En no sé qué maldito año que no puedo ni pronunciar, así me maten, el comisario de aquel entonces, Ledachi, recibió la orden de elegir al más inteligente de todos los cosacos. ¡Eh! –el alcalde dijo este «¡eh!» a la vez que levantaba el dedo–. Al más inteligente de todos para escoltar a la zarina. Entonces yo...

—¡Qué decir! Todo el mundo sabe ya, señor alcalde, cómo se ganó el favor de la zarina. Reconozca ahora que yo tenía razón y que usted estaba equivocado cuando afirmó haber atrapado a ese sinvergüenza de la zamarra al revés.

—En cuanto a ese diablo de la zamarra al revés, le cargaré de cadenas y le castigaré para ejemplo de los demás. ¡Que se enteren de lo que significa el poder! ¿Por qué iba a ser yo alcalde sino por designación real? Luego nos aplicaremos con los otros muchachos, que no me he olvidado de la vez que esos malditos gamberros me metieron una piara de cerdos en el huerto y se comieron las coles y los pepinos. Tampoco me he olvidado de cuando esos condenados niñatos se negaron a trillar mi trigo. No me he olvidado de nada... Pero ¡al infierno con ellos! Tengo que averiguar quién es el desgraciado de la zamarra al revés.

—¡Se ve que es un pajarraco muy listo! –dijo el destilador, que durante la conversación llenaba sus mejillas de humo cual cañón de asedio y, tras quitarse la pipa de los labios, lo soltaba convertido en un surtidor de nubes–. No estaría mal tener a un hombre así en la destilería por si acaso. O mejor aún, colgarlo de lo alto de un roble en lugar de un candil.

Al destilador no le pareció mal en absoluto su propia ocurrencia y decidió recompensarse con una ronca carcajada sin esperar la aprobación de los demás.

Se acercaban ya a la pequeña choza casi derruida. La curiosidad de nuestros caminantes iba en aumento. Todos se agolparon en la puerta. El escribano sacó la llave y la hizo girar en la cerradura, pero esa era la llave del baúl donde guardaba la ropa. La impaciencia hacía estragos. El escribano comenzó a tantearse el cuerpo y a sacudirse, pero no encontraba la llave correcta. «¡Aquí está!», dijo por fin. Se agachó y la sacó de las profundidades del amplio bolsillo con que estaban provistos sus coloridos pantalones. Cuando oyeron su exclamación, los corazones de nuestros personajes parecieron fundirse en uno solo, y este gigantesco corazón latió con tanta fuerza que ni siquiera el chirrido de la cerradura pudo ahogar su latido irregular. La puerta se abrió y... El alcalde se puso pálido como una sábana. El destilador sintió un frío terrible y sus cabellos parecieron volar al cielo. El horror se dibujó en el rostro del escribano. Los guardias se quedaron de piedra y con la boca abierta. La cuñada se encontraba ante ellos.

La mujer no estaba menos asombrada, pero se recuperó enseguida e intentó acercarse.

—¡Alto! –gritó salvajemente el alcalde y cerró la puerta–. Señores, ¡es Satanás! –continuó–. ¡Fuego! ¡Traigan más fuego! ¡Me da igual sacrificar la choza de los prisioneros! ¡Préndanle fuego! ¡Préndanle fuego y que no quede ni un maldito hueso del diablo sobre la tierra!

La cuñada, que oyó al otro lado de la puerta tan terrible orden, comenzó a gritar aterrorizada.

—¿Qué hacéis, hermanos? –dijo el destilador–. Vuestro pelo está casi blanco como la nieve, pero seguís sin entendedera alguna: ¡a una bruja no se la quema con fuego normal! ¡Solo el fuego de una pipa puede quemarla! ¡Esperen! ¡Ahora mismo lo soluciono!

No terminó de hablar cuando echaba ya las cenizas calientes del interior de la pipa sobre un haz de paja y empezaba a abanicarlo. La pobre cuñada, aterrada hasta lo más profundo de su ser, les rogaba e intentaba disuadirles con sus gritos.

—¡Esperen, hermanos! ¿Por qué hemos de pecar en vano? Puede que no sea Satanás –dijo el escribano–. Si lo que quiera que sea que esté ahí dentro acepta hacerse la señal de la cruz, significaría irrevocablemente que no es el diablo.

Todos estuvieron de acuerdo.

—¡*Vade retro,* Satán! –exclamó el escribano con la boca sobre la cerradura–. Si te quedas donde estás, abriremos la puerta.

Abrieron la puerta.

—¡Santíguate! –dijo el alcalde mientras miraba hacia atrás como para elegir un lugar seguro en caso de retirada–.

La cuñada se santiguó.

—¡Diablos! ¡Es mi cuñada!

—¿Qué fuerzas malignas te han arrastrado a esta perrera?

Y la cuñada, entre lágrimas, les contó cómo los muchachos la habían agarrado por la calle y, a pesar de su resistencia, la habían metido por la ventana de la choza y habían cerrado los postigos. El escribano los examinó y comprobó que las bisagras estaban desclavadas y que solo los sujetaba por arriba un listón de madera.

—¡Ay de ti, diablo tuerto! –gritó la cuñada mientras se acercaba al alcalde, que caminaba hacia atrás y la mantenía a raya con su único ojo–. ¡Sé muy bien lo que querías! ¡Querías quemarme para poder perseguir a las jovencitas! ¡Querías que no hubiera testigos que vieran al viejo decrépito hacer el ridículo! ¿Crees que no sé de qué hablabas esta noche con Ganna? ¡Pues lo sé todo! A mí es muy difícil engañarme, ¡y menos si quien lo intenta es tu estúpida cabeza! Tengo mucha paciencia, pero cuando la pierdo no conozco a nadie…

Dicho esto, le enseñó el puño al alcalde, estupefacto, y se alejó de allí. «Sí, está claro que Satanás se ha metido de por medio», pensó él rascándose enérgicamente la cabeza.

—¡Lo hemos cogido! –gritaron los guardias, que aparecieron justo en ese momento–.

—¿A quién habéis cogido? –les preguntó el alcalde–.

—Al demonio de la zamarra al revés.

—¡Entregádmelo! –les gritó el alcalde, que les arrancó el prisionero de las manos–. ¿Os habéis vuelto locos? Pero ¡si es Kalénik, el borracho!

—¡Caramba! ¡Si lo teníamos en las manos, señor alcalde! –contestaron los guardias–. Esos endiablados muchachos nos rodearon en un callejón, empezaron a bailar, a darnos empujones, a sacarnos la lengua, a intentar quitárnoslo… ¡Que se vayan al infierno! ¡Solo Dios sabe cómo conseguimos traer a este cuervo hasta aquí!

—En nombre de mi autoridad y la de todos los vecinos –dijo el jefe– ¡os ordeno que atrapéis ahora mismo a ese bandido! ¡Y también a todos los que encontréis por la calle! ¡Traédmelos para que los castigue!

—¡Piedad, señor alcalde! –suplicaron algunos guardias postrados a sus pies–. ¡Debería ver qué caras tienen! ¡Así nos llame Dios a su lado! Como buenos cristianos bautizados que somos, nunca hemos visto unas caras tan horribles. El camino del pecado es largo, señor alcalde. Son capaces de asustar tanto a un buen hombre que después ninguna mujer podrá curarle del disgusto.

—¡Yo sí que voy a daros un disgusto! ¿Qué? ¿No queréis obedecerme? ¡Seguro que también sois de los suyos! Entonces, ¿os rebeláis contra mí? Pero ¿esto qué es? ¿Cómo os atrevéis? ¡Sois unos bandidos! ¡Unos canallas! ¡Ahora mismo voy a ir a denunciaros al comisario! ¿Me oís bien? ¡Ahora mismo! ¡Huid! ¡Escapad de aquí como los pajarracos que sois! Porque yo os... Porque vosotros me...

Y todos pusieron tierra de por medio.

V
La ahogada

Sin preocuparse de nada, sin importarle siquiera que lo persiguieran, el culpable de toda esta confusión llegó despacio a la vieja casa y al estanque. Creo que no es necesario aclarar que se trataba de Levkó. Llevaba la zamarra negra desabrochada y el gorro en la mano. El sudor le caía a chorros. El bosque de arces se mostraba majestuoso y sombríamente oscuro bajo la luna. El sereno estanque sopló su frescor sobre el cansado caminante y lo animó a descansar en la orilla. Todo estaba tranquilo. Tan solo se oía el canto del ruiseñor en la profunda espesura del bosque. Un sueño invencible comenzó a cerrarle rápidamente los ojos a Levkó. Sus miembros extenuados estaban a punto de entumecerse y colapsar. Levkó inclinó la cabeza. «¡Voy a terminar por dormirme aquí!», dijo, se puso en pie y se frotó los ojos. Miró a su alrededor. La noche le pareció aún más luminosa. Un insólito y mágico resplandor se mezclaba con el brillo de la luna. Nunca se había visto nada igual. Una niebla de plata caía sobre los alrededores. El aroma de los manzanos florecidos y de las flores nocturnas se expandía por la tierra. Levkó contempló asombrado las tranquilas aguas del estanque. La antigua casa señorial se asomaba a él y se reflejaba nítida y extrañamente majestuosa. En el lugar de los sombríos postigos resplandecían alegres las ventanas de cristal y las puertas. A través de los cristales transparentes brotaba un fulgor dorado. Incluso dio la sensación de que se abrió una de las ventanas. Levkó, que contenía sin moverse la respiración y era incapaz de apartar la mirada del estanque, sintió que sobrevolaba su superficie. En ella pudo ver un brazo blanco que se asomaba a la ventana. Después apareció una hermosa cabecita de ojos radiantes, que brillaban a través de unas ondas de cabello castaño claro, y se apoyó en el brazo. Vio que una joven movía suavemente la cabeza y que lo saludaba y lo sonreía. El corazón de Levkó se aceleró al instante. El agua tembló y la ventana volvió a cerrarse. Levkó se alejó lentamente del estanque y observó la casa con atención. Los sombríos postigos continuaban abiertos y los cristales resplandecían bajo la luna. «Qué poco hay que fiarse de las habladurías de la gente», pensó Levkó para sí. «La casa es nueva. Los colores son tan vivos como si la acabaran de pintar. No hay duda de que está habitada». Se acercó en silencio a la casa, pero comprobó que allí todo estaba en calma. Tan solo se oía, claro y sonoro, el luminoso canto de los ruiseñores. Y si este se apagaba lleno de languidez y dulzura, no se percibía más que el chirrido de los grillos o el piar de las aves acuáticas, que golpeaban con su escurridizo pico el gran espejo de las aguas. Levkó sintió un grato silencio y una paz infinita en el corazón. Afinó la *bandura,* acarició las cuerdas y comenzó a cantar:

> ¡Oh, tú, luna! ¡Lunita mía!
> ¡Y tú, luminosa estrella!
> ¡Bajad a iluminar la casa
> de esta muchacha bella![7].

La ventana se abrió sin ruido y la misma cabecita que había visto reflejada en el estanque se asomó para escuchar atentamente la canción. Sus largas pestañas reposaban sobre sus ojos entrecerrados. La muchacha tenía una piel blanca como el lino, como el brillo de la luna, pero ¡qué belleza! ¡Qué hermosura! Esbozó una sonrisa y Levkó se estremeció.

—¡Cántame otra canción, joven cosaco! –dijo dulcemente con la cabeza ladeada y las espesas pestañas dirigidas hacia abajo–.

—¿Qué canción deseas que te cante, mi hermosa dama?

Las lágrimas rodaron en silencio por su pálido rostro.

---

[7] En ucraniano en el original.

—Muchacho –dijo, y sus palabras expresaron algo indescriptiblemente conmovedor–. Muchacho, ¡encuentra a mi madrastra! Te recompensaré bien y no escatimaré nada. ¡Te premiaré rica y generosamente! Tengo manoplas bordadas con seda, corales, collares. Te daré un cinturón de perlas. Tengo oro… Muchacho, ¡encuentra a mi madrastra! Es una bruja malvada que nunca me dio paz en la tierra. Me atormentaba y me obligó a trabajar como una vulgar campesina. Observa mi rostro… Mi madrastra le quitó el rubor a mis mejillas con sus perversos hechizos. Observa mi blanco cuello… ¡Jamás! ¡Jamás se lavarán estas marcas azules que me dejaron sus crueles garras! Observa mis blancos pies… Mucho han caminado, pero no solo sobre alfombras, sino también por ardientes arenas, húmeda tierra y punzantes espinas. Y mis ojos, observa mis ojos… Nada pueden ver llenos de lágrimas como están. ¡Encuéntrala, muchacho! ¡Encuentra a mi madrastra!

Su voz, que se había elevado poco a poco, guardó silencio. Un río de lágrimas se vertió por su pálido rostro. Un profundo sentimiento lleno de compasión y tristeza nació en el pecho de Levkó.

—¡Estoy dispuesto a hacer cualquier cosa por ti, mi dama! –dijo con sincera agitación–. Pero ¿cómo?, ¿dónde puedo encontrarla?

—¡Mírala! ¡Mírala! –dijo la joven en ese mismo instante–. ¡Ahí está! ¡Bailando en la orilla entre mis niñas y calentándose a la luz de la luna! Es sagaz y astuta, y ha tomado la apariencia de otra ahogada. Pero lo sé, siento que está ahí. Me ahoga, me asfixia su presencia. Por su culpa no puedo nadar libre y ágil como un pez. Me hundo y caigo hasta el fondo como una llave. ¡Búscala, muchacho!

Levkó miró hacia la orilla. Entre la fina niebla de plata centelleaban como sombras unas jóvenes con blusas blancas como un prado cubierto de lirios. En sus cuellos relucían collares de oro, gargantillas y medallas. Pero estaban totalmente pálidas. Parecía que sus cuerpos estaban hechos de nubes transparentes y que la luna plateada brillaba en su interior. El corro de juguetonas bailarinas se acercaba a Levkó, que pudo escuchar a la perfección sus palabras.

—¡El cuervo! ¡Vamos a jugar al cuervo! –sus voces sonaban como si los delicados labios del viento soplaran por entre los juncos del río en la serena hora del crepúsculo–.

—¿Quién va a ser el cuervo?

Lo echaron a suertes y una joven salió de entre la multitud. Levkó la observó atentamente. El rostro, el vestido, todo en ella era igual que en las demás. Pero se notaba que no le agradaba la idea de desempeñar ese papel. El grupo formó una columna que esquivaba con rapidez los ataques del rapaz enemigo.

—¡No! ¡Yo no quiero ser el cuervo! –dijo la joven, cansada por el esfuerzo–. ¡Me da pena quitarle los pollitos a la pobre madre!

—¡Tú no eres la bruja! –pensó Levkó–.

—¿Quién será el nuevo cuervo?

Las jóvenes se reunieron otra vez para echarlo a suertes.

—¡Yo seré el cuervo! –se ofreció voluntaria una de ellas–.

Levkó la observó con suma atención. Perseguía la columna ágil y velozmente, y corría en todas direcciones para atrapar a su presa. Entonces Levkó se dio cuenta de que su cuerpo no brillaba como el de las otras y que algo oscuro se movía en su interior. De pronto, una de las jóvenes lanzó un grito. El cuervo se había abalanzado sobre la columna y la había apresado. A Levkó le pareció que al cuervo le salían garras y que a su rostro afloraba una maliciosa alegría.

—¡La bruja! –dijo, y sin pensar la señaló con el dedo y se volvió hacia la casa–.

La dama rio feliz. Después, las jóvenes se llevaron entre aullidos al cuervo.

—¿Cómo podré recompensártelo, muchacho? Sé bien que no es oro lo que deseas. Tú amas a Ganna, pero tu severo padre no te deja casarte con ella. Ahora ya no se interpondrá. Toma, dale esta carta…

Extendió su blanca mano y el rostro se le iluminó y brilló mágicamente. Levkó temblaba de forma inexplicable y el corazón le latía con lentitud en el pecho. Entonces cogió la carta y… despertó.

VI
El despertar

—¿De verdad estaba dormido? –se dijo Levkó para sus adentros, y se levantó de la pequeña loma donde había despertado–. ¡Lo he vivido como si fuera real! ¡Qué maravilla! ¡Qué maravilla! –repetía mientras observaba a su alrededor–.

La luna, detenida sobre su cabeza, señalaba la medianoche. Todo estaba en silencio y desde el estanque soplaba una brisa fría. Sobre este se alzaba tristemente la casa, destartalada y con los postigos cerrados. El musgo y la maleza indicaban que hacía mucho tiempo que la gente la había abandonado. Entonces Levkó relajó la mano, que durante el sueño había tenido apretada con fuerza, y gritó asombrado al ver en ella la carta. «¡Ay, si yo supiera leer!», pensó mientras le daba mil vueltas. En ese mismo instante oyó ruido detrás de él.

—¡No tengáis miedo! ¡Agarradlo! ¿De qué tenéis miedo? ¡Somos diez! ¡Y os aseguro que es una persona y no un demonio! –gritó el alcalde a sus compañeros. Acto seguido, Levkó sintió que varias manos, algunas temblorosas, lo sujetaban–. ¡Vamos, amigo! ¡Quítate ya ese horrible disfraz y deja de hacer el tonto! –exclamó el alcalde justo antes de cogerlo del cuello. Entonces lo miró con el ojo desorbitado y se quedó de piedra–. ¡Levkó! ¡Hijo mío! –gritó saliendo de su asombro y quitándole las manos de encima–. ¡Así que eres tú, hijo de perra! ¡Criatura del demonio! ¡Y yo que me preguntaba quién sería el gamberro, el diablo de la zamarra al revés que hacía tales barrabasadas! ¡Y resulta que eres tú el que le haces la vida imposible a tu padre! ¡Tú el que organiza esos escándalos por las calles! ¡Tú el que se inventa canciones!... ¡Ay, Levkó! ¿Por qué todo esto? ¡Prepara la espalda para unos buenos latigazos! ¡Atadlo!

—¡Espera, padre! Me han ordenado que te dé esta carta –dijo Levkó–.

—¡No tengo tiempo para cartas, amiguito! ¡Atadlo!

—¡Espere, señor alcalde! –dijo el escribano abriendo la carta–. ¡Es la letra del comisario!

—¿Del comisario?

—¿Del comisario? –repitieron maquinalmente los guardias–.

«¿Del comisario? ¡Fantástico! ¡Cada vez lo entiendo menos!», pensó Levkó para sí.

—¡Lee! ¡Lee! –dijo el alcalde–. ¿Qué es lo que escribe ahí el comisario?

—¡Escuchemos lo que escribe el comisario! –dijo el destilador, que encendía la pipa sujeta entre los dientes–.

El escribano tosió y comenzó a leer:

> Decreto para el alcalde Yevtuj Makogonenko. Ha llegado a nuestros oídos que tú, viejo imbécil, en lugar de cobrar deudas y mantener el orden en la aldea, has perdido la cabeza y cometes multitud de villanías…

—¡Por Dios! –interrumpió el alcalde–. ¡No oigo nada!

El escribano comenzó de nuevo:

> Decreto para el alcalde Yevtuj Makogonenko. Ha llegado a nuestros oídos que tú, viejo im…

—¡Vale! ¡Vale! ¡Eso no hace falta! –gritó el alcalde–. Aunque no lo haya oído bien, sé que eso no es lo fundamental. ¡Continúa más adelante!

> … y como consecuencia, te ordeno que cases a tu hijo, Levkó Makogonenko, con una cosaca de tu aldea, Ganna Petrychénkova, y también que arregles los puentes del camino principal y que no entregues los caballos de los vecinos a los señores del juzgado ni aunque vayan directamente desde la cámara del tesoro. Si a mi llegada compruebo que estas órdenes no se han cumplido, le haré a usted único responsable.
>
> El comisario teniente en la reserva
> Kozmá Derkach-Drishpanovski.

—¡Mira por dónde! –dijo el alcalde con la boca abierta–. ¿Lo habéis oído? ¿Lo habéis oído? Culparán de todo al alcalde, así que ¡a obedecerme! ¡A obedecerme sin rechistar! De lo contrario se las verán conmigo… Y a ti –continuó volviéndose hacia Levkó–, por orden explícita del comisario, aunque me pregunto cómo se le habrá ocurrido, permitiré que te cases. ¡Pero antes probarás el látigo! ¿Te acuerdas del que tengo colgado en la pared junto a los iconos? ¡Mañana lo sacaré a pasear!… ¿Cómo has conseguido esa carta?

Levkó, a pesar de su asombro ante este giro inesperado de los acontecimientos, tuvo la suficiente prudencia como para preparar en su mente otra respuesta y ocultar la verdad de cómo la carta había llegado a sus manos.

—Ayer por la tarde fui a la ciudad –dijo– y me encontré con el comisario que bajaba de su carruaje. Cuando se enteró de que yo era de la aldea, me dio la carta y me ordenó decirte de palabra que, a su regreso, padre, comería un día con nosotros.

—¿Eso dijo?

—Sí.

—¿Lo oís? –les dijo el alcalde a sus compañeros con una postura orgullosa–. ¡El comisario en persona vendrá a comer con nosotros, es decir, ¡conmigo! ¡Oh! –el alcalde levantó el dedo y puso la cabeza como si escuchara algo con atención–. El comisario, ¿lo oís? ¡El comisario vendrá a comer conmigo! ¿No cree usted, señor escribano, y usted, compadre, que es un gran honor? ¿No lo creen así?

—Que yo recuerde –dijo el escribano–, ningún alcalde ha comido nunca con ningún comisario.

—¡No todos los alcaldes están a la altura del comisario! –afirmó el alcalde con aires de suficiencia. Su boca se curvó y emitió algo parecido a una risa fatigada y ronca que recordaba al estrépito de un trueno lejano–. ¿Cree usted, señor escribano, que para tan distinguido invitado cada familia debería aportar al menos un pollo, una prenda de ropa o alguna otra cosa…? ¿Eh?

—¡Por supuesto, señor alcalde! ¡Por supuesto!

—¿Y cuándo será la boda, padre? –preguntó Levkó–.

—¿La boda? ¡Buena boda te daba yo!… Por tratarse de la orden de un invitado tan distinguido… ¡Mañana mismo os casará el pope! ¡Y que os lleve el diablo! ¡Que el comisario vea lo que significa la lealtad! ¡Bueno, amigos! ¡Ahora a dormir! ¡Cada uno a su casa! El caso de hoy me ha hecho recordar los tiempos en que yo… –Y el alcalde acompañó estas palabras con su acostumbrada mirada presuntuosa y trascendente bajo el ceño fruncido–.

—¡Bueno! ¡Ahora se pondrá a contar que fue escolta de la zarina! –dijo Levkó. Y con alegres y rápidos pasos se apresuró a esa casa tan querida rodeada de cerezos. «Que Dios te conceda el descanso eterno, buena y hermosa dama», pensó en su interior. «¡Que en el otro mundo seas eternamente feliz entre los ángeles! A nadie le contaré el milagro que ha tenido lugar esta noche. Solo a ti, Ganna. ¡Solo tú me creerás y rezarás conmigo por el descanso del alma de la pobre ahogada!»–.

Ya se aproximaba a la casa. La ventana estaba abierta y los rayos de la luna pasaban a través de ella y caían sobre Ganna, que dormía ante su mirada. Su cabeza descansaba sobre el brazo, sus mejillas ardían serenas y sus labios pronunciaban dulcemente el nombre de Levkó. «¡Duerme, amada mía! Sueña con lo mejor de este mundo, pero ¡ni eso siquiera será mejor que nuestro despertar!». La santiguó, cerró la ventana y se alejó en silencio. Pocos minutos después dormía toda la aldea. Tan solo la luna navegaba brillante y mágica por el océano infinito del maravilloso cielo ucraniano. Todo respiraba solemnidad en las alturas, y la noche, la prodigiosa noche, se apagaba majestuosamente. Igual de hermosa era la tierra bajo su celestial brillo de plata. Pero nadie se deleitaba ya con tanta belleza, pues todos habían sucumbido al sueño. Solo de vez en cuando los ladridos de los perros interrumpían el silencio. Y durante mucho tiempo todavía vagabundeó el borracho Kalénik por las calles somnolientas en busca de su casa.

LA CARTA PERDIDA

*Hecho verídico narrado por el diácono de la iglesia de ****

Entonces ¿quieren ustedes que les cuente cosas sobre mi abuelo? Claro que sí. ¿Por qué no entretenerles con alguna otra historia? ¡Ay, los viejos tiempos! ¡Los viejos tiempos! ¡Qué alegría! ¡Qué felicidad surge en nuestra alma cuando escuchamos algo que sucedió hace mucho mucho tiempo, no hace un año ni un mes! Y cuando un familiar, un abuelo o un bisabuelo aparece en la historia... Eso ya es harina de otro costal. Que me atragante durante el himno de santa Bárbara mártir si no te parece que eres tú mismo el que hace todo eso. Es como si te metieras en el alma de tu bisabuelo o como si el alma de tu bisabuelo se te hubiera metido a ti... Quienes más me solicitan son las jóvenes y las recién casadas. En cuanto me ven aparecer me dicen: «¡Fomá Grigórievich! ¡Fomá Grigórievich! ¡Cuéntenos alguna de sus historias de miedo! ¡Cuente! ¡Cuente!», y bla, bla, bla, y siguen y siguen... El contar, por supuesto, no es problema. Lo malo es lo que después les pasa a la hora de dormir. Porque yo sé que todas se ponen a temblar debajo de la manta, como si tuvieran fiebre, y que de buena gana se taparían hasta la cabeza con la zamarra. Basta con que una rata arañe una olla o que la muchacha en cuestión tire la badila con el pie para que, Dios la proteja, el alma se les salga del cuerpo. Y al día siguiente, como si no hubiera pasado nada: ¡que les cuente otro cuento de miedo! Y a ustedes, ¿qué les puedo contar?... Ahora mismo no se me ocurre ninguna historia... Sí, les contaré cómo unas brujas jugaron con mi difunto abuelo al tonto[1]. Pero les pido por favor, señores, que no me interrumpan o me armaré tal lío que no sabré ni cómo terminar. Mi difunto abuelo, debo decirles, no era un cosaco como los demás. Era muy culto. En las fiestas agarraba el libro de los Hechos de los Apóstoles y lo leía mejor que ahora cualquier hijo de pope. Bien saben ustedes que en aquellos tiempos podías contar a toda la gente alfabetizada de todo Baturin con los dedos de una mano. Así que no era extraño que todos los que se encontraban con mi abuelo le saludaran con una profunda reverencia.

Una vez, a un poderoso atamán se le ocurrió enviar a la zarina una carta por no sé qué razón. El escribano del regimiento de por aquel entonces, así se lo lleve el diablo porque no recuerdo cómo se llamaba... Viskriak o Motúzochka o Golopútsek... El caso es que era un nombre muy raro. Pues bien, el escribano llamó a mi abuelo y le dijo que el propio *hetman* lo nombraba mensajero y que le llevara una carta a la zarina. A mi abuelo no le gustaba retrasarse, así que cosió la carta al gorro, sacó el caballo, besó a su mujer y a sus dos, como él los llamaba, cochinillos, uno de los cuales sería el padre de un servidor, y levantó tras de sí tal polvareda como si quince mozuelos corretearan en medio de la calle. Al día siguiente, antes de que el gallo cantara por cuarta vez, mi abuelo ya estaba en Konotop. Por aquel tiempo allí se celebraba una feria y se formaba tal aglomeración de gente que a uno le hacían los ojos chiribitas. Pero como era temprano, todos dormían por el suelo. Junto a una vaca estaba tumbado un muchacho de nariz roja como un camachuelo que claramente había pasado la noche de juerga. Cerca roncaba sentada una vendedora con sus piedras de pedernal, perdigones y rosquillas. Un gitano yacía debajo de un carro. Sobre una carreta de pescado, su propietario. En medio del camino dormía cuan largo era un barbudo

[1] El *duren* (literalmente «tonto») era un juego de cartas muy popular en la época.

moskal que vendía cinturones y guantes... En fin, gente de lo más variopinto, como es habitual en las ferias. Mi abuelo se detuvo para echar un vistazo. Mientras tanto, el campamento comenzó poco a poco a despertar. Las judías hicieron sonar las frascas, el humo extendía sus anillos por aquí y por allá y el aroma de los dulces calientes invadía todo el lugar. Mi abuelo cayó en la cuenta de que no tenía ni encendedor ni tabaco, así que se dirigió a la feria. Apenas había dado veinte pasos cuando se encontró con un cosaco zapórogo. ¡Por su cara se notaba que le gustaba la fiesta! Llevaba unos pantalones bombachos rojos como el fuego, un caftán azul oscuro, una faja de color claro, un sable al costado y una pipa con una cadena de cobre que le llegaba casi hasta los talones. ¡Un zapórogo de pies a cabeza! ¡Cómo son esos cosacos zapórogos! Se paran, respiran hondo, se retuercen el magnífico bigote, dan un taconazo y ¡se arrancan a bailar! ¡Y de qué forma! ¡Mueven las piernas como un huso en manos de una mujer! ¡Son un torbellino! ¡Sus dedos rasguean las cuerdas de la *bandura*! ¡Se ponen en jarras y hacen la *prisiadka*! ¡Cantan a plena voz! ¡El alma se les llena de fiesta! Pero no. Esos tiempos ya han pasado. ¡Ya no se ven zapórogos en nuestros días! En fin... Decía que mi abuelo y el zapórogo se encontraron. Primero una palabra, luego otra, y así hasta que se amistaron. Y charlaron y charlaron tanto que mi abuelo se olvidó de retomar el camino. Y se emborracharon como si estuvieran en una boda antes de la Cuaresma. Pero terminaron por aburrirse de romper jarras y de dar dinero. Además, ¡la feria no iba a durar eternamente! Así que los nuevos amigos acordaron no separarse y emprender juntos el viaje. Ya era de noche cuando se pusieron en camino. El sol se había ido a descansar, aunque todavía ardían en alguna parte sus rayos rojizos. Los trigales se mecían coloridos en el campo como los pañuelos de las hermosas jóvenes de cejas negras en los días de fiesta. Nuestro zapórogo hablaba sin parar. Mi abuelo y otro calavera que se les había unido pensaban que llevaba el diablo dentro. ¿De dónde habría sacado todo aquello? Las historias y los cuentos que contaba eran tan graciosos que mi abuelo tenía que agarrarse la tripa y casi se le salen los higadillos. El campo se hacía más y más oscuro a medida que avanzaban y, al mismo tiempo, los relatos se hacían más y más extraños. Finalmente, nuestro narrador guardó silencio y hasta el menor susurro le hacía estremecerse.

—¡Eh, paisano! ¿Te ha comido la lengua el gato? ¡Seguro que ya estás pensando en llegar a casa y acostarte en la estufa!

—A vosotros no puedo ocultaros nada –dijo mirándolos fijamente–. Sabed que hace tiempo vendí mi alma al diablo.

—¡Nada raro! ¿Quién no se las ha tenido que ver alguna vez en su vida con el demonio? Por eso hay que divertirse mientras puedas hasta reventar, como suele decirse.

—¡Ay, muchachos! ¡Ya me gustaría ir a divertirme, pero esta noche se cumple el plazo! ¡Ay, compañeros! –les dijo mientras les daba un fuerte apretón de manos–. ¡Ayudadme! ¡No os vayáis a dormir esta noche y yo ni en un siglo olvidaré vuestra amistad!

¿Cómo no ayudar a un hombre en semejante apuro? Mi abuelo afirmó sin rodeos que prefería dejar que le cortaran el *chub* antes de permitir que el diablo olisqueara con su hocico de perro un alma cristiana.

Nuestros cosacos tal vez hubieran seguido el viaje si la noche no hubiera envuelto el cielo por completo con su negra capa y el campo no hubiera estado tan oscuro como una zamarra de oveja. Solo a lo lejos se distinguía una pequeña luz. Los caballos sintieron la cercanía de una cuadra y hacia allí se encaminaron a toda prisa, con las orejas de punta y los ojos fijos en la oscuridad. La luz parecía ir al encuentro de los cosacos, ante los que por fin apareció una taberna tan ruinosa que a duras penas se tenía en pie. En aquellos tiempos, las tabernas no eran como ahora. No había un lugar para que una persona de bien se desmadrara, bailara la *górlitsa* o el *gopak* o para que se acostara cuando la bebida se le subía a la cabeza y las piernas ya apenas le sostenían. El patio estaba lleno de carros de comerciantes y bajo los graneros, en los pesebres, en los zaguanes, unos acurrucados, otros estirados, los clientes roncaban como gatos. El tabernero, solo delante de una lamparilla, hacia muescas en un palo para saber cuántos cuartos y octavos trasegaban los comerciantes. El abuelo pidió cuatro litros para los tres y se dirigió al granero. Los tres se tumbaron el uno junto al otro, pero apenas se dio la vuelta, vio que sus paisanos dormían ya un profundo sueño. Despertó al tercer cosaco, el que se les había juntando, y le recordó la promesa que le habían hecho a su camarada. El cosaco se incorporó, se frotó los ojos y se durmió de nuevo. No había nada que hacer, así que tuvo que vigilar solo. Para alejar el sueño, miró los carros, examinó los caballos y se fumó una pipa. Luego volvió y se sentó otra vez junto a sus compañeros. Todo estaba tranquilo. No pasaba ni una mosca. Pero entonces le pareció que detrás del carro de al lado algo gris asomaba los cuernos… En ese momento los ojos comenzaron a cerrársele, de modo que tenía que frotárselos con el puño a cada instante y mojárselos con el vodka que le quedaba. En cuanto se despejó un poco, todo aquello desapareció. Un rato después volvió a asomarse aquella cosa extraña por debajo del carro. El abuelo abrió los ojos todo lo que pudo, pero el maldito sueño continuaba haciendo mella en él. Los brazos se le relajaron, la cabeza le cayó hacia atrás, un profundo sueño se apoderó de él y mi abuelo se desplomó sobre el suelo como un muerto. Durmió mucho tiempo, y cuando el sol quemaba ya su cabezota afeitada, se puso en pie de un salto. Tras estirarse dos veces y rascarse la espalda, pudo comprobar que ya no había tantos carros como por la noche. Estaba claro que los comerciantes habían retomado el camino antes del amanecer. Se dirigió adonde estaban sus amigos y vio que el cosaco aún dormía, pero que el zapórogo había desaparecido. Preguntó a la gente y nadie sabía nada. Solo la *svitka* estaba tendida en aquel lugar. El miedo y las dudas invadieron a mi abuelo. Fue a mirar adonde los caballos y ¡ni el suyo ni el del zapórogo estaban allí! ¿Qué significaba todo aquello? Supongamos que una fuerza maligna se había llevado al zapórogo, pero ¿quién se había llevado los caballos? Después de darle unas cuantas vueltas, mi abuelo llegó a la conclusión de que el demonio seguramente había venido a pie, pero como el infierno le quedaba algo lejos, le había birlado el caballo. Le dolió mucho no haber cumplido su palabra de cosaco. «Bueno» pensó, «no se puede hacer nada. Seguiré a pie. Tal vez por el camino me encuentre con algún revendedor que venga de la feria y de alguna manera le pueda comprar un caballo». Quiso ponerse el gorro, pero este había desaparecido. Mi difunto abuelo se dio una palmada en la frente en cuanto recordó que el día anterior el zapórogo y él se lo habían intercambiado provisionalmente. ¿Quién podía habérselo robado sino el maligno? ¡Buen mensajero del *hetman* estaba hecho! ¡Sí que había cumplido bien el encargo de llevarle la carta a la zarina! Entonces mi abuelo empezó a dirigirse al diablo con tales apelativos que me parece que este estornudó[2] unas cuantas veces allá en el infierno. Pero de poco le sirvieron los juramentos. Por más que mi abuelo se rascaba la nuca, no se le ocurría nada. ¿Qué hacer? Corrió a consultar la sabiduría ajena. Reunió a todas las gentes de bien que había en la taberna, comerciantes y simples viajeros, y les contó que había ocurrido tal y tal desgracia. Los comerciantes pensaron durante largo rato. Apoyaron la barbilla en la fusta, menearon la cabeza y confesaron que jamás habían visto un caso tan extraño como ese en todo el mundo cristiano, que el diablo hubiera robado una carta. Otros añadieron que cuando el diablo o un *moskal* robaban algo, ya podías dar ese algo por perdido. Tan solo el tabernero permanecía callado en un rincón. Mi abuelo se le acercó. Cuando alguien está callado es porque tiene algo bueno que decir. Pero el tabernero no era muy generoso con las palabras, por lo que, si mi abuelo no le hubiera metido en el bolsillo cinco *złotys*, no hubiera conseguido nada.

—Te diré cómo hacerte con la carta –le dijo una vez que se lo había llevado aparte. El alma de mi abuelo respiró aliviada–. Veo en tus ojos que eres un cosaco, no un cobardica. ¡Escucha! De la taberna, sale a la derecha un camino que se interna en el bosque. En cuanto oscurezca en el campo, debes estar preparado. En el bosque viven unos gitanos que salen de sus agujeros para forjar el hierro en cierta noche en que las brujas cabalgan montadas en sus badilas. Lo que hacen no te interesa. En el bosque se oirán muchos golpes, pero tú no te desvíes hacia ellos. Después de pasar un árbol quemado, encontrarás un es-

[2] Según la tradición rusa, si alguien estornuda mientras otra persona habla, es que quien habla está en lo cierto.

trecho sendero. Tómalo y no te detengas. Te arañarán unos espinos y un frondoso avellano te bloqueará el camino. Tú sigue adelante. Detente solo cuando llegues a un pequeño arroyo. Allí verás a quien necesitas ver. Y no te olvides de llenarte los bolsillos con aquello para lo que están hechos... Ya sabes, eso que les gusta tanto a los demonios como a los humanos. –Dicho esto, el tabernero se volvió a su rincón sin decir nada más–.

Mi difunto abuelo no era en absoluto un cobarde. Si se encontraba con un lobo, lo agarraba por la cola. Si enseñaba los puños a los cosacos, estos comenzaban a caer al suelo como peras maduras. Sin embargo, un escalofrío le recorrió la espalda cuando entró en el bosque aquella noche tan tenebrosa. Ni una sola estrella lucía en el firmamento. Estaba tan oscuro y había un silencio tan profundo como en una bodega. Solo se oía a lo lejos, muy por encima de él, un viento frío que azotaba las copas de los árboles que, como cabezas de cosacos borrachos, murmuraban con sus hojas ebrias palabras. Se levantó tanto frío que mi abuelo echó de menos su zamarra de oveja. De pronto, pareció que cien martillos golpeaban en el bosque con un estrépito tan enorme que los oídos estuvieron a punto de estallarle. Todo el bosque se iluminó por un instante como si un relámpago lo hubiera atravesado. Mi abuelo vio entonces un sendero que se abría entre pequeños arbustos. Allí estaba el árbol quemado y las matas de espino. Todo era exactamente como le habían dicho. No, el tabernero no lo había engañado. Pero no era muy divertido pasar entre aquellos arbustos llenos de espinas y aquellas ramas que te hacían tanto daño si te arañaban. A mi abuelo lo obligaban a gritar de dolor casi a cada paso. Poco a poco, llegó hasta un paraje despejado. Hasta donde alcanzaba la vista, los árboles eran tan altos y gruesos como ni siquiera los había visto mi abuelo en Polonia. Un arroyo negro como el acero pavonado centelleaba entre los árboles. Mi abuelo se quedó largo rato junto a la orilla oteando en todas direcciones. En la otra orilla ardía una hoguera a punto de apagarse que se estremecía como un noble polaco en manos de un cosaco. ¡Y entonces surgió un puentecillo! «Por aquí solo podría pasar la carreta del diablo», pensó mi abuelo, que, sin embargo, lo pisó con decisión y en un abrir y cerrar de ojos ya estaba en la otra orilla. Solo entonces comprobó que había gente sentada alrededor del fuego, con unas jetas tan horrendas que sabe Dios lo que habría dado en cualquier otro momento por escapar de esas compañías. Pero ahora no había nada que hacer y tenía que entablar conversación con ellos. Así que mi abuelo se inclinó y les dijo: «¡Vayan con Dios, buenas gentes!». Ni uno siquiera lo saludó con la cabeza. Se limitaron a quedarse sentados en silencio mientras echaban algo al fuego. Mi abuelo vio que quedaba un hueco libre y se sentó sin dudarlo mucho. Los de las caras horrendas como si nada. Y mi abuelo también como si nada. Permanecieron sentados en silencio durante largo rato. Mi abuelo se aburría. Se puso a rebuscar en el bolsillo y sacó la pipa. Miró a su alrededor. Nadie lo miraba. «Si son ustedes tan amables… (mi abuelo tenía mucho mundo y sabía cómo engatusar a la gente y, si hubiera tenido ocasión de estar en presencia del zar, tampoco se hubiera amilanado), con todo el respeto y para que todos estemos a gusto, tengo una pipa pero no con qué encenderla, ay que ver». Nadie respondió a sus palabras, pero uno de los tipos le tiró a mi abuelo un ascua al rojo directa a la cara, de modo que si mi abuelo no se hubiera apartado un poco, hubiera podido despedirse para siempre de un ojo. Finalmente, como vio que el tiempo pasaba, decidió contar la historia tanto si aquella tribu endemoniada lo escuchaba como si no. Los presentes arrugaron las caras, estiraron las orejas y extendieron las patas. Mi abuelo adivinó lo que querían. Cogió con la mano todo el dinero que llevaba encima y lo arrojó en medio como se hace con los perros. En cuanto soltó el dinero, todo tembló ante de él, la tierra se estremeció y –él mismo lo contaba así– dio en caer en el mismísimo infierno. «¡Dios mío!», exclamó mi abuelo tras mirar mejor. ¡Estaba rodeado de monstruos! Cada cara era peor que la anterior. Había más brujas que nieve en Navidad, y todas estaban despeinadas, pintarrajeadas como señoritas en una feria. Y todas, por muchas que fueran, bailaban como borrachas un diabólico *tropak*[3]. ¡Levantaban tal polvo que Dios nos coja confesados! Cual-

---

[3] Danza rusa *(trepak)* y ucraniana de compás binario y ritmo rápido en la que el bailarín improvisa los movimientos.

quier cristiano se habría estremecido de ver lo alto que galopaba esa horda demoniaca. Mi abuelo, a pesar del miedo que tenía, se reía al ver cómo unos diablillos con cara y patas de perro movían la cola y revoloteaban alrededor de las brujas como hacen los mozos con las chicas guapas. Los músicos se golpeaban los carrillos con los puños como si fueran panderos y resoplaban por las narices como si fueran trompas. En cuanto vieron a mi abuelo acudieron en tropel hacia él. Hocicos de cerdo, de perro, de cabra, de caballo, de avutarda se estiraron y empezaron a besuquearlo. Mi abuelo escupió del asco, ¡qué abominación le había caído encima! Al final lo agarraron y lo pusieron encima de una mesa tan larga como el camino entre Konotop y Baturin. «Bueno, esto tampoco está tan mal», pensó mi abuelo, que vio servidos sobre la mesa carne de cerdo, salchichas, repollo con cebolla picada y dulces de todo tipo. «Veo que ese hijo de perra del diablo no guarda ayuno». Mi difunto abuelo no perdía la ocasión de coger un poco de esto y un poco de aquello para hincarle el diente. Comía con avidez. Para no entrar en narraciones innecesarias, cogió un cuenco de lonchas de tocino y jamón, se hizo con un tenedor poco más pequeño que esas horquillas que los campesinos utilizan para el heno, pinchó con él la loncha más grande que encontró, la puso sobre un trozo de pan y una boca ajena la atrapó. Pudo oír cómo un hocico masticaba y rechinaba los dientes justo junto a su oreja. Mi abuelo no le dio importancia. Cogió otra loncha y cuando estaba a punto de apresarla con los labios, unas fauces que no eran las suyas se echaron sobre ella. La tercera vez también volvió a fallar. Mi abuelo se puso furioso, y olvidó su miedo y en garras de quién estaba. Entonces corrió hacia las brujas.

—¿Qué queréis, hijas de Herodes? ¿Reíros de mí! ¡O me dais ahora mismo mi gorro de cosaco, o bien sabe Dios que me hago católico si no os pongo las caras del revés!

Apenas hubo terminado estas últimas palabras, cuando todos los monstruos le enseñaron los dientes y soltaron tal carcajada que mi abuelo sintió que un viento frío le recorría el alma.

—¡Como quieras! –gritó una de las brujas, que mi abuelo consideraba la jefa porque tenía la cara menos fea que las demás–. Te devolveremos el gorro, ¡pero antes tienes que jugar tres veces con nosotras al tonto!

¿Qué era lo que había que hacer? ¿Que un cosaco tenía que jugar con mujeres al tonto? El abuelo se negó rotundamente y en redondo, pero al final no le quedó más remedio que sentarse a jugar. Trajeron unas cartas mugrientas, como esas que usan las adivinas para leer el futuro.

—¡Escúchame bien! –ladró otra vez la bruja–. Si ganas al menos una vez, te devolvemos el sombrero. Pero si quedas como el tonto las tres veces, ya puedes enfadarte si lo deseas porque no verás más, no solo tu gorro, ¡sino tampoco la luz del día!

—¡Reparte! ¡Reparte, viejarraca! ¡Que sea lo que tenga ser!

Repartieron las cartas. Mi abuelo tomó las suyas en las manos y no quiso ni mirarlas porque eran una porquería. Ni un triunfo ni por casualidad. Un diez era la de mayor valor. Ni siquiera una pareja. Pero la bruja tenía todos los cincos. ¡Mi abuelo resultó ser el tonto! Y apenas acababa de descubrirlo cuando de todas partes relincharon, ladraron y gruñeron los hocicos: «¡Tonto! ¡Tonto! ¡Tonto!».

—¡Así reventéis, hijos del demonio! –gritó mi abuelo, y se tapó los oídos con los dedos–.

«Muy bien», pensó, «la bruja ha repartido las cartas y ha hecho trampas. Pero ahora me toca repartir a mí». Y eso hizo. Marcó los triunfos. Miró las cartas y vio que eran buenas y que tenía bastantes triunfos. Al principio las cosas no podían ir mejor, pero entonces la bruja le echó un cinco y dos reyes. El abuelo solo tenía triunfos y, sin pensárselo dos veces, los echó y les dio a los reyes una patada en el trasero.

—¡Eh! ¡Eh! ¿Así es como jugáis los cosacos? ¿Qué es lo que estás echando, paisano?

—¿Que qué es lo que estoy echando? ¡Triunfos!

—Serán triunfos según tú, pero nosotras no opinamos los mismo.

Miró otra vez y vio que, en efecto, eran cartas bajas. ¡Eso era obra del demonio! Y mi abuelo volvió de nuevo a ser el tonto y los diablos volvieron a aullar a voz en grito: «¡Tonto! ¡Tonto!». La mesa tembló y las cartas salieron volando. Mi abuelo se encolerizó. Repartió por última vez. Las cosas iban de nuevo muy bien. La bruja echó otro cinco. El abuelo cubrió esa carta y sacó una mano completa de triunfos.

—¡Un triunfo! –exclamó él, que golpeó tan fuerte la mesa con la carta que por poco la tira al suelo. La bruja, sin decir ni una palabra, la cubrió con un simple ocho–.

—Y tú, vieja del demonio, ¿qué es lo que echas?

La bruja levantó la carta. Debajo no había más que un seis.

—¡Trampas infernales! –dijo mi abuelo, y dio un puñetazo en la mesa con todas sus fuerzas–.

Por suerte, la bruja tenía malas cartas y mi abuelo, como ni hecho a propósito, tenía parejas. Sin embargo, después de empezar no pudo evitar que le salieran cartas muy bajas y a mi abuelo se le cayó el alma a los pies. Ni una sola carta buena. Echó un seis sin mirar siquiera. A la bruja no le quedó más remedio que tragárselo. «¿Qué es esto? ¡Ay, ay! ¡Aquí hay algo que no va bien!», dijo. Entonces mi abuelo metió las cartas bajo la mesa e hizo sobre ellas la señal de la cruz. Después las miró de nuevo y vio que tenía en las manos un as, un rey y una sota. Y que, en lugar de un seis, había echado una dama.

—¡Ay, qué tonto he sido! ¡Un rey! ¿Qué? ¿Te gusta? ¿Eh? ¡Atajo de alimañas!… Y ¿no quieres un as? ¡Pues toma un as! ¡Y una sota!…

Un trueno resonó por el infierno. La bruja comenzó a tener convulsiones y el gorro salió de la nada y le dio a mi abuelo en la cara.

—¡No! ¡Todavía no es suficiente! –exclamó mi abuelo, que, envalentonado, se puso el gorro–. Que ahora mismo aparezca mi brioso caballo ante mí o que me parta un rayo en este lugar impío, ¡si no os hago a todos la señal de la santa cruz! –Y a punto estaba de levantar la mano cuando de pronto sonaron delante de él los huesos del caballo–.

—¡Aquí está tu caballo!

Mi pobre abuelo se puso a llorar impotente como un niño nada más verlos. ¡Qué pena sintió por su viejo camarada!

—¡Dadme un caballo para salir de vuestra guarida!

Un diablillo hizo sonar su látigo y un fogoso caballo apareció al instante bajo mi abuelo y, como un pájaro, se elevaron hacia las alturas.

Mi abuelo, sin embargo, tuvo mucho miedo a mitad de camino cuando el caballo, que no obedecía ni a las voces ni a las riendas, comenzó a galopar entre precipicios y pantanos. Nunca había estado en lugares como esos y se estremecía con solo describirlos. Hubo un momento en que miró hacia abajo y se asustó más todavía: ¡estaban sobre un abismo! ¡La altura era espantosa! Pero a aquella bestia satánica le daba igual y seguía hacia delante. Mi abuelo trató de retener al caballo, pero fue en vano. El animal pasó a través de tocones y de terrones y se lanzó de cabeza hacia el abismo. Al llegar al fondo dio un golpe tan enorme contra el suelo que a mi abuelo le pareció que le arrancaban el alma. Como no hay mal que por bien no venga, se desmayó en ese mismo instante y no pudo recordar nada de lo que ocurrió después. Cuando volvió en sí y miró alrededor, ya había amanecido. A duras penas reconoció el lugar y comprendió que se encontraba tumbado sobre el tejado de su propia casa.

El abuelo bajó a tierra y se santiguó. ¡Qué historia tan endemoniada! ¡Qué locuras! ¡Qué prodigios podían sucederle a una persona! Se miró las manos y vio que las tenía todas cubiertas de sangre. Se miró en el barril de agua y comprobó que la cara también. Se lavó bien para no asustar a los niños y entró tranquilamente en la casa. Al verlo, los niños corrieron hacia él y señalaron asustados con el dedo: «¡Mira! ¡Mira! ¡Mamá está saltando como loca». En efecto. La madre, dormida ante el telar con el huso en las manos, botaba sin parar en el banco. Mi abuelo la cogió dulcemente de la mano y la despertó: «¡Buenos días, querida esposa! ¿Te encuentras bien?». Ella lo miró largo rato con los ojos fuera de las órbitas, pero al fin reconoció a mi abuelo y le contó que había soñado que la estufa andaba por la casa y que tiraba fuera con una pala las tinajas y las ollas y el diablo sabe qué más. «Bueno», dijo mi abuelo, «tú dormida y yo despierto. Creo que tendremos que bendecir la casa. Pero ahora no tengo tiempo que perder». Dicho esto, y tras descansar un poco, mi abuelo cogió el caballo y no se detuvo ni de día ni de noche hasta que llegó al lugar acordado y le entregó la carta a la zarina en persona. Allí vio tales maravillas que tuvo mucho que contar durante mucho tiempo. Cómo le habían llevado a sus aposentos, que eran tan altos que aunque pusieran diez isbas una encima de la otra no bastarían para alcanzarlos. Cómo miró en una habitación y nada. En otra y tampoco. En una tercera y nada de nada. En una cuarta y nones. Pero cuando miró en la quinta, allí que la vio, sentada con su corona de oro, una *svitka* de color gris recién estrenada y unas botas rojas mientras comía doradas *galushkas*. Cómo ordenó que le llenaran el gorro de monedas y cómo... Es imposible acordarse de todo. Mi abuelo se olvidó de su aventura con los demonios y si alguien se lo recordaba alguna vez, mi abuelo guardaba silencio como si el asunto no fuera con él y resultaba un trabajo extenuante convencerlo de que lo contara todo tal como pasó. Y, seguramente como castigo por no haber bendecido la casa de inmediato, todos los años justo en aquellos días, a mi abuela le entraban unas ganas locas de bailar. Hiciese lo que hiciese, los pies se le movían solos y ella se lanzaba a hacer una desenfrenada *prisiadka*.

SEGUNDA PARTE

PRÓLOGO

Aquí tienen el segundo libro. O, mejor dicho, ¡el último! No tenía ninguna gana, de verdad que no la tenía, de escribirlo. Es hora de preocuparse por mi honor. Les diré que aquí en el caserío la gente ya empieza a reírse de mí: «¡Mirad!», dicen, «¡el viejo se ha vuelto loco! ¡A la vejez viruelas!». Y así es, conque ya va siendo hora de dejar todo esto. Ustedes, queridos lectores, seguramente piensen que solo finjo ser un anciano. ¡Qué fingimiento ni qué narices, si en la boca no me queda un diente! Si ahora cae en mis manos algo blando, lo masticaré como pueda, pero si es algo duro, no le daré ni un bocado. ¡El caso es que aquí tienen otro librito! Pero no se metan conmigo. No está bien meterse con alguien de quien te vas a despedir, sobre todo si sabe Dios si vais a volver a verlo pronto. En este libro escucharán a narradores que les resultarán casi todos desconocidos, a excepción de Fomá Grigórievich. Porque aquel señorito del caftán verdoso, que solía utilizar un lenguaje tan pretencioso que muchos moscovitas ni siquiera lo entendían, hace tiempo que se fue. Se peleó con todo el mundo y ya no volvió más. ¿No les he contado este incidente! ¡Escuchen! ¡Fue una comedia total! El año pasado, durante el verano, casi el mismo día de mi santo, vino gente a visitarme (debo decirles, queridos lectores, que mis paisanos, Dios los bendiga, no se olvidan de este viejo. Hace ya cincuenta años que celebro mi onomástica. Cuál es mi edad exacta, ni yo ni mi parienta podemos decirles. Debe rondar cerca de los setenta. Un pope que hubo en Dikanka, el padre Jarlampi, sabía cuándo nací, pero es una lástima que haga ya cincuenta años que nos dejó). Eso, que vinieron a visitarme Zajar Kirílovich Chujopupenko, Stepán Ivánovich Kúrochka, Tarás Ivánovich Smáchnenki, el alcalde Jarlampi Kirílovich Jlosta... También vino... No me acuerdo ni de su nombre ni de su apellido... ¡Ósip! Ósip... ¡Dios mío, si todo Mírgorod lo conoce!... Es ese que siempre antes de hablar chasquea los dedos delante de su cara y que luego se pone en jarras... Bueno, ¡que Dios lo bendiga! Ya me acordaré más tarde. Vino también ese señorito de Poltava que todos ustedes conocen. No cuento a Fomá Grigórievich, que es como de la casa. Charlamos de todo (debo repetirles que nunca hablamos de tonterías. Yo siempre prefiero esas conversaciones edificantes con las que, como algunos dicen, te diviertes y a la vez aprendes). Llegado el momento tratamos de cómo poner en conserva las manzanas. Mi parienta contó que antes hay que lavar muy bien las manzanas, luego meterlas en *kvas* y después... «¡Nada de eso!», saltó el de Poltava, que metió las manos en su abrigo verdoso y se puso a caminar por la habitación con aires de importancia. «¡Nada de eso! Lo primero que hay que hacer es echarles hierba de santa María y después...». Yo les pregunto, amables lectores, díganme sinceramente, ¿han oído alguna vez que a las manzanas se les eche hierba de santa María? Es verdad que se les pone hojas de grosella, *nechúi-véter*[1], tréboles, pero jamás hierba de santa María. Al menos yo no lo he oído nunca. Y, por lo que parece, nadie sabe más de estas cosas que mi parienta. ¡Adelante! ¡Denme su opinión! El caso es que llevé aparte a ese buen hombre: «Oiga, Makar Nazárovich, por favor, ¡no haga reír a la gente! Usted es una persona importante. Como bien cuenta, cenó una vez en su misma mesa con el gobernador. Pero si dice cosas como lo de las

---

[1] Hierba mágica del folclore eslavo. Su nombre significa «no sientas el viento», ya que se esparcía por las aguas para evitar que las tormentas hicieran naufragar las embarcaciones. En infusión trataba enfermedades como la hidrofobia, la escrófula y la fiebre. Solo un ciego de nacimiento podía encontrarla: al pisarla sentía una sensación de picor en los ojos. A pesar de que es una hierba mítica, en algunos lugares como Volinia suele asociarse a la vellosilla.

manzanas, ¡todo el mundo se reirá de usted!». ¿Qué creen que dijo al respecto? Nada. Escupió al suelo, cogió el sombrero y se marchó. No se despidió de nadie, no hizo la más mínima reverencia. Solo oímos que un carro con sus campanillas llegó a la puerta, que el tipo se subió y se fue. ¡Mejor! ¡No queremos visitas así! Ya les digo, queridos lectores, que no hay nada peor en el mundo que tratar con gente así. ¿Que el tío de no sé quién fue comisario y por eso ese no sé quién mira a todos por encima del hombro? ¡Como si el cargo de comisario fuera el más alto del mundo! Gracias a Dios, los hay más importantes que el de comisario. No, no me gustan estos señoritos. Valga el ejemplo de Fomá Grigórievich. No parece una persona muy notable, pero mírenlo. Incluso cuando aspira el rapé más corriente, algo ilustre brilla en su rostro y no puedes dejar de sentir admiración por él. En la iglesia, cuando canta en el atril, ¡sientes una emoción indescriptible! Mientras que el otro… ¡Que Dios lo bendiga! Se cree que nos resulta imposible prescindir de sus cuentos. Bueno, pues el caso es que ya he hecho otro librito.

Recuerdo que les prometí que en este libro introduciría también un relato mío. Y de verdad que quería hacerlo, pero me di cuenta de que mi relato necesitaba como poco tres libros como este. Pensé en imprimirlo de forma independiente, pero cambié de idea. Porque los conozco y sé que se reirían de este viejo. Y no, no me apetece. Así que ¡aquí me despido de ustedes! Tardaremos en volver a vernos. Tal vez no nos veamos nunca más. ¿Qué importa? Seguro que a ustedes les da lo mismo, incluso les daría igual que no hubiera existido nunca sobre la faz de la tierra. Dentro de un año o de dos, ninguno de ustedes se acordará ni echará de menos al viejo colmenero Pankó el Pelirrojo.

En este libro hay muchas palabras que no todo el mundo entenderá. Aquí recojo casi todas:

Bashtán: lugar sembrado de sandías y melones.
Búblik: lacito de masa redondo, rosquilla.
Chereviki: botines.

Gamán: especie de faltriquera en la que se guardan la yesca, el pedernal, la esponjilla, el tabaco y, a veces, también dinero.
Grechánik: pan de harina de alforfón.
Kanúper: tipo de hierba.
Katsap: hombre ruso con barba.
Kavún: sandía.
Knish: panecillo de harina de trigo que suele comerse con mantequilla caliente.
Kobeniak: tipo de capa de paño con una capucha cosida en la nuca.
Korzh: torta de harina de trigo a la que a menudo se le añade manteca de cerdo.
Kozhuj: zamarra.
Kújol: jarra de barro.
Kujva: especie de tina parecida a una cuba con la base hacia arriba.
Kurén: choza de paja.
Kutiá: cena de Nochebuena.
Levada: finca.
Namitka: velo blanco de tela muy fina que llevaban las mujeres en la cabeza con los extremos echados hacia atrás.
Nechúi-véter: tipo de hierba.
Palianitsa: panecillo algo aplanado.
Péisiki: rizos de los judíos.
Petróvy batoguí: tipo de hierba.
Píschik: chifla, pito, silbato pequeño.
Pívkopy: veinticinco kopeks.
Pókut: lugar bajo los iconos.
Señora estrujada: juego que practican los escolares en clase. Se aprietan en grupo con fuerza en un pupitre hasta que una mitad echa fuera a la otra.
Shíbenik: verdugo.
Shvets: zapatero.
Skrynia: baúl grande.
Smalets: grasa de cordero.
Suknia: antiguo vestido femenino de paño.
Syrovéts: kvas de pan.
Tsibulia: cebolla.

Varenuja: vodka hervido con especias.
Vidloga: capucha de paño cosida a una capa.
Vykrutásy: complicados pasos de baile.
Zapaska: tipo de delantal de lana que usan las mujeres.

LA NOCHE DE NAVIDAD

El día antes de Navidad pasó. Hizo su aparición una noche clara e invernal. Las estrellas brillaban. La luna se alzaba majestuosa en el firmamento e iluminaba con su luz a las gentes de bien y al mundo para que todos pudieran divertirse con los villancicos[1] y las alabanzas a Cristo. Hacía más frío que por la mañana, pero el silencio era tan profundo que podía oírse a media versta de distancia el ruido de una bota sobre la nieve. Los muchachos aún no se habían reunido en grupos bajo las ventanas de las casas. Tan solo la luna se asomaba furtivamente a ellas como si invitara a las engalanadas muchachas a correr a la crujiente nieve. El humo salía por la chimenea de una casa, formaba volutas y se convertía en nubes por el cielo. Y junto al humo volaba también una bruja sobre su escoba.

---

[1] En nuestra tierra, las *koliadki,* que es como llamamos a los villancicos, se cantan bajo las ventanas la noche antes de Navidad. A quien le canten, el dueño o la dueña de la casa o quien en ella esté, debe echar al saco de los cantantes un salchichón, pan o alguna moneda, lo que tenga. Se cuenta que en otros tiempos vivió un santón que se llamaba Koliada y que a él debemos el nombre de estas canciones. Vaya usted a saber. Nosotros, gentes humildes, no somos quiénes para ponerlo en duda. El año pasado, el padre Ósip prohibió que se cantaran *koliadki* en las aldeas, porque decía que así se complacía a Satán. Pero, en realidad, las *koliadki* no dicen una palabra sobre aquel Koliada. Solo hablan del nacimiento de Jesucristo y terminan con deseos de salud para el dueño, la dueña, sus hijos y toda la casa *[Nota de Pankó el Pelirrojo].*

Si en ese momento hubiera pasado por allí el alcalde de Soróchintsy en su troika tirada por tres magníficos caballos, con su gorro de piel de cordero con visera al estilo de los ulanos, con su zamarra azul oscura forrada de astracán negro y con el endiablado látigo trenzado que usa para azuzar a su cochero, sin duda alguna se hubiera fijado en ella, pues ninguna bruja escapa en este mundo a la mirada del alcalde de Soróchintsy. Sabe, sin excepción, cuántos cochinillos tiene cada mujer y cuánta ropa blanca hay en su baúl; y qué parte de su indumentaria y de sus pertenencias empeñará cada buen hombre el domingo en la taberna. Pero el alcalde de Soróchintsy no pasó por allí. Y qué le importan las ajenas, si él tiene su propia jurisdicción. Mientras tanto, la bruja había subido tanto que se había convertido en una manchita negra que volaba por las alturas. Y por donde aparecía la mancha, las estrellas se apagaban una tras otra en el cielo. Pronto la bruja tuvo la manga llena de estrellas. Tres o cuatro brillaban todavía. Inesperadamente, desde el otro lado, surgió otra manchita que empezó a crecer, a agrandarse y dejó de ser una manchita. Un miope hubiera llevado sobre la nariz, no sus gafas, sino las ruedas del carro del comisario y ni aun así lo habría reconocido.

Por delante, nuestro visitante era un verdadero alemán[2]. Un hociquito estrecho, que no paraba de moverse y de olisquearlo todo, terminaba, como los de los cerdos, en un morro redondito. Tenía unas patas tan delgadas que, si el alcalde de Yaréskovo las hubiera tenido así, ya se las hubiera roto en el primer *kazachok*[3]. Pero por detrás era un auténtico abogado de provincias uniformado, pues tenía una cola tan larga y afilada como los faldones que llevan los uniformes de los picapleitos de hoy día. Solo por la barba de chivo que lucía bajo el hocico, por los pequeños cuernecillos que le salían de la cabeza y porque era más negro que un deshollinador, podía adivinarse que no era ni un alemán ni un abogado de provincias, sino, sen-

---

[2] En nuestra tierra llamamos *alemán* a cualquier extranjero, da igual si son franceses, suizos o suecos. Son todos alemanes *[Nota de Pankó el Pelirrojo]*.

[3] Baile popular cosaco.

cillamente, el diablo, que vagaba una última noche por el mundo para enseñar a pecar a las gentes de bien. Al día siguiente, con las primeras campanadas de maitines, correría sin mirar atrás con el rabo entre las patas hasta meterse en su guarida.

Pero mientras llegaba ese momento, el diablo se acercaba lentamente a la luna y estiraba ya la mano para cogerla. De pronto, la retiró como si se hubiera quemado y se chupó los dedos. Dio una patada y corrió hacia el otro lado. De nuevo pegó un salto y retiró la mano. Sin embargo, a pesar de todos sus fracasos, el astuto diablo no cejó en su empeño. Se arrojó sobre la luna, la cogió con las dos manos y, gesticulando y soplando, se la pasó de una a otra, como el campesino que coge un ascua para encender la pipa con las manos desnudas. Por fin se la guardó apresuradamente en el bolsillo y, como si nada, se fue a la carrera.

Nadie en Dikanka se enteró de que el diablo había robado la luna. Verdad es que cuando el escribano de la provincia salió a gatas de la taberna, vio que la luna bailaba en el cielo sin causa alguna y así se lo aseguró a todo el pueblo bajo juramento divino. Pero la gente sacudió la cabeza y se rio de él. Pero ¿por qué razón el diablo se había atrevido a cometer un acto tan ilícito? Pues he aquí la razón. El diablo sabía que el diácono había invitado a Chub, un cosaco muy rico, a la cena de Nochebuena, donde estarían el alcalde, un pariente del diácono –corista de la iglesia que había llegado con una levita azul y que tenía la voz de bajo más grave que se puede imaginar–, el cosaco Sverbyguz y otra gente. En la casa del diácono, además de la consabida *kutiá,* habría licores, vodka aromatizado con azafrán y muchas cosas de comer. Y, mientras tanto, la hija de Chub, la muchacha más bella de toda la aldea, se quedaría en casa y lo más seguro es que fuera a visitarla cierto herrero, forzudo y grandullón, que le agradaba menos al diablo que los sermones del padre Kondrat. En su tiempo libre, el herrero se dedicaba a la pintura y tenía fama de ser el mejor pintor de los alrededores. El mismísimo *sótnik* L...ko, que todavía vivía por aquel entonces, lo invitó a su casa de Poltava para que pintase la valla de madera que la rodeaba. Todos los cuencos en los que los cosacos de Dikanka comían *borsch* los había pintado el herrero. El herrero era un hombre temeroso de Dios y a menudo pintaba imágenes de santos. Aún hoy se puede encontrar en la iglesia de T. su Lucas evangelista. Pero su obra maestra era un cuadro que estaba colgado en la pared de la iglesia, en el atrio derecho, donde representó a san Pedro el día del Juicio Final con las llaves en la mano mientras expulsaba del infierno al maligno. El diablo, asustado, corría que se las pelaba al presentir que llegaba su final. Los pecadores allí encerrados le golpeaban y le perseguían con látigos, palos y lo que encontraban. Cuando el pintor estaba trabajando en este cuadro y lo pintaba sobre una gran tabla, el diablo había hecho todo lo posible para impedírselo: le movía la mano sin que le viera, cogía cenizas del horno de la fragua y las echaba sobre el cuadro… Pero, a pesar de todo, el herrero terminó el trabajo, llevó la tabla a la iglesia y la clavó en la pared del atrio. Desde ese instante, el diablo juró que se vengaría del herrero.

Solo le quedaba una noche para vagar por el mundo, pero incluso esa noche buscó la forma de descargar su ira contra el herrero. Y para ello decidió robar la luna, con la esperanza de que al viejo Chub le entrara pereza y no le apeteciera ir a casa del diácono, que se encontraba algo lejos de la suya. Había que bordear todo el pueblo, pasar al lado de los molinos, del cementerio y vadear un barranco. En una noche de luna, el vodka de azafrán podría haber sido un gran atractivo para Chub, pero con semejante oscuridad no era probable que alguien consiguiera bajarlo de la estufa y hacer que saliera de la casa. Entonces el herrero, que llevaba mucho tiempo enemistado con él, no se atrevería a ir a visitar a la hija a pesar de lo fuerte que era.

Y así, en cuanto el diablo se guardó la luna en el bolsillo, el mundo quedó sumido en una oscuridad tan profunda que nadie fue capaz de encontrar el camino a la taberna. No digamos ya a la casa del diácono. La bruja, que se vio sumida de pronto en la más completa oscuridad, lanzó un grito. Entonces el diablo, que había tomado el aspecto de un diablillo cualquiera, la tomó de la mano y se puso a susurrarle al oído lo que se le suele susurrar a todo el género femenino. ¡Qué bien está organizado nuestro mundo! Todo lo que vive en él intenta imitar y copiar al otro. Antes en Mírgorod solo el juez y el alcalde llevaban en invierno zamarras forradas de paño, y los funcionarios de menor categoría las llevaban sin forro. Ahora el asesor y el subdirector del fisco se han hecho abrigos de piel de cordero con forro de paño. Hace tres años, el secretario y el escribano de la provincia compraron una tela azul proveniente de China que costaba seis *grivnas*[4] el *arshín*. El sacristán se hizo unos pantalones bombachos de nanquín y un chaleco a rayas de lana peinada. Es decir, ¡que a la gente se le ha subido la cosa a la cabeza! ¡Cuándo dejarán de ser tan frívolos! Apostaría a que muchos de ellos se escandalizarían si vieran al diablo hacer lo mismo. Lo más lamentable es que el diablo se tenía a sí mismo por un hombre apuesto, aunque la verdad es que daba hasta vergüenza mirarlo. Su cara, como bien dice Fomá Grigórievich, era una completa abominación, pero ¡insistía en ponerse cariñoso! Por otra parte, el cielo y la tierra estaban tan oscuros que resultaba imposible ver nada de lo que ocurría entre ellos.

—Entonces, compadre, ¿todavía no has estado en la nueva casa del diácono? –dijo el cosaco Chub cuando salía por la puerta de la suya a un tipo alto, enjuto, con una zamarra corta y la barba demasiado crecida, que mostraba con orgullo que hacía más de quince días que no la había tocado una guadaña, con la que los hombres del campo suelen afeitarse a falta de navaja–. ¡Ahora beberemos allí hasta hartarnos! –continuó Chub sonriendo–. No debemos llegar tarde.

Dicho esto, Chub se ajustó la faja, que le apretaba con fuerza la zamarra, se caló más el gorro y apretó el látigo en la mano, terror y amenaza para perros inoportunos. Pero cuando levantó la vista, se detuvo…

—¡Por todos los demonios! ¡Mira! ¡Mira, Panás!

—¿Qué? –dijo el compadre, que también miró hacia arriba–.

—¿Cómo que qué? ¡No hay luna!

[4] Moneda usada históricamente en Ucrania y de curso legal en la actualidad desde 1996.

—¡Qué raro! Es verdad que no hay luna.

—Pues claro que no –dijo Chub algo molesto con la feliz indiferencia de su compadre–. Como a ti no te hace falta…

—Y ¡qué quieres que le haga!

—No nos hacía falta otra cosa –continuó limpiándose los bigotes con la manga– más que el diablo se metiese de por medio, así el muy perro no beba ni una copa de vodka por las mañanas… Parece que se burla de nosotros… Porque sentado en casa miré a propósito por la ventana y ¡la noche era una maravilla! Era luminosa y la nieve brillaba bajo la luna. Se podía ver como si fuese de día. Pero en cuanto he salido por la puerta, ¡ya no he podido ver ni jota!

Chub maldijo y refunfuñó durante largo rato, pero al mismo tiempo pensaba qué decidir. Se moría de ganas de contar cosas graciosas en casa del diácono, donde, sin duda, estarían el alcalde, el invitado de la voz de bajo y Mikita, el vendedor de alquitrán, que viajaba cada dos semanas a Poltava a vender su mercancía y contaba unos chistes con los que todo el mundo se partía de risa. Chub ya se imaginaba la *varenuja* en medio de la mesa. Todo aquello resultaba realmente interesante, pero la oscuridad de la noche avivaba en él esa pereza que tan grata resulta a los cosacos. Qué agradable sería recostarse en un banco, sentado sobre las piernas, fumarse tranquilamente una pipa y escuchar a través de un sueño embriagador los villancicos y las canciones de los alegres muchachos y muchachas que cantarían a coro bajo las ventanas. No cabía duda de que Chub habría hecho esto último si hubiera estado solo, pero ya no era tan fastidioso ni tan terrible caminar con el compadre por la oscuridad de la noche. Y tampoco quería resultar perezoso o cobarde a ojos de los demás. Cuando terminó con sus blasfemias, se dirigió de nuevo a su compadre.

—Así que no hay luna, ¿verdad, compadre?

—No.

—¡Qué extraño! Déjame oler tu tabaco… ¡Es estupendo, compadre! ¿De dónde lo sacas?

—¡Qué estupendo ni qué diablo! –le contestó el compadre mientras cerraba la tabaquera de abedul con arabescos tallados–. ¡Ni una gallina vieja estornudaría con él!

—Recuerdo –continuó Chub– que el difunto Zozulia, el tabernero, me trajo una vez tabaco de Nezhin. ¡Qué tabaco tan bueno era! Entonces, compadre, ¿qué hacemos? Está todo muy oscuro.

—Pues quedémonos en casa –dijo el compadre, y cogió el picaporte–.

Si el compadre no hubiera dicho eso, Chub habría decidido quedarse, pero ahora algo le obligaba a llevarle la contraria.

—¡No, compadre! ¡Vámonos! ¡No podemos quedarnos! ¡Tenemos que ir!

En cuanto terminó estas palabras, ya se había enfadado consigo mismo por decirlas. No le apetecía nada salir de casa en una noche como aquella, pero le consolaba el hecho de que había sido él mismo quien lo había propuesto y que no había terminado haciendo lo que el otro le había aconsejado.

El compadre, sin el menor gesto de fastidio, como hombre a quien le da lo mismo quedarse en casa o que lo saquen, echó una ojeada a su alrededor, se rascó los hombros con el mango del látigo y los dos compadres emprendieron el camino.

* * *

Veamos ahora qué es lo que hizo su bella hija cuando se quedó sola. Oxana no había cumplido todavía los diecisiete años y, en todo el mundo, tanto al otro lado de Dikanka como a este, no se hablaba más que de ella. Los jóvenes afirmaban que nunca había habido ni habría una muchacha tan hermosa en la aldea. Oxana lo sabía muy bien y prestaba atención a todo lo que se decía de ella, y era tan caprichosa como bella. Si no hubiera vestido una falda y un delantal de lo más sencillo, y hubiera llevado un vestido elegante, ninguna otra muchacha se hubiera atrevido a hacerle sombra. Los jóvenes la pretendían en tropel, pero perdían la paciencia, la abandonaban poco a poco y se iban con otras menos caprichosas. Solo el herrero se mantenía firme y no cejaba en sus galanteos, a pesar de que recibía el mismo trato que los demás.

Cuando su padre se fue, se engalanó e hizo monadas durante un buen rato ante un pequeño espejo con marco de estaño, sin dejar de admirarse. «¿Por qué la gente piensa que soy hermosa?», decía algo distraída solo para conversar de algo consigo misma. «La gente miente. No soy hermosa en absoluto». Pero el reflejo de un rostro lozano y vivaracho, joven, casi infantil, con unos ojos negros y brillantes y una sonrisa indescriptiblemente encantadora, que inflamaba el alma, demostró al instante lo contrario. «¿Acaso mis cejas y ojos negros», continuó la beldad sin soltar el espejo, «son tan bellos que no tienen en el mundo igual? ¿Por qué es tan bonita mi nariz respingona? ¿Y mis mejillas? ¿Y mis labios? ¿Por qué son tan bonitas mis negras trenzas? ¡Ay! Por la noche pueden dar mucho miedo, porque parecen largas serpientes que se enrollan y se enroscan alrededor de mi cabeza. ¡Ahora veo que no soy hermosa en absoluto!». Entonces apartó el espejo y exclamó: «¡No! ¡Sí soy hermosa! ¡Oh, qué bella! ¡Parece un milagro! ¡Qué feliz haré a quien se case conmigo! ¡Cómo me admirará mi marido! ¡Se olvidará de sí mismo por completo! ¡Me adorará hasta la muerte!».

—¡Qué muchacha tan hermosa! –murmuró el herrero, que había entrado en silencio–. ¡Y tiene poco de presumida! Se mira al espejo durante una hora y no se cansa. Y además ¡se alaba a sí misma en voz alta!

«Sí, muchachos, ¿haría buena pareja con vosotros? Miradme», continuó la bella coqueta. «¡Con qué elegancia camino! Mi blusa está bordada con seda roja. ¡Y qué cintas luzco en la cabeza! ¡Nunca veréis bordados más valiosos! Todo esto me lo ha comprado mi padre para que me case con el chico más guapo del mundo». Entonces sonrió, se volvió hacia el otro lado y vio al herrero…

Lanzó un grito y se detuvo en seco ante él.

Al herrero se le cayó al alma a los pies.

Es difícil explicar lo que el rostro moreno de aquella hermosa muchacha expresaba. En él se apreciaba una orgullosa severidad que se reflejaba en un gesto de desprecio hacia el avergonzado herrero, y un enojado rubor apenas perceptible se derramaba sutilmente por sus facciones. Todo ello se mezclaba tan perfectamente y resultaba tan increíblemente bello que lo único que se podía hacer en ese momento era besarla un millón de veces.

—¿A qué has venido? –dijo Oxana–. ¿Quieres que te saque por la puerta a palazos? Sois unos expertos en venir a molestarnos. Oléis al instante cuando nuestros padres salen de casa. ¡Oh, pero si yo te conozco! ¿Qué? ¿Ya has terminado mi baúl?

—Lo terminaré, corazón mío, después de las fiestas. Si supieras cuánto me he esforzado con él. Hace dos noches que no salgo de la fragua. Puedes estar segura de que ninguna hija de pope tendrá un baúl como el tuyo. Le he puesto un hierro mucho mejor que el que usé en la calesa del *sótnik* cuando trabajé para él en Poltava. ¡Y cómo lo voy a pintar! ¡Aunque recorras todos los alrededores con tus piececitos blancos, no encontrarás uno igual! Sobre el campo verde crecerán unas flores rojas y azules. Tú baúl resplandecerá como el fuego. ¡No te enfades conmigo! ¡Déjame al menos que te hable! ¡Que te mire!

—¿Quién te prohíbe hablar o mirar?

Dicho esto, Oxana se sentó en un banco y de nuevo se miró en el espejo y se puso a arreglarse las trenzas. Miró su cuello y su nueva blusa bordada con seda, y un vivo sentimiento de satisfacción acudió a sus labios y a sus mejillas sonrojadas y brilló en sus ojos.

—¡Deja que me siente a tu lado! –exclamó el herrero–.

—Siéntate –dijo Oxana, con el mismo sentimiento en los labios y en sus ojos satisfechos–.

—¡Hermosa! ¡Incomparable Oxana! ¡Déjame que te bese! –le pidió envalentonado el herrero, y la apretó contra él con la intención de darle un beso. Pero Oxana desvió las mejillas, que se encontraban ya a muy corta distancia de los labios del herrero, y lo apartó–.

—¿Quieres más? ¿También necesitas la cuchara cuando ya tienes la miel? ¡Vete! ¡Tienes las manos más duras que el hierro! Y hueles a humo. Seguro que me has llenado de hollín.

Después levantó el espejo y comenzó de nuevo a arreglarse delante de él.

«No me quiere», pensó el herrero para sí con la cabeza gacha. «Para Oxana todo es un juego. Y yo me quedo aquí delante de ella como un tonto y soy incapaz de quitarle los ojos de encima. Pero ¡es que todo lo que quiero es quedarme aquí delante de ella como un tonto y no quitarle los ojos de encima! ¡Lo que daría por saber lo que guarda en el corazón! ¡Saber a quién ama! Pero no. Ella no necesita a nadie. Se basta con ella misma. Y a mí me atormenta sin compasión. ¡Pobre de mí! Tras mi tristeza no veo luz alguna. ¡Y yo la amo como ningún hombre ha amado ni amará jamás en el mundo!».

—¿Es verdad que tu madre es bruja? –preguntó Oxana y se echó a reír. Y el herrero sintió que todo dentro de él también reía y que esa risa resonaba en su corazón y en sus venas silenciosamente temblorosas. Y con todo, la angustia se apoderó de su alma, pues continuaba sin poder besar aquel rostro que reía tan encantador–.

—¿Qué me importa mi madre? Tú eres mi madre, mi padre y todo lo que amo en el mundo. Si el zar me llamara y me dijera: «Herrero Vakula, pídeme lo mejor que hay en mi reino y te lo daré. Ordenaré que te construyan una fragua de oro y forjarás con martillos de plata». «No quiero», le diría yo al zar, «ni piedras preciosas, ni fragua de oro, ni todo tu reino. ¡Mejor dame a mi Oxana!».

—¡Mira que eres raro! Pues mi padre también es una buena pieza. Ya lo verás cuando se case con tu madre –le dijo Oxana con una sonrisa burlona–. Y mis amigas siguen sin venir… ¿Qué significa este retraso? Teníamos que estar cantando villancicos hace ya un buen rato. ¡Me aburro!

—¡Vayan con Dios los villancicos, hermosa mía!

—¡Claro! ¡Ya te gustaría! Y los mozos vendrán con ellas y empezará el baile. ¡Ya me imagino las historias tan divertidas que nos contarán!

—¿Te diviertes con ellos?

—Más que contigo. ¡Ay! ¡Han llamado a la puerta! ¡Deben de ser mis amigas, que ya han llegado con los mozos!

«¿Por qué sigo esperando?», se dijo el herrero para sus adentros. «Oxana se burla de mí. Me quiere tanto como a una herradura oxidada. Pero si no ha de ser mía, tampoco permitiré que sea de otro. En cuanto me entere de que otro le gusta más que yo, ese tipo se las verá conmigo…».

Otro golpe en la puerta y una voz sonora en la nieve: «¡Abre!», interrumpieron sus cavilaciones.

—¡Espera! ¡Que yo mismo voy a abrirte! –dijo el herrero, que, furioso, se dirigió al zaguán con la intención de partirle las costillas al primero que viera–.

* * *

Cada vez hacía más frío. Hacía tanto frío allí arriba que el diablo saltaba de una pezuña a otra y se soplaba en las manos heladas para calentárselas. Tampoco es nada extraño que tenga frío quien se pasa el día metido en el infierno, donde, como sabemos, no hace tanto frío como en nuestro invierno y donde, como un cocinero con su gorro y de pie delante de la parrilla, asaba a los pecadores con tanto gusto como una mujer las salchichas en Navidad.

Incluso la bruja tenía frío, a pesar de que iba muy bien abrigada. Así que abrió los brazos, adelantó un pie y, con la misma posición que un patinador, descendió por el aire sin mover una sola articulación, igual que si bajara por la pendiente de una montaña cubierta de nieve, y se metió directamente por la chimenea.

El diablo la siguió del mismo modo. Pero como esta bestia se cree más ágil que cualquier pisaverde con medias, no pudo hacer nada para evitar caer sobre el cuello de su amante nada más entrar por la chimenea y que los dos cayeran dentro de la gran estufa, entre las ollas.

La viajera abrió despacito la portezuela para ver si su hijo Vakula tenía visitas, pero al ver que no había nadie, solo unos sacos en medio de la estancia, salió de la estufa, se quitó la gruesa zamarra, se compuso y entonces nadie hubiera adivinado que un minuto antes andaba montada en su escoba.

La madre del herrero, Vakula, no tenía más de cuarenta años. No era ni guapa ni fea. Es difícil ser guapa con esa edad. Sin embargo, sabía atraer la atención de los cosacos más sensatos (a quienes, por cierto, no está de más advertirlo, poco les importaba la belleza), así que la visitaban el alcalde, el diácono Ósip Nikíforovich (cuando, por supuesto, la diácona no estaba en casa), el cosaco Korni Chub y el cosaco Kasián Sverbyguz. Y, para honra suya, sabía muy bien manejarse con ellos. A ninguno se le ocurrió pensar que tenía un rival. Si un hombre temeroso de Dios, o un noble, como se llamaban a sí mismos los cosacos, iba a la iglesia los domingos vestido con una capa con capucha, o si iba a la taberna cuando hacía mal tiempo, ¿por qué no ir a casa de Soloja a comer jugosas empanadillas con nata agria y no charlar en aquella casa tan bien caldeada con una anfitriona habladora y atenta? El noble solía encaminarse hacia la taberna, pero luego daba a propósito un largo rodeo y decía que pasaba por allí. A veces Soloja iba a la iglesia en las fiestas de guardar. Se ponía un vistoso vestido de tela de China, y sobre él una falda azul oscuro con lazos dorados cosidos detrás y se quedaba cerca del atril derecho. El diácono tosía y miraba involuntariamente hacia allí con los ojos entornados y el alcalde se acariciaba los bigotes, se liaba el *chub* en la oreja y le decía a quien estuviera a su lado: «¡Ay, qué mujer! ¡Es el mismo demonio!».

Entonces Soloja hacía una reverencia y todos pensaban que se la hacía solo a él. Pero alguien experto en asuntos ajenos se daría cuenta enseguida de que Soloja era especialmente amable con el cosaco Chub. Chub era viudo y siempre tenía ocho almiares de cereal delante de su casa. Dos pares de robustos bueyes asomaban la cabeza a la calle desde el establo de madera y mugían cuando veían que pasaban su comadre la vaca o su tío, un toro muy gordo. Un macho cabrío se encaramaba al tejado y desde allí balaba con su áspera voz como un mandamás y se burlaba de los pavos que caminaban por el patio, pero se daba la vuelta si veía llegar a sus enemigos, unos niños que se reían de su barba.

Chub tenía los baúles llenos de telas, caftanes y vestidos antiguos con galones dorados, pues su difunta esposa había sido bastante presumida. En el huerto, además de amapolas, repollos y girasoles, sembraban todos los años dos surcos de tabaco. A Soloja no le parecía mala idea añadir todo eso a sus propiedades y ya pensaba en los cambios que haría cuando todo aquello pasara a sus manos. Y por eso había redoblado sus favores hacia el viejo Chub. Y para que su hijo Vakula no se liara con la hija de Chub y se quedara con todo, con lo que ya no le dejaría a ella entrometerse en nada, había recurrido a la solución habitual de todas las comadres cuarentonas: predisponer a Chub contra el herrero. Puede que estas artimañas y tretas suyas fueran la causa de que algunas viejas dijeran, sobre todo después de beber demasiado en sus alegres reuniones, que Soloja era bruja. También contaban que el joven Kiziakolupenko había visto que tenía un rabo tan largo como un huso, que el jueves pasado había cruzado el camino a la carrera convertida en un gato negro, que una vez la mujer del pope había visto a un cerdo entrar en su casa, ponerse a cantar como un gallo, colocarse en la cabeza el gorro del padre Kondrat y salir corriendo.

Pues pasó que mientras las viejas hablaban de estas cosas, llegó un pastor de vacas llamado Tymish Korostiávy y no perdió la oportunidad de contar que el verano pasado, en vísperas de San Pedro, cuando ya se había ido a dormir había visto con sus propios ojos que una bruja con la trenza suelta y vestida solo con una blusa se ponía a ordeñar las vacas. Y que él estaba embrujado y no se podía mover. Y que cuando terminó de ordeñar las vacas, se acercó a él y le untó los labios con algo tan asqueroso que estuvo escupiendo un día entero. Pero todo aquello era más que dudoso, pues solo el alcalde de Soróchintsy reunía las condiciones para ver una bruja. Por eso todos los cosacos distinguidos hacían aspavientos con los brazos cuando oían esos cuentos. «¡Esas viejas mienten!», era su respuesta habitual.

En cuanto salió de la estufa y se compuso, Soloja, como buena ama de casa, comenzó a limpiar y a poner cada cosa en su sitio. Pero los sacos no los tocó: «¡Vakula los trajo, Vakula los sacará!». El diablo, justo al meterse por la chimenea, se giró por casualidad y vio a Chub del brazo del compadre ya muy lejos de su casa. Rápidamente salió volando de la estufa, se les cruzó en el camino y empezó a remover por todas partes los montones de nieve helada. Se levantó una ventisca y el aire se tiñó de blanco. La nieve soplaba de un lado a otro, y volvía a soplar y formaba una red que amenazaba con tapar los ojos, la boca y los oídos de los caminantes. Después el diablo se metió de nuevo por la chimenea con la firme creencia de que Chub se darían la vuelta con su compadre, atraparía al herrero y le daría una tunda tan grande que este no podría coger el pincel en mucho tiempo para pintar sus ofensivas caricaturas.

De hecho, en cuanto se levantó la ventisca y el viento comenzó a azotarle con fuerza en los ojos, Chub se arrepintió a voces, se caló profundamente su gorro de piel con orejeras y dedicó tremendas maldiciones al diablo, a su compadre y a sí mismo. Sin embargo, el enfado era fingido. Chub se alegraba muchísimo de que se hubiera levantado aquella ventisca. Para llegar a la casa del diácono todavía les quedaba ocho veces la distancia que llevaban recorrida. Así que los caminantes se dieron la vuelta. El viento les soplaba en la nuca, pero no podían ver nada a través de la nieve.

—¡Alto, compadre! Me parece que vamos por el camino equivocado –dijo Chub tras dar unos pasos–. No veo ni una sola casa. ¡Qué ventisca! Vete hacia ese lado, compadre, a ver si encuentras el camino. ¡El diablo nos ha hecho meternos en semejante ventisca! No te olvides de gritar si encuentras el camino. ¡Ay! ¡Qué puñado de nieve me acaba de echar Satanás en los ojos!

Pero ninguno de los dos vio ningún camino. El compadre, que se había dirigido hacia un lado, merodeó de aquí para allá con sus altas botas de piel hasta que al fin dio con la taberna. Ese descubrimiento le agradó tanto que se olvidó de todo lo demás. Se sacudió la nieve y entró sin preocuparse lo más mínimo de su amigo, que seguía fuera. Mientras tanto, a Chub le pareció que había encontrado el camino. Se detuvo y se puso a gritar con todas sus fuerzas, pero al ver que su compadre no aparecía, decidió empezar a caminar él solo.

Un poco más adelante vio su casa. Había montones de nieve alrededor y en el tejado. Comenzó a golpear la puerta con las manos congeladas y a gritar imperiosamente para que su hija le abriera.

—¿Qué quieres con tanta prisa? –gritó el herrero mientras iba a abrir–.

Chub reconoció la voz del herrero y dio unos pasos atrás. «No, esta no es mi casa», se dijo. «El herrero no se atreve a entrar. Pero si te fijas bien, tampoco es la del herrero. ¿De quién será? ¡Anda! ¡No la había reconocido! Es la de Levchenko, el cojo, que hace poco que se casó con una jovencita. Es el único que tiene una casa como la mía. Ya decía yo que había vuelto a casa demasiado rápido. Pero Levchenko ahora debe de estar en casa del diácono, eso sí que lo sé... Y ¿por qué el herrero está en casa de Levchenko?... ¡Ajajá! ¡Porque va a visitar a su joven esposa! ¡Eso es! ¡Bien! ¡Ahora lo entiendo todo!».

—¿Quién eres y por qué llamas a las puertas de la gente? –exclamó el herrero con mayor severidad que antes, y se acercó más–.

«No, no voy a decirle quién soy», pensó Chub. «¡Ese maldito degenerado me daría una paliza!». Entonces cambió la voz y contestó:

—¡Soy yo, buen hombre! ¡He venido para entretenerte con mis villancicos bajo las ventanas!

—¡Vete al infierno con tus villancicos! –gritó furioso Vakula–. ¿Qué haces ahí parado? ¿No me estás oyendo? ¡Vete de aquí ahora mismo!

El propio Chub guardaba ya esa prudente intención, pero le pareció humillante tener que obedecer las órdenes del herrero. Era como si un espíritu maligno lo empujara del brazo y le obligara a decir una torpeza.

—¿A qué vienen tantos gritos? –dijo con esa misma voz–. ¡Yo solo quiero cantar unos villancicos!

—¡Ajá! ¡Así que tú no entiendes cuando se te habla! –Y tras estas palabras Chub sintió un doloroso golpe en el hombro–.

—¡Eres tú el que ha empezado! –dijo Chub mientras retrocedía un poco–.

—¡Vete! ¡Vete! –le gritó a Chub el herrero, y lo recompensó con otra patada–.

—Pero ¿qué haces? –dijo Chub con una voz que reflejaba dolor, enfado e incluso miedo–. ¡Ya veo que me estás pegando en serio y que me haces daño!

—¡Vete! ¡Vete! –le gritó de nuevo el herrero, y cerró la puerta–.

—¡Mira que valiente eres! –dijo Chub solo en la calle–. ¡Prueba a acercarte! ¡Míralo! ¡Se cree muy importante! ¿Piensas que no sé cómo darte tu merecido? Pues sí, amigo, sí. Ahora mismo me voy derechito a hablar con el comisario. ¡Te enseñaré lo que es bueno! ¡Me da igual que seas herrero y pintor! Voy a tener que mirarme la espalda y los hombros, creo que los tengo llenos de moratones... ¡Qué paliza me has dado, hijo de Satanás! ¡Lástima que haga tanto frío y no me apetezca quitarme la zamarra! Espera y verás, herrero del demonio. ¡El mismísimo diablo te machacará a ti y a tu fragua! ¡Vas a bailar al son que yo toque! ¡Ándate con cuidado, maldito verdugo! Pero... si Vakula no está en casa, eso quiere decir que Soloja está sola, digo yo... Hummm... Y la casa de Soloja no está muy lejos... ¡Voy para allá! A esta hora nadie podrá vernos. Seguro que podemos... ¡Qué daño me ha hecho ese maldito herrero!

Chub se rascó la espalda y se fue por otro camino. El placer que le esperaba al verse con Soloja disminuyó un poco el dolor e hizo que no sintiera la helada, cuyos crujidos se oían por todas las calles y que el silbido de la ventisca era incapaz de sofocar. En su rostro, que la nieve había enjabonado en la barba y el bigote mejor que cualquier barbero de esos que agarran tiránicamente a su víctima por la nariz, aparecía a veces una expresión agridulce. Pero si la nieve no lo tapara todo, hubiéramos podido ver cómo Chub se detenía muchas veces para rascarse la espalda, decir «¡Qué daño me ha hecho ese maldito herrero!» y continuar de nuevo su camino.

* * *

Cuando el ágil pisaverde con rabo y barba de chivo salió volando de la chimenea y luego se volvió a meter en ella, la bolsa que llevaba colgada al hombro de través y en la que había guardado la luna robada, se le enganchó de alguna manera en la estufa, se abrió y la luna aprovechó la oportunidad, salió por la chimenea de la casa de Soloja y se elevó suavemente por el cielo. La luz lo dominaba todo alrededor. La ventisca había desaparecido y la nieve era un extenso y luminoso campo plateado cubierto de estrellas de cristal. El frío pareció mitigarse. Multitud de muchachos y muchachas llegaron con sacos. Sonaron canciones y rara era la casa junto a la que no cantaran villancicos.

¡Qué maravilloso el brillo de la luna! Es difícil explicar lo agradable que resulta ir en una noche así en compañía de muchachas que cantan y ríen y de muchachos preparados para todas las bromas y juegos que promete esa noche de risas alegres. El abrigo te da calor y la nieve hace que las mejillas te ardan todavía con mayor vivacidad. Y el maligno en persona te empuja a hacer mil travesuras.

Grupos de muchachas con sacos irrumpieron en la casa de Chub y rodearon a Oxana. Los gritos, las risas y las voces aturdieron al herrero. Todas tenían prisa por contarle alguna novedad a la hermosa joven. Sacaban el botín de los sacos y presumían de la cantidad de panecillos, salchichones y empanadillas que habían conseguido con sus villancicos. Oxana parecía estar radiante de alegría y diversión, hablaba con unas y con otras y no paraba de reír. El herrero contemplaba aquella fiesta con cierto fastidio y envidia, y esta vez maldijo los villancicos, aunque le encantaban.

—¡Eh, Odarka! –le dijo muy alegre la beldad a una de las muchachas–. ¡Tienes botines nuevos! ¡Ay, qué bonitos! ¡Y con bordados de oro! Qué bien, Odarka, que tienes quien te lo compre todo. Yo no tengo a nadie que me compre unos botines tan preciosos.

—¡No te entristezcas, mi querida Oxana! –le dijo el herrero–. Yo te regalaré unos botines como pocas señoritas llevan.

—¿Tú? –le preguntó Oxana con una mirada fulminante y orgullosa–. A ver dónde puedes tú conseguirme unos botines dignos de mi pie. Como no me traigas los de la zarina…

—¡Mira lo que le pide! –exclamó una muchacha entre risas–.

—Sí –continuó orgullosa la bella joven–. Todas vosotras sois testigos: si el herrero Vakula me trae los botines de la zarina, doy mi palabra de que me casaré con él de inmediato.

Las muchachas se llevaron consigo a la caprichosa beldad.

—¡Ríete! ¡Ríete! –dijo el herrero mientras salía detrás de ellas–. ¡Yo también me río de mí mismo! Pienso y no sé cómo me he dejado sorber el seso de esta manera. Oxana no me quiere. Pues muy bien, ¡quede con Dios! Como si solo existiese Oxana en el mundo entero. Gracias a Dios, hay muchas chicas guapas en la aldea además de ella. ¿Para qué quiero yo a Oxana? Nunca sería una buena ama de casa, solo sabe engalanarse. ¡No! ¡Basta de tonterías!

Pero justo en el preciso momento en que el herrero tomaba esta decisión, algún espíritu maligno hizo que se le apareciera la risueña imagen de Oxana, que le decía: «¡Consígueme, herrero, los botines de la zarina y me casaré contigo!». El alma se removió en su interior y no pudo pensar en otra cosa que no fuera ella.

Grupos de gente, sobre todo muchachos y muchachas, recorrían las calles con sus villancicos. Pero el herrero caminaba absorto y no participaba en aquellas diversiones que antes le gustaban más que nada.

* * *

Mientras tanto, el diablo ya se había puesto muy tierno con Soloja y le besaba la mano con los mismos aspavientos que el alcalde a la hija del pope, se agarraba el corazón, lanzaba ayes desesperados y decía abiertamente que si ella no accedía a satisfacer sus pasiones y a recompensarlo como era menester, estaba dispuesto a todo: se tiraría al agua y enviaría su alma derecha al infierno. Soloja no era tan cruel y además sabía que el diablo sobreactuaba. Le gustaba ver cómo los hombres se arrastraban en tropel detrás de ella y rara vez estaba sin compañía. Esa noche, sin embargo, pensaba pasarla sola, porque todos los habitantes ilustres de la aldea habían ido a cenar a casa del diácono. Pero las cosas resultaron de otro modo. El diablo no había hecho más que presentar sus demandas cuando de pronto se oyó la voz del fortachón del alcalde. Soloja corrió a abrir la puerta y el diablo se metió ágilmente en un saco.

El alcalde, después de sacudirse la nieve del gorro y beber una copa de vodka que Soloja le había ofrecido, le contó que no había ido a casa del diácono porque se había levantado una ventisca, pero que, al ver luz en casa de la mujer, se había dirigido allí con idea de pasar con ella la noche.

En cuanto el alcalde terminó de hablar, llamaron a la puerta y se oyó la voz del diácono.

—Escóndeme en algún sitio –le dijo el alcalde en voz baja–. No quiero que el diácono me vea.

Soloja pensó dónde esconder a tan voluminoso huésped y al fin eligió el saco de carbón más grande. Echó el carbón en una tina y el grueso alcalde se metió en el saco con bigotes, cabezota y gorro incluidos.

Entró el diácono. Carraspeó y, frotándose las manos, le explicó que nadie había ido a su casa y que se alegraba de todo corazón de tener la oportunidad de pasear un poco para verla y que la ventisca no le había dado ningún miedo. Entonces se acercó a ella, tosió, le acarició el brazo desnudo con sus largos dedos y le dijo con una mirada a la vez socarrona y soberbia:

—Y ¿qué es lo que tienes ahí, bellísima Soloja? –Nada más decirlo dio un paso atrás–.

—¿Qué tengo? ¡Una mano, Ósip Nikíforovich! –le respondió Soloja–.

—¡Ah! ¡Una mano! ¡Je, je, je! –exclamó el diácono, muy satisfecho de tan buen comienzo, y comenzó a pasear por la habitación–. Y ahí ¿qué es lo que tienes, queridísima Soloja? –dijo con la misma mirada. Se acercó de nuevo a ella, le acarició suavemente el cuello y también dio un paso atrás–.

—Como si no lo vieras, Ósip Nikíforovich –le contestó Soloja–. El cuello. Y en el cuello un collar.

—¡Ah! ¡Un cuello! ¡Je, je, je! –Y el diácono volvió a pasearse por la habitación mientras se frotaba las manos–. Y ¿qué más tienes por ahí, mi incomparable Soloja?

Ahora ya no se sabe qué le tocó el diácono con sus largos dedos, pues de pronto llamaron a la puerta y se oyó la voz del cosaco Chub.

—¡Ay, Dios mío! ¡Quieren entrar! –gritó asustado el diácono–. ¿Qué pasará si descubren aquí a alguien tan importante como yo?… ¡El padre Kondrat se enterará!…

Pero los temores del diácono eran más bien otros. Más que a todo eso, le tenía miedo a que se enterase su parienta, que ya sin eso le había dejado la melena, antes muy espesa, bastante mermada con su mano terrible.

—Por Dios, bondadosa Soloja –dijo mientras le temblaba todo el cuerpo–. Tu bondad, como dice Lucas en el capítulo trec… en el capítulo tre… de su Evang… ¡Ay, Dios! ¡No paran de llamar! ¡No paran de llamar! ¡Oh, escóndeme en alguna parte!

Soloja echó el carbón de otro saco en la tina y el diácono, que no era demasiado grande, se metió en él, Solo ocupaba la mitad, de modo que se le podía echar más carbón encima.

—¡Buenas noches, Soloja! –dijo Chub entrando en la casa–. Seguro que no me esperabas, ¿eh? ¿A que no me esperabas? Espero no molestarte… –prosiguió Chub con una expresión alegre y significativa en el rosto, lo que daba a entender que su torpe cabeza maquinaba y se preparaba para soltar algún chiste ingenioso y sarcástico–. ¿No estarías divirtiéndote con alguien? ¿No tendrás escondido a alguien en algún sitio? ¿Eh? –Y encantado con su propia broma, Chub se echó a reír, pues se creía el único que gozaba de los favores de la mujer–. Bueno, Soloja, dame un poco de vodka. Me parece que tengo la garganta helada por ese maldito frío. ¡Qué noche de Navidad nos ha enviado el Señor! Nos ha caído a plomo, ¿oyes, Soloja? Nos ha caído a plomo… Se me han quedado las manos congeladas. ¡No puedo desabrocharme la zamarra! Cómo caía la ventisca…

—¡Abre! –se oyó fuera una voz acompañada de golpes en la puerta–.

—Alguien llama –dijo Chub petrificado–.

—¡Abre! –gritaron con más fuerza–.

—¡Es el herrero! –exclamó Chub calándose el gorro–. Escucha, Soloja, escóndeme donde sea. ¡Por nada del mundo quiero que me vea ese maldito bastardo! ¡Ojalá le saliera a ese hijo de Satanás debajo de cada ojo un bubón tan grande como un tronco!

Soloja, bastante asustada, andaba de un lado a otro como poseída. Se lio la manta a la cabeza y le hizo una seña a Chub para que se metiera en el mismo saco en el que ya estaba el diácono. El pobre diácono no se atrevió a expresar sus sufrimientos ni siquiera con una tos ni con un ligero gruñido cuando aquel hombre tan corpulento se sentó casi sobre su coronilla y le plantó las botas heladas a ambos lados de la cabeza.

El herrero entró sin decir palabra. Con el gorro todavía puesto, se derrumbó sobre un banco. Se notaba que estaba totalmente desolado.

Justo cuando Soloja cerraba la puerta a sus espaldas, volvieron a llamar. Era Sverbyguz, a quien ya no se le podía esconder en ningún saco porque ya no había más. Era más orondo incluso que el alcalde y más alto que el compadre de Chub. Así que Soloja le llevó al jardín para que le contara todo lo había venido a decirle.

El herrero miraba distraído los rincones de la casa. De vez en cuando, se detenía para escuchar las lejanas melodías de los villancicos. Al fin su mirada fue a parar a los sacos. «¿Qué hacen aquí estos sacos? ¡Tenía que habérmelos llevado hace mucho tiempo! Este estúpido amor me ha vuelto imbécil por completo. Mañana es fiesta y todavía tengo basura en casa. ¡Voy a llevármelos a la fragua!».

Entonces el herrero se inclinó sobre aquellos enormes sacos, los ató bien fuerte y se dispuso a echárselos a la espalda. Pero era evidente que sus pensamientos vagaban por Dios sabe dónde, pues de lo contrario hubiera oído farfullar a Chub cuando los pelos de su cabeza quedaron atrapados en la cuerda que ataba el saco. Además, al corpulento alcalde le entró un hipo muy fuerte.

—¿Es que no se me va a ir de la cabeza esta maldita Oxana? –dijo el herrero–. No quiero pensar en ella, pero no hago otra cosa. Parece que es a propósito. ¿Por qué se me vienen estos pensamientos a la mente en contra de mi voluntad? Estos sacos pesan más que antes… Aquí debe haber algo más que el carbón. ¡Qué tonto soy! Se me había olvidado que ahora todo me resulta más pesado. Antes podía doblar y volver a estirar una moneda de cobre y una herradura de caballo con una sola mano, pero ahora no puedo ni levantar los sacos de carbón. Pronto me llevará el viento. ¡No! –exclamó tras un instante de silencio para darse ánimos–. ¡Qué flojucho que soy! ¡No permitiré que nadie se ría de mí! ¡Los llevaré, aunque sean diez! –Y se echó los sacos, que no hubieran podido llevar ni dos hombres bien robustos, alegremente a la espalda–. Este también –añadió, y cogió un saco pequeño en cuyo fondo estaba enroscado el diablo–. En este me parece que puse las herramientas.

Dicho esto, salió de la casa silbando una canción:

Mi mujer y yo no nos llevamos muy bien…

Los cantos y los gritos eran cada vez más fuertes en las calles. La multitud aumentaba con gente que venía de los pueblos vecinos. Los mozos retozaban y se divertían a placer. Era frecuente que entre villancico y villancico sonara una alegre canción que enseguida improvisaba uno de aquellos jóvenes cosacos. Uno de los presentes soltaba sin más una canción en lugar de un villancico y vociferaba a pleno pulmón:

¡Sé generoso! ¡Sé dadivoso!
Dame de gachas un buen montón,
un barreño de empanadillas
y una rodaja de salchichón.

Las carcajadas recompensaban al gracioso. Las ventanas se abrían y asomaba la mano enjuta de alguna anciana, solo los viejos y las personas respetables se quedaban en casa, y les tiraban un salchichón o un trozo de *pirog*[5]. Muchachos y muchachas alzaban sus sacos y cazaban las presas. Llegados a cierto lugar, los muchachos rodearon al grupo de muchachas y se produjo un gran alboroto y gritos. Uno les lanzó una bola de nieve y otro les robó un saco lleno de golosinas. En otro sitio, las chicas atraparon a un chico, le pusieron la zancadilla y este voló con el saco a cuestas hasta besar el suelo. La juventud estaba dispuesta a divertirse toda la noche. Y la noche era tan maravillosamente cálida que parecía hecha a propósito. La luz de la luna semejaba ser aún más blanca reflejada en la nieve brillante.

El herrero se detuvo con los sacos, pues creyó sentir entre el grupo de muchachas la voz y la risa aguda de Oxana. Las venas se le inflaron hasta casi reventar. Entonces arrojó los sacos al suelo con tanta fuerza que el diácono, que estaba en el fondo de uno de ellos, gimió de dolor y el alcalde soltó un hipido descomunal. El herrero se dirigió con el saco pequeño

[5] Plato típico de las cocinas rusa y ucraniana parecido a un pastel salado o a una empanada.

todavía a la espalda hacia el grupo de chicos que perseguía a las chicas, entre las que oyó la voz de Oxana.

«¡Ahí está! ¡Soberbia como una reina y acompañada del brillo de sus ojos! Ese buen mozo le está contando algo. Debe ser muy divertido, porque se ríe muchísimo. Pero es que ella siempre se ríe de todo», pensó, e involuntariamente, sin darse cuenta, el herrero se abrió paso entre la multitud y llegó frente a ella.

—¡Ah, Vakula! ¡Estás aquí! ¡Buenas noches! –le dijo la hermosa joven con aquella sonrisa que volvía loco al herrero–. ¿Has cantado muchos villancicos? ¡Oh, qué saco tan pequeño! ¿Me has conseguido los botines de la zarina? ¡Consigue esos botines y me casaré contigo! –le dijo, y desapareció a la carrera entre la multitud–.

El herrero estaba petrificado. «No, ya no puedo más. Ya no me quedan más fuerzas...», dijo al fin. «Pero ¡Dios mío!, ¿por qué es tan endiabladamente bella? Su mirada, sus palabras, todo... Todo hace que me arda la sangre. ¡No! ¡Ya no puedo más! ¡Tengo que poner fin a esta situación! ¡Mi alma está condenada! ¡Me tiraré al pantano y que el mundo olvide mi nombre!».

Después anduvo con paso decidido, llegó hasta donde estaba Oxana y le dijo con voz firme:

—¡Adiós, Oxana! ¡Búscate el novio que más te guste! ¡Búrlate de quien quieras! Pero ¡a mí no me volverás a ver más en este mundo!

La hermosa pareció sorprendida y quiso decirle algo, pero el herrero le hizo un gesto con la mano y salió corriendo.

—¿Adónde vas, Vakula? –gritaron los muchachos cuando vieron que el herrero se marchaba a todo correr–.

—¡Adiós, hermanos! –les gritó como respuesta el herrero–. Si Dios quiere, nos veremos en el otro mundo, pero ya no caminaremos juntos por este. ¡Adiós! ¡No os olvidéis de mí! Pedidle al padre Kondrat que diga una misa por mi alma pecadora. No les pinté las velas a los iconos del santo hacedor de milagros y de la Virgen ocupado como estaba en asuntos mundanos. Todo lo de valor que encontréis en mi baúl, ¡para la iglesia! ¡Adiós!

Dicho esto, el herrero echó de nuevo a correr con el saco a la espalda.

—¡Se ha vuelto loco! –dijeron los muchachos–.

—¡Su alma está perdida! –murmuró con devoción una anciana que pasaba por allí–. ¡Iré a contar que el herrero se ha ahorcado!

Mientras tanto, Vakula, que había corrido ya por unas cuantas calles, se detuvo a tomar aliento. «Pero ¿adónde corro?», pensó. «Todavía no está todo perdido. Haré un último intento: iré a casa del zapórogo Patsiuk el Barrigón. Dicen que conoce a todos los demonios y que puede conseguir lo que se proponga. ¡Sí! ¡Iré a verlo! ¡Ya tendrá tiempo mi alma de perecer!».

En cuanto oyó esto, el diablo, que llevaba mucho tiempo sin moverse, saltó de alegría dentro del saco. Pero el herrero, que creyó que él mismo lo había movido al cogerlo, golpeó el saco con su enorme puño, se lo echó a la espalda y se fue a buscar a Patsiuk el Barrigón.

Este Patsiuk el Barrigón había sido tiempo atrás un cosaco zapórogo, pero nadie sabía si le habían expulsado o si él mismo se había ido de Zaporozhie. Hacía mucho que vivía en Dikanka, unos diez o incluso quince años. Al principio vivía como un auténtico zapórogo: no trabajaba, pasaba dormido tres cuartas partes del día, comía por seis segadores y bebía casi un cubo entero de una vez. Tenía donde guardar todo lo que tragaba, porque Patsiuk, a pesar de su baja estatura, era bastante grueso. Los pantalones que usaba eran tan anchos que por muy grandes que fueran sus pasos, nunca se le veían los pies y parecía un barril de los de aguardiente que rodaba por la calle. Esta fue seguramente la causa de su apodo: Barrigón. No pasaron muchos días desde su llegada a la aldea hasta que todos se enteraron de que era curandero. Si alguien enfermaba, llamaba enseguida a Patsiuk. Y Patsiuk solo murmuraba unas palabras y la enfermedad desaparecía como si la hubieran quitado con la mano. A veces un noble se atragantaba con una espina de pescado; entonces Patsiuk le golpeaba en la espalda con tanta habilidad que la espina se iba por donde debía sin hacerle el más mínimo daño al noble en la garganta. Últimamente rara vez salía de casa. El motivo quizá fuese la pereza, pero también el hecho de que cada año le era más difícil entrar por las puertas. La gente tenía que ir a su casa si lo necesitaban.

El herrero abrió la puerta con timidez y vio a Patsiuk sentado a la turca en el suelo, delante de un pequeño barrilito sobre el que descansaba un cuenco lleno de *galushkas*. El cuenco se encontraba, como a propósito, a la altura de su boca. Sin mover un dedo, se inclinó un poco sobre este, sorbió el caldo y agarró algunas *galushkas* con los dientes.

«Vaya», pensó Vakula, «este es más vago todavía que Chub. Chub al menos come con cuchara, pero ¡este ni siquiera en mueve la mano!».

Patsiuk estaba tan concentrado en sus *galushkas* que no pareció darse cuenta de la llegada del herrero, quien, nada más pasar el umbral, le hizo una reverencia.

—¡He venido a pedirte un favor, Patsiuk! –le dijo Vakula con una nueva reverencia–.

El gordo de Patsiuk levantó la cabeza y siguió masticando sus *galushkas*.

—Dicen que tú... No te enfades, pero he oído decir que... –dijo el herrero reuniendo valor–. No digo esto para ofenderte, pero tengo entendido que tienes tratos con el diablo.

En cuanto se oyó decir estas palabras, Vakula se asustó, pues pensaba que iba a hablar con claridad, pero también con delicadeza. Creyó que Patsiuk agarraría el barrilito con el cuenco y se lo arrojaría directamente a la cabeza, por eso se apartó un poco y se cubrió con la manga para que el caldo caliente de las *galushkas* no le cayera en la cara.

Pero Patsiuk le echó una mirada y se puso de nuevo a comer las *galushkas*. El herrero, animado, decidió continuar.

—He acudido a ti para suplicar tu ayuda, Patsiuk, ¡que Dios te conceda todo lo bueno y te dé pan en abundancia! –El herrero sabía usar en ocasiones muy buenas palabras. Lo había aprendido en Poltava, cuando fue a pintar la valla del *sótnik*–. ¡Yo, pecador de mí, estoy perdido! ¡Nadie en el mundo puede ayudarme! Que sea lo que tenga que ser; si tengo que pedir ayuda al mismo diablo, eso será lo que haga. ¿Y bien, Patsiuk? –dijo el herrero, incómodo por el profundo silencio del cosaco–. ¿Qué me aconsejas que haga?

—Si necesitas al demonio, ¡vete al diablo! –le respondió Patsiuk sin levantar la vista y dando buena cuenta de las *galushkas*–.

—Por eso he acudido a ti –dijo el herrero con una reverencia–. Salvo tú, creo que no hay nadie más en el mundo que conozca cómo ponerse en contacto con él.

Patsiuk no dijo ni una palabra y se terminó las *galushkas* restantes.

—¡Concédeme este favor, buen hombre! ¡No me niegues tu ayuda! –continuó el herrero–. Lo que necesites, carne, salchichas, harina de alforfón, telas, mijo o cualquier otra cosa... Como es costumbre entre las gentes de bien, ¡seré generoso! ¿Podrías indicarme cómo llegar hasta él?

—Quien lleva el diablo a cuestas no necesita ir muy lejos –le dijo Patsiuk con indiferencia sin cambiar de postura–.

Vakula lo miró fijamente, como si la explicación a estas palabras estuviera escrita en su frente. «¿Qué querrá decirme?», preguntaba toda su expresión. Y su boca a medio abrir se preparaba para tragarse las palabras como si fueran *galushkas*. Pero Patsiuk no decía nada.

Entonces Vakula se dio cuenta de que Patsiuk ya no tenía delante ni *galushkas* ni barrilito, y que en su lugar había dos cuencos de madera, uno con empanadillas y otro con nata agria. Esos platos atrajeron involuntariamente sus pensamientos y su mirada. «Veamos», se dijo, «cómo se come ahora Patsiuk las empanadillas. Seguro que no se agacha para comérselas como ha hecho con las *galushkas*. Además, es imposible, porque primero hay que mojar las empanadillas en la nata agria».

Justo cuando pensaba eso, Patsiuk abrió la boca, miró las empanadillas y abrió la boca todavía más. Entonces una empanadilla saltó fuera del cuenco, cayó en la nata agria, se dio la vuelta allí dentro, dio otro salto y le cayó a Patsiuk en la boca. Patsiuk se lo comió, abrió de nuevo la boca y otra empanadilla hizo el mismo recorrido. Patsiuk solo se encargaba de masticar y tragar.

«¡Esto es cosa de magia!», pensó el herrero, boquiabierto del asombro. Entonces vio que una empanadilla quería metérsele en la boca y que le manchaba los labios de nata agria. La escupió como pudo y se limpió la boca. Reflexionó sobre las maravillas que ocurren en el mundo y sobre cómo las fuerzas malignas se las ingenian para influir en las personas, y entonces no le quedó otra que reconocer que el único que podía ayudarle era Patsiuk. «Le haré otra reverencia y que me lo explique todo bien... Pero ¡diablos! ¡Hoy es día de ayuno y él no para de comer empanadillas y más empanadillas! ¡Qué idiota soy, aquí de pie admirando un pecado! ¡Atrás!». Y el piadoso herrero salió de la isba a todo correr.

Pero el diablo, que se regocijaba ya dentro del saco, no podía tolerar que se le escapara de entre las manos una presa tan valiosa. Así que en cuanto el herrero dejó el saco en el suelo, saltó fuera de él y se le subió a los hombros.

Un escalofrío le recorrió el cuerpo al herrero, que, asustado y pálido, no sabía qué hacer. En vano intentaba santiguarse. Pero el diablo acercó su hocico perruno a la oreja derecha del joven y le dijo:

—¡Soy tu amigo y haré todo lo que me pidas! Te daré todo el dinero que quieras –le susurró ahora en la oreja izquierda–. ¡Oxana será nuestra hoy! –le murmuró de nuevo en la oreja derecha–.

El herrero se detuvo a pensar un rato.

—¡Sea como dices! –dijo al fin–. ¡Por ese precio estoy dispuesto a ser tuyo!

El diablo aplaudió y comenzó a dar saltos sobre el cuello de Vakula con enorme alegría. «¡Por fin ha caído el herrero!», pensó para sí. «¡Ahora, amiguito, me vengaré de todas tus pinturas y mentiras contra los demonios! ¿Qué dirán mis colegas cuando sepan que la persona más creyente de la aldea ha caído en mis manos?». Entonces el diablo estalló en una carcajada de felicidad al imaginar cómo se reiría en el infierno de toda la rabuda tribu que allí vivía y cómo rabiaría el diablo cojuelo, al que todos consideraban el más travieso.

—¡Bueno, Vakula! –exclamó el diablo todavía sobre el cuello del herrero por temor a que escapara–. ¡Ya sabes que nada se hace sin contrato!

—¡Dispuesto estoy! –dijo el herrero–. He oído que tú firmas con sangre. ¡Espera, que tengo un clavo en el bolsillo! –Y echó la mano atrás y le cogió el rabo al diablo–.

—¡Mira qué bromista! –gritó el diablo entre risas–. ¡Pues basta ya de bromas!

—¡Espera, querido! –dijo el herrero–. ¡A ver qué te parece esto! –Y acto seguido hizo la señal de la cruz, que dejó al diablo manso como un corderito–. ¡Espera otra vez! –dijo mientras le tiraba del rabo y le hacía caer al suelo–. ¡Ya te enseñaré yo a arrastrar al pecado a las personas de bien y a los cristianos honorables! –Entonces el herrero saltó sobre él sin soltarle el rabo y levantó la mano para hacer la señal de la cruz–.

—¡Ten piedad, Vakula! –gimió lastimero el diablo– ¡Haré todo lo que me pidas! ¡Pero deja que mi alma se arrepienta! ¡No me hagas encima esa terrible cruz!

—¡Ah! ¡Mira con qué vocecita me suplicas ahora, maldito demonio! ¡Sé muy bien lo que hay que hacer! ¡Llévame ahora mismo a caballito por el cielo como un pájaro!

—¿Adónde? –dijo el diablo muy apenado–.

—¡A Petersburgo! ¡Al palacio de la zarina!

Y el herrero se quedó paralizado del miedo al sentir que se elevaba por los aires.

* * *

Oxana pensó largo rato en las extrañas palabras del herrero. Algo en su interior le decía que había sido demasiado cruel con él. ¿Y si en verdad se atreviera a hacer algo terrible? «¡Ay, Dios! ¿Y si por la desesperación se enamora de otra y por despecho comienza a decir que es la muchacha más hermosa de la aldea? Pero no, él me quiere a mí. ¡Soy tan bella! No me cambiaría por ninguna otra. Solo bromeaba, fingía. Dentro de diez minutos vendrá de nuevo a mí. He sido muy dura con él. Aunque simule que no quiero, tengo que dejar que me dé un beso. ¡Se pondrá tan feliz!...». Y la caprichosa beldad corrió a divertirse con sus amigas.

—¡Esperad! –dijo una de ellas–. El herrero ha olvidado sus sacos. ¡Mirad! ¡Son enormes! Los villancicos se le han dado mejor que a nosotras. Seguro que le han echado por lo menos un cuarto de cordero. ¡Y salchichones y panes sin fin! ¡Qué abundancia! ¡Con esto se puede celebrar todo un festín!

—¿Son los sacos del herrero? –preguntó Oxana–. Llevémoslos a mi casa y veamos bien lo que ha recogido.

Todas aprobaron la propuesta entre risas.

—¡Pero no podemos ni moverlos! –gritaron a coro cuando intentaron levantar los sacos–.

—¡Esperad! –dijo Oxana–. ¡Vamos a por un trineo!

Y las muchachas corrieron a por un trineo.

Los cautivos se aburrían de estar en los sacos, a pesar de que el diácono le había hecho un agujero con el dedo al suyo. Si no hubiera habido tanta gente, tal vez hubiese encontrado la forma de salir del saco, pero hacerlo delante de todos, arriesgarse a ser objeto de las burlas… Eso le detuvo y decidió esperar, aunque gruñía un poco bajo las molestas botas de Chub. El mismo Chub también estaba ansioso de libertad, pues sentía que debajo de él había algo sobre lo que era bastante incómodo seguir sentado. Pero en cuanto oyó la decisión de su hija, se tranquilizó y pensó que era mejor no salir, pues de lo contrario tendría que caminar por lo menos cien pasos hasta su casa, si no más. Si saliera, tendría que arreglarse la ropa, abrocharse la zamarra, ajustarse la faja… ¡Cuánto trabajo! Además, se había dejado el gorro en casa de Soloja. Así que concluyó que era mejor que las muchachas le llevaran en trineo. Pero la cosa no sucedió tal como Chub esperaba. Cuando las muchachas corrieron en busca de los trineos, el flacucho compadre de Chub salió de la taberna enfadado y de mal humor. La tabernera se negaba a fiarle y quiso esperar a que algún noble piadoso le invitara a comer. Pero como por casualidad, todos los nobles, como cristianos de bien que eran, se habían quedado en casa para dar cuenta de la cena de Navidad. El compadre no hacía más que pensar en la corrupción de las costumbres y en el corazón de piedra que tenía la judía que vendía vino. Fue entonces cuando se topó con los sacos. Asombrado, se detuvo.

—¡Anda! ¡Alguien se ha olvidado aquí unos sacos! –dijo mientras miraba a su alrededor–. Seguro que hay algo de carne… ¡Qué buen resultado le han dado a este los villancicos! Pero ¡qué sacos tan enormes! Supongamos que están llenos de panes de alforfón y de tortas. ¡Qué maravilla! Aunque solo hubiera panecillos ya sería estupendo. Por cada panecillo la judía me daría una copita de vodka. ¡Me llevo de aquí estos sacos cuanto antes, no sea que me vea alguien! –Y se echó al hombro el saco donde estaban Chub y el diácono, pero le pareció que pesaba demasiado–. No, pesa mucho para una sola persona –se dijo–, pero aquí viene Shapuválenko, el tejedor. ¡Buenas noches, Ostap!

—¡Buenas noches! –dijo el tejedor deteniéndose–.

—¿Adónde vas?

—Adonde me lleven los pies.

—Ayúdame, buen hombre, a llevar estos sacos. Alguien que cantaba villancicos los ha tirado en medio del camino. Nos los repartiremos.

—¿Estos sacos? Y ¿qué tienen? ¿Panes o bollos?

—Sí, creo que deben tener de todo.

Así que cogieron a toda prisa unos palos de la valla más cercana, pusieron un saco encima y lo cargaron a hombros.

—¿Adónde lo llevamos? ¿A la taberna? –preguntó el tejedor–.

—Eso mismo he pensado yo, llevarlos a la taberna. Pero esa maldita judía no nos creería y pensaría que los hemos robado. Además, acabo de salir de allí. Lo llevaremos a mi casa. Allí no nos molestará nadie. Mi mujer no está.

—¿Seguro que no está en casa? –preguntó el cauteloso tejedor–.

—Gracias a Dios todavía no estoy loco del todo –le respondió el compadre–. Ni el demonio me haría ir ahora con ella. Estará con las mujeres hasta el amanecer.

—¿Quién anda ahí? –gritó la mujer del compadre al oír el ruido que hacían los dos amigos en el zaguán con el saco. Poco después abrió la puerta–.

El compadre se quedó de piedra.

—¡Se acabó la fiesta! –dijo el tejedor desanimado–.

La mujer del compadre era de esa clase de tesoros que abundan en el mundo. Al igual que su marido, apenas estaba en casa y pasaba casi todo el día fuera, pues se iba a cotillear con las comadres y con las ancianas acaudaladas, las alababa y comía con gran apetito lo que le servían. Con su marido solo peleaba por la mañana, que era el único momento en que lo veía. La casa donde vivían era el doble de vieja que los pantalones del escribano de la provincia y el tejado carecía de paja en algunos lugares. De la valla solo quedaban algunas ruinas, pues la gente que salía a dar un paseo nunca cogía un palo para defenderse de los perros, con la esperanza de pasar por el huerto del compadre y coger uno de la valla. La estufa podía estar apagada tres días seguidos. Todo lo que la dulce esposa les sacaba a las amables gentes lo escondía lo más lejos posible de su marido, y a menudo le quitaba a este su propio botín si no le daba tiempo de bebérselo en la taberna. Al compadre, a pesar de su habitual sangre fría, no le gustaba ceder ante su mujer, por lo que casi siempre salía de casa con los ojos morados. Mientras, su querida media naranja enseguida iba a contarles entre sollozos a aquellas ancianas las barbaridades de su marido y las palizas que recibía de él.

Podemos entonces imaginar la sorpresa que se llevaron el tejedor y el compadre ante tan inesperada aparición. Como el saco ya estaba en el suelo, lo taparon con sus cuerpos y hasta lo cubrieron con los faldones de sus zamarras. Pero era demasiado tarde. La mujer del compadre, aunque sus viejos ojos ya no eran los de antes, había visto perfectamente el saco.

—¡Qué bien! –dijo con la misma alegría de un gavilán al ver una presa–. ¡Qué bien que hayáis sacado tanto! Estas buenas gentes siempre dan mucho. Aunque más bien sospecho que se lo habéis robado a alguien. Enseñádmelo ahora mismo. ¿Me oís? ¡Enseñadme ahora mismo lo que hay en el saco!

—¡Que te lo enseñe el diablo! ¡A nosotros déjanos en paz! –dijo el compadre envalentonado–.

—¿A ti qué te importa lo que hay dentro? –dijo el tejedor–. El saco es nuestro, no tuyo.

—¡No! ¡Me lo enseñarás tú, maldito borracho! –gritó la mujer, que golpeó al compadre, que era muy alto, con el puño en la barbilla y se fue hacia el saco–.

Pero el tejedor y el compadre lo defendieron valientemente y la obligaron a retroceder. Apenas habían recuperado el aliento, la esposa volvió del zaguán con una badila. Les atizó hábilmente con ella, a su marido en las manos y al tejedor en la espalda, y en un santiamén había alcanzado su presa.

—¿Cómo es que la hemos dejado llegar hasta el saco? –dijo el tejedor mientras se recuperaba–.

—¿Que la hemos dejado llegar? ¡La has dejado tú! –dijo fríamente el compadre–.

—¡Vaya una badila de hierro que tenéis! –dijo el tejedor, que se rascaba la espalda, tras un instante de silencio–. Mi querida mujercita compró una el año pasado por veinticinco kopeks en la feria. Pero no le sirve, no me hace daño…

Mientras tanto, la esposa, triunfante, puso una lamparilla en el suelo, desató el saco y miró en su interior. Pero sus viejos ojos, que tan bien habían visto el saco, fueron engañados esta vez.

—¡Oh! ¡Aquí dentro hay un jabalí entero! –gritó aplaudiendo de alegría–.

—¿Un jabalí? ¿Lo oyes? ¡Un jabalí entero! –El tejedor empujó al compadre–. ¡Y la culpa es tuya!

—¿Qué quieres que le haga? –dijo el compadre mientras se encogía de hombros–.

—¿Cómo que qué? ¿Qué hacemos aquí parados? ¡Nos llevaremos el saco! ¡Vamos! ¡Adelante!

—¡Fuera! ¡Atrás! ¡El jabalí es nuestro! –gritó el tejedor–.

—¡Vete! ¡Largo de aquí, vieja del demonio! ¡Eso no es tuyo! –dijo el compadre forcejeando–.

La mujer volvió a coger la badila, pero justo en ese momento Chub salió del saco en medio del zaguán y se estiró como quien acaba de despertar de un largo sueño.

La esposa del compadre lanzó un grito y comenzó a darse manotazos en los faldones. Todos se quedaron boquiabiertos.

—Y la muy tonta decía que era un jabalí. ¡Esto no es un jabalí –exclamó el compadre con los ojos fuera de las órbitas–.

—¡Mira a quién han metido en un saco! –dijo el tejedor, que retrocedía asustado–. Os pongáis como os pongáis, no cabe duda de que aquí han intervenido las fuerzas malignas. ¡Chub no cabe por ninguna ventana para que lo tiren desde ella!

—¡Pero si es mi querido amigo! –gritó el compadre con la mirada fija en él–.

—¿Y quién te creías que iba ser? –dijo con una sonrisa–. ¿Qué? ¿Os ha gustado la broma? Así que queríais comerme creyendo que era un jabalí, ¿verdad? Pues esperad, que os daré otra alegría. Dentro del saco hay otra cosa. Si no es un jabalí, seguro que un cerdo o un animal por el estilo. Porque algo se movía debajo de mí sin parar.

El tejedor y el compadre se lanzaron hacia el saco y la mujer se aferró a un extremo. La lucha se habría reanudado si el diácono, que veía que no podía seguir escondido, no hubiera salido también del saco.

La mujer del compadre, asombrada, soltó la pierna por la que le había empezado a sacar del saco.

—¡Otro más! –gritó asustado el tejedor–. El diablo sabrá por qué ocurren estas cosas en el mundo… La cabeza me da vueltas… En los sacos ya no hay salchichones ni panecillos, ¡sino personas!

—¡El diácono! –dijo Chub, el más confundido de todos–. ¡Lo veo y no lo creo! ¡Ay, Soloja! ¡Mira que meterlo ahí!… Ya he visto que tenía la casa llena de sacos. Ahora lo comprendo todo: había metido a dos hombres en casa saco. Y yo que pensaba que era el único… ¡Menuda pieza esa Soloja!

* * *

Las muchachas se sorprendieron al ver que faltaba uno de los sacos. «No importa, con este nos basta», murmuró Oxana. Entre todas lo cogieron y lo subieron al trineo.

El alcalde decidió guardar silencio. Creía que si gritaba para que le dejaran salir, aquellas chiquillas tan tontas pensarían que era el diablo quien estaba dentro, saldrían despavoridas y él se quedaría en la calle tal vez hasta el día siguiente.

Las muchachas, mientras tanto, se cogieron de las manos y tiraron como un torbellino del trineo que se deslizaba sobre la crujiente nieve. Muchas, por jugar, se subían al trineo. Otras se sentaban sobre el alcalde, que decidió aguantarlo todo sin decir palabra. Por fin llegaron, abrieron de par en par las puertas de la casa y arrastraron el saco entre risas al interior.

—A ver qué es lo que tiene –gritaban y se apresuraron a desatarlo–.

Entonces el hipo, que le había atormentado todo el rato dentro del saco, se hizo tan fuerte que el alcalde no pudo aguantarlo más y terminó incluso por toser a pleno pulmón.

—¡Ay! ¡Aquí dentro hay alguien! –gritaron todas y salieron despavoridas por la puerta–.

—¡Diablos! ¿Adónde vais como locas? –dijo Chub, que entraba ya por la puerta–.

—¡Ay, padre! –dijo Oxana–. ¡En el saco hay alguien!

—¿En qué saco? Pero ¿dónde habéis conseguido este saco?

—El herrero lo dejó en medio del camino –dijeran todas a la vez–.

«Vaya, si ya lo decía yo…», pensó Chub para sus adentros.

—¿De qué tenéis miedo? Vamos a ver. Adelante, como te llames, perdona que no te llame por tu nombre y patronímico, ¡sal del saco!

Y salió el alcalde.

—¡Ah! –gritaron las muchachas–.

—¿El alcalde estaba ahí metido? –dijo Chub, asombrado, para sí mismo al tiempo que medía al recién llegado de pies a cabeza–. ¡Lo que hay que ver…! –Y no fue capaz de decir más–.

El alcalde no estaba menos confuso y no sabía ni por dónde empezar.

—Debe de hacer mucho frío ahí fuera, ¿no? –le dijo a Chub–.

—Sí, está cayendo una buena helada –le respondió Chub–. Permíteme una pregunta, a tus botas ¿les das con grasa de cordero o con betún?

No era eso lo que quería preguntar, sino: «Alcalde, ¿cómo es que has acabado en ese saco?», pero ni él mismo sabía por qué le había preguntado otra cosa.

—¡El betún es mucho mejor! –le contestó el alcalde–. Bueno, Chub, ¡hasta la vista! –Se puso el gorro y salió de la casa–.

—Pero ¿por qué le he hecho esa pregunta tan tonta? Que qué se da en las botas… –se dijo Chub con la mirada fija en la puerta por la que había salido el alcalde–. ¡Vaya una Soloja! ¡Mira que meter en un saco a un hombre así! ¡Ay, mujer del demonio! Y yo que soy tonto de remate… Pero ¿dónde está ese maldito saco?

—Lo he tirado a ese rincón. Ya no tiene nada más –dijo Oxana–.

—¡Ya te diré yo si no tiene nada más! ¡Tráelo aquí! ¡Seguro que hay alguien más dentro! ¡Sacúdelo bien!… ¿Qué? ¿Nada? ¡Endemoniada mujer! ¡Y parece una santa! ¡Parece que no ha roto un plato en su vida!

Pero dejemos que Chub lamente a gusto su desgracia y volvamos con el herrero, porque seguro que ya son cerca de las nueve.

* * *

Al principio Vakula pasó mucho miedo, pues se elevó del suelo a tanta altura que ya no podía ver nada allá abajo. Voló como una mosca tan cerca de la luna que si se hubiera inclinado un poco le habría podido quitar el gorro. Pero poco a poco se le fue el miedo y empezó a burlarse del diablo. Le divertía mucho la forma en que el diablo estornudaba y tosía cuando se quitaba la cruz de ciprés que llevaba al cuello y se la acercaba. De vez en cuando, Vakula levantaba la mano aposta y se rascaba la cabeza, pero el diablo creía que iba a santiguarse y volaba aún más rápido. La luz dominaba las alturas. El aire, a pesar de una ligera niebla plateada, era transparente. Todo podía verse a la perfección. Vieron incluso a un brujo que pasó como un ciclón cerca de ellos metido en su olla. Vieron cómo las estrellas se juntaban y jugaban a la gallinita ciega. Cómo innumerables espíritus formaban una nube a su lado, cómo un demonio que bailaba a la luz de la luna saludaba con el gorro al herrero cuando le vio montado a caballito. Y cómo volaba de vuelta la escoba en la que una bruja había ido a donde tuviera que ir… Presenciaron muchas otras maravillas. Al ver al herrero, todos se detenían un instante para mirarle y luego se ponían de nuevo en marcha y continuaba su camino. Vakula volaba y volaba. Y, de pronto, un flamante Petersburgo brilló ante sus ojos (por alguna razón, la ciudad se encontraba por completo iluminada). El diablo cruzó la barrera y al momento se convirtió en un caballo y el herrero se vio al galope en medio de la calle.

¡Dios mío! ¡Qué fragor! ¡Qué bullicio! ¡Cuántas luces! A ambos lados se levantaban edificios de cuatro pisos y en ellos retumbaban y resonaban los cascos de los caballos y el zumbido de las ruedas. Las casas parecían levantarse y crecer del mismo suelo a cada paso. Los puentes temblaban, volaban los carruajes y gritaban con fuerza cocheros y postillones. La nieve silbaba bajo los mil trineos que volaban por doquier. Los viandantes formaban diferentes grupos y corrillos junto a las casas, cubiertas de faroles, y sus sombras alargadas recorrían los muros y sus cabezas alcanzaban chimeneas y tejados. El herrero miraba asombrado a su alrededor. Le parecía que todas las casas clavaban en él sus infinitos ojos de fuego. Veía a tantos caballeros con abrigos de piel forrados con paño que no sabía ante cuál quitarse el gorro. «¡Dios mío, cuántos señores hay aquí!», pensó el herrero. «¡Diría que todos esos que van por la calle con abrigo de piel son por lo menos consejeros! ¡Y que todos los que van en esas maravillosas carrozas con cristales son alcaldes o comisarios o puede que incluso algo más!». Una pregunta del diablo interrumpió sus reflexiones: ¿Vamos derechos al palacio de la zarina?». «¡No! ¡Qué miedo!», pensó el herrero. «Por aquí, no sé bien por dónde, deben estar unos cosacos zapórogos que pasaron por Dikanka en otoño. Iban desde la *sech* con unos papeles para la zarina. Sería bueno que hablara antes con ellos».

—¡Eh, diablo! ¡Métete en mi bolsillo y llévame ante los zapórogos!

Al instante el diablo adelgazó y se hizo tan pequeño que pudo meterse en el bolsillo sin problema. Y Vakula apenas se dio la vuelta cuando ya se encontró frente a una casa enorme. Subió sin saber cómo por la escalera, abrió la puerta y tuvo que dar un paso atrás al ver el resplandor de una estancia tan lujosa. Sin embargo, se animó un poco al reconocer a los mismos cosacos zapórogos que habían pasado por Dikanka. Estaban sentados en sofás de seda, llevaban las botas lustradas con betún y fumaban el mismo tabaco fuerte al que vulgarmente se le da el nombre de *rastrojo*.

—¡Salud, caballeros! ¡Que Dios os guarde! ¡Qué alegría veros de nuevo! –dijo el herrero entre reverencia y reverencia–.

—¿Quién es este? –le preguntó un cosaco sentado frente al herrero a otro que se sentaba un poco más allá–.

—¿No me han reconocido? –dijo el joven–. ¡Soy yo! ¡Vakula el herrero! Cuando ustedes, Dios les conceda salud y larga vida, pasaron por Dikanka en otoño los hospedé en mi casa casi dos días. ¡Y les puse una yanta nueva en una de las ruedas delanteras de un carro!

—¡Ah! –dijo el cosaco–. Es el herrero que pinta tan bien. Salud, paisano. ¿Cómo es que Dios te ha traído por estos lares?

—Bueno, como suele decirse, quería echar una ojeada…

—Muy *pien*, paisano –dijo el cosaco, que adoptó un tono de impostada importancia y se esforzaba por demostrar que, además de ucraniano, también sabía hablar ruso–. *¿Quié?* ¿Te *pariesie* muy grande la *siudat*?

El herrero no quería pasar vergüenza por parecer un ignorante. Además, como ya hemos visto con anterioridad, sabía leer y escribir perfectamente.

—¡Es una buena provincia! –respondió con cierta indiferencia–. No hay mucho más que decir: las casas son muy grandes, los cuadros que cuelgan son muy buenos. Muchas casas tienen unas magníficas letras en oropel dorado. No hay mucho más que decir… Eso sí, ¡todo guarda una exquisita proporción!

Los cosacos, que oyeron al herrero hablar con tanta soltura, se forjaron de él una opinión muy favorable.

—Después seguiremos hablando, paisano. Ahora nos vamos a ver a la zarina.

—¿A la zarina? ¡Háganme un gran favor, señores, y llévenme con ustedes!

—¿A ti? –dijo el cosaco con la misma condescendencia con la que el tutor le habla a su pupilo de cuatro años cuando le pide que le monten en un caballo grande y de verdad–. ¿Qué harías tú allí? No, es imposible. –Y entonces se dibujó en su rostro un gesto de importancia–. Nosotros, hermano, vamos a hablar con la zarina de nuestras cosas.

—¡Llevadme! –insistió el herrero–. ¡Pídeselo tú! –le susurró al diablo a la vez que golpeaba el bolsillo con el puño–.

Apenas hubo terminado de decir estas palabras cuando medió otro cosaco:

—¡Por qué no, hermanos! ¡Llevémoslo con nosotros!

—¡Sí! ¡Llevémoslo! –exclamaron los demás–.

—Vístete como nosotros.

El herrero se puso un caftán verde. Al instante se abrió la puerta y entró un señor lleno de medallas que dijo que era hora de irse.

El herrero quedó maravillado de nuevo cuando lo metieron en una enorme carroza que rebotaba sobre sus muelles, cuando vio que a sus lados pasaban veloces edificios de cuatro pisos y cuando sintió que el pavimento tronaba y parecía rodar bajo las patas de los caballos.

«¡Dios mío! ¡Cuánta luz!», pensó el herrero para sus adentros. «En la aldea no tenemos tanta luz ni por el día».

Las carrozas se detuvieron frente al palacio. Los cosacos se bajaron, entraron en un suntuoso vestíbulo y subieron por una escalera magníficamente iluminada.

—¡Qué escalera! –murmuró el herrero para sí–. ¡Da pena pisarla! ¡Y qué decoraciones! ¡Dicen que los cuentos no son verdad! ¡Qué mentira más gorda! ¡Dios mío! ¡Qué balaustrada! ¡Qué buen trabajo! ¡Solo el hierro habrá costado por lo menos cincuenta rublos!

Cuando llegaron al final de la escalera, los cosacos entraron en una primera sala. El herrero los siguió intimidado. A cada paso temía resbalar en el parqué. Pasaron tres salas y el herrero no dejaba de sorprenderse. Cuando entraron en la cuarta, se acercó involuntariamente a un cuadro que colgaba de la pared. Era una virgen con el niño en brazos. «¡Qué cuadro! ¡Qué pintura tan maravillosa!», pensó. «¡Parece que está viva! ¡Y el niño! ¡Tiene las manitas apretadas y sonríe, el pobrecito! ¿Y las pinturas? ¡Qué calidad tienen las pinturas! Yo diría que en ocres no se han gastado ni un solo kópek. Todo son cardenillos y carmines… ¡Y qué azul tan brillante! ¡Qué buen trabajo! Deben haber preparado el lienzo con albayalde. Aunque, por increíbles que sean estos cuadros, este pomo de bronce», continuó mientras se acercaba a una puerta y acariciaba el picaporte, «es todavía más digno de admiración. ¡Qué acabado tan perfecto! Yo diría que todo esto lo han hecho herreros alemanes y por los precios más caros...».

Es posible que el herrero hubiera seguido con sus reflexiones mucho más tiempo si un lacayo cubierto de galones no le hubiera arrastrado del brazo y le hubiera recordado que debía seguir a los otros. Los cosacos atravesaron dos salas más y se detuvieron. Allí les ordenaron esperar. En la sala estaban unos generales con uniformes bordados de oro. Los cosacos les hicieron múltiples reverencias y formaron un apretado grupo.

Un minuto más tarde entró, acompañado de un gran séquito, un hombre de majestuosa estatura, bastante grueso, con uniforme de *hetman* y botas amarillas. Llevaba el cabello revuelto y tenía un ojo un poco torcido, pero su rostro mostraba una especie de altiva majestad. Todos sus movimientos mostraban claramente que estaba acostumbrado a mandar. Aquellos generales que se pavoneaban con sus uniformes bordados de oro temblaron y repitieron ante su persona una y mil reverencias hasta el suelo. Parecían captar cada una de sus palabras y hasta el más mínimo de sus gestos y corrían a cumplirlo. Pero el *hetman* tan solo les dedicó una leve inclinación de cabeza y apenas si les prestó atención. Se acercó directamente a los cosacos.

Los cosacos le hicieron una profunda reverencia.

—¿Están todos ustedes? –preguntó alargando las palabras. Hablaba un poco por la nariz–.

—¡Sí! ¡Todos, padre! –respondieron los cosacos con otra reverencia–.

—No olviden decir lo que les he enseñado.

—No, padre, no lo olvidaremos.

—¿Es el zar? –preguntó el herrero a uno de los cosacos–.

—¿Cómo va a ser el zar? ¡Es el mismísimo Potiomkin[6]! –le contestó el cosaco–.

En la sala contigua se oían voces. El herrero no sabía dónde mirar, pues allí se congregaba una multitud de damas con

[6] Grigori Alexándrovich Potiomkin (1739-1792). Valido y favorito de Catalina II la Grande. Como militar intervino en numerosas campañas de guerra. La emperatriz, de la que fue amante, le concedió el título de príncipe.

vestidos de raso con largas colas y de cortesanos con caftanes bordados de oro y pelucas con coleta. No podía ver nada más que una fastuosidad cegadora. De pronto, los cosacos se arrojaron al suelo y gritaron a la vez:

—¡Ten piedad de nosotros, madre! ¡Ten piedad!

El herrero no comprendía lo que pasaba, pero se tiró al suelo con decisión.

—Levántense –sonó sobre ellos una voz autoritaria y, al mismo tiempo, afectuosa. Algunos cortesanos corrieron a empujar a los cosacos–.

—¡No nos levantaremos, madre! ¡No nos levantaremos! ¡Moriremos, pero no nos levantaremos! –exclamaron los cosacos–.

Potiomkin se mordía el labio. Finalmente se acercó él mismo y le susurró imperativamente unas palabras a uno de los cosacos. Todos los cosacos se pusieron en pie.

Entonces el herrero se atrevió a levantar la mirada y vio ante él a una mujer de baja estatura, incluso algo corpulenta, empolvada y con ojos azules. Poseía también un aspecto majestuoso y amable que lo dominaba todo y que solo podía pertenecer a una soberana.

—Su Alteza Serenísima ha prometido que hoy me presentaría a mi pueblo, al que todavía no conozco –dijo la dama de ojos azules mientras miraba con curiosidad a los cosacos–. ¿Les han ofrecido un buen recibimiento? –continuó ya mucho más cerca–.

—¡Sí, madre! ¡Se lo agradecemos profundamente! Nos dan buenas raciones. El cordero de aquí no es como el de Zaporozhie, pero nos apañamos…

Potiomkin frunció el ceño al ver que los cosacos decían cosas que él no les había enseñado ni por asomo…

Uno de los cosacos se armó de valor y dio un paso adelante.

—¡Ten piedad de nosotros, madre! ¿Por qué arruinas a tu pueblo fiel? ¿En qué te hemos ofendido? ¿Acaso le hemos tendido la mano al infame tártaro? ¿Nos hemos aliado con el turco? ¿Te hemos engañado de pensamiento o de obra? ¿Por qué hemos perdido tu favor? Antes oíamos que ordenabas construir fortalezas por todas partes para defenderte de nosotros. Después oímos que querías convertirnos en carabineros. Ahora oímos nuevas adversidades. ¿De qué es culpable el ejército zapórogo? ¿De guiar a vuestros soldados a través del estrecho de Perekop y de ayudar a vuestros generales a machacar a los crimeos?...

Potiomkin guardó silencio y se limpió despreocupadamente con un cepillito los diamantes de los anillos que lucía en los dedos.

—¿Qué deseáis, pues? –preguntó solícita Catalina–.

Los cosacos se miraron significativamente.

«¡Es el momento! La zarina ha preguntado qué deseamos», se dijo Vakula, y acto seguido se tiró al suelo.

—Su Real Majestad, no me castigue, ¡tenga compasión de mí! Que no se enoje por mi pregunta Su Real Majestad, pero ¿de qué están hechos los botines que lleva en sus pies? Yo diría que ningún zapatero de ningún país del mundo podría hacerlos. ¡Dios mío! ¡Si mi esposa llevara unos botines iguales!...

La zarina rio. Los cortesanos rieron también. Potiomkin frunció el ceño, pero a la vez sonrió. Los cosacos empujaron al herrero del brazo, pues se preguntaban si se había vuelto loco.

—¡Levántate! –le dijo cariñosamente la zarina–. No te resultará difícil conseguir unos botines como estos ya que tanto los deseas. Traedle ahora mismo los botines más caros que tengo, ¡esos que están bordados con oro! ¡De veras que me ha cautivado esa sencilla humildad! Ahí tiene –prosiguió la zarina con la mirada puesta en un caballero de mediana edad, algo más alejado que el resto, de rostro regordete, pero algo pálido y cuyo modesto caftán con grandes botones de nácar indicaba que no era cortesano–, ¡un ejemplo digno de su ingeniosa pluma!

—Su Majestad Imperial es demasiado misericordiosa. ¡Si al menos se encontrara aquí La Fontaine!... –le respondió el caballero de los botones de nácar con una profunda reverencia–.

—Por mi honor se lo aseguro: sigo loca con su *brigadier*[7]. Además, ¡recita usted de una forma tan maravillosa! Sin em-

[7] El caballero de los botones de nácar no es otro que el escritor Denís Ivánovich Fonvizin (1744-1792), autor de fábulas y de comedias que obtuvieron un gran éxito en la época. Entre estas últimas destacan, en efecto, *El brigadier* (1769) y *El ignorante* (1781).

bargo –se dirigió de nuevo la zarina a los cosacos–, ha llegado a mis oídos que en la *sech* no os casáis.

—¡De ningún modo, madre! Bien sabe usted que un hombre no puede vivir sin esposa –contestó el cosaco que antes había hablado con el herrero, quien a su vez se sorprendió de que aquel cosaco, tan buen conocedor de la lengua culta, le hablara a la zarina, como a propósito, en una lengua vulgar más propia de campesinos. «¡Qué pueblo más astuto!», pensó para sus adentros. «Seguro que lo hace por alguna razón»–.

—No somos monjes –continuó el cosaco–, sino pobres pecadores. Como a todo cristiano respetable, nos gusta pecar. No son pocos los que entre nosotros tienen esposa, pero no viven con ellas en la *sech.* Los hay que tienen esposa en Polonia. Los hay que tienen esposa en Ucrania. Los hay que tienen esposa en Turquía…

En ese momento le llevaron al herrero los botines.

—¡Dios mío! ¡Qué hermosura! –exclamó radiante de alegría mientras cogía los botines–. ¡Su Real Majestad! ¿Cómo serán los piececitos de la dama que se ponga estos botines, como su excelentísima persona, y vaya con ellos a patinar sobre el hielo? ¡Yo diría que por lo menos deben ser de azúcar puro!

La zarina, que ciertamente tenía unos piececitos muy bellos y bien formados, no pudo evitar sonreír al oír semejante cumplido de boca de un sencillo herrero, que con su traje de cosaco resultaba hasta bien parecido, a pesar de su rostro moreno.

Animado por la atención tan propicia que recibía, el herrero quiso hacerle a la zarina una pregunta sobre una cuestión importante que le intrigaba desde siempre: si era verdad que los zares solo comían miel, manteca y cosas por el estilo. Pero los cosacos le empezaron a dar codazos en los costados y decidió que era mejor callarse. Y cuando la zarina se dirigió a los ancianos y les preguntó cómo era su vida en la *sech* y qué costumbres tenían, Vakula comenzó a retroceder, se acercó a su bolsillo y le dijo en voz baja: «¡Sácame rápido de aquí!». Y al instante se encontró fuera de la ciudad.

* * *

—¡Se ha ahogado! ¡Oh, Dios! ¡Se ha ahogado! ¡Que me quede en el sitio si no se ha ahogado! –balbuceaba una gorda tejedora en medio de un grupo de mujeres en plena calle, en Dikanka–. —¿Es que soy una mentirosa? ¿Le he robado una vaca a alguien? ¿Le he echado mal de ojo a alguien para que ya no me creáis? –gritó una mujer con ropa cosaca y nariz colorada mientras agitaba las manos–. ¡Que nunca más quiera beber agua si la vieja Pereperchija no ha visto con sus propios ojos cómo se ahorcaba el herrero!

—¿Que el herrero se ha ahorcado? ¡Vaya por Dios! –dijo el alcalde, que salió de la casa de Chub, se detuvo y se acercó a las litigantes–.

—¡Di mejor que nunca más quieras beber vodka, vieja borracha! –exclamó la tejedora–. ¡Para ahorcarse hace falta estar tan loca como tú! ¡Se ha ahogado! ¡Se ha ahogado en un agujero en el hielo! ¡Lo sé tan bien como que tú acabas de salir de la taberna!

—¡Sinvergüenza! ¡Miren de lo que me acusa! –le reprochó furiosa la mujer de nariz colorada–. ¡Cállate, desgraciada! ¿O es mentira que el diácono va a verte todas las noches?

La tejedora entró en cólera.

—¿Qué diácono? ¿A quién dices que va a ver el diácono? ¿Por qué mientes?

—¿El diácono? –vociferó su esposa, con zamarra de piel de conejo forrada con tela de China azul, al tiempo que se aproximaba a las que discutían–. ¡Ya se lo diré yo al diácono! ¿Quién ha dicho eso del diácono?

—¡Es a ella a quien va a ver el diácono! –dijo la mujer de nariz colorada señalando a la tejedora–.

—Así que eres tú, zorra –dijo la diácona, que se acercaba a la tejedora–. ¡Así que eres tú, bruja, la que le hechiza y le da pociones inmundas para que vaya a verte!

—¡Aléjate de mí, Satanás! –dijo la tejedora retrocediendo unos pasos–.

—¡Maldita bruja! ¡Ojalá no veas nunca más a tus hijos, desgraciada! ¡Puaj! –Y la diácona le lanzó a la tejedora un escupitajo directamente a los ojos–.

La tejedora quiso hacer lo mismo, pero, en vez de en la diácona, el escupitajo fue a caer en las barbas sin afeitar del alcalde, que, para oírlo todo mejor, se había acercado a las litigantes.

—¡Ah, mujer del demonio! –gritó el alcalde, que se limpió la cara con los faldones de la *svitka* y levantó el látigo. Este movimiento hizo que ellas se dispersaran entre juramentos–. ¡Qué asco! –repitió sin dejar de limpiarse–. ¡Así que el herrero se ahogado! ¡Dios mío, qué buen pintor era! ¡Qué cuchillos, hoces y arados tan buenos forjaba! ¡Qué fuerza tan enorme tenía! No –prosiguió pensativo–, no hay mucha gente así en nuestra aldea. Si ya me di cuenta cuando todavía me encontraba metido en ese maldito saco que el pobre no estaba de muy buen humor. ¡Vaya con el herrero! ¡Hace nada estaba entre nosotros y ya no lo está! ¡Y yo que quería herrar a la yegua!...

Y sumergido en tales pensamientos, el alcalde puso despacio rumbo a su casa.

Oxana se sintió profundamente conmovida cuando conoció tales noticias. Creía muy poco en los ojos de Pereperchija y en las habladurías de las mujeres. Sabía que el herrero era muy creyente y que no decidiría condenar su alma así. Pero ¿y si, en efecto, se había marchado con la intención de no volver jamás a la aldea? Además, ¡no había otro muchacho tan bien parecido como el herrero! ¡Quería tanto a Oxana!... ¡Era el que más toleraba sus caprichos! Toda la noche la hermosa joven estuvo dando vueltas bajo la manta sin poder dormir. A veces se estremecía en su cautivadora desnudez, que la oscuridad de la noche le ocultaba incluso a ella misma, y se regañaba en voz alta. Después, algo más tranquila, decidía no pensar en nada, pero no podía quitarse el asunto de la cabeza. Su cuerpo y su mente ardían. Por la mañana, estaba locamente enamorada del herrero.

Chub no mostró ni alegría ni tristeza por la suerte de Vakula. Otra cosa ocupaba sus pensamientos: no podía olvidar la traición de Soloja y hasta dormido le resultaba imposible dejar de maldecirla.

La mañana llegó. Toda la iglesia estaba llena de gente incluso antes de que amaneciera. Ancianas con velos blancos y vestidos también blancos de buen paño se santiguaban devotamente a la misma entrada de la iglesia. Delante de ellas estaban las cosacas con sus chaquetas verdes y amarillas, y algunas hasta con vestidos azules con lazos dorados a la espalda. Las muchachas, que llevaban en la cabeza todo un puesto de lazos y en el cuello collares, cruces y medallas, intentaban acercarse todavía más al iconostasio. Pero delante de todas se encontraban los cosacos y los hombres de la aldea con sus bigotes, sus *chubs,* sus gruesos cuellos y sus caras recién afeitadas. Casi todos vestían capas, debajo de las cuales asomaban *svitkas* blancas y, en ocasiones, también azules. Todos los rostros, se mirara a donde se mirara, mostraban alegría. El alcalde se relamía al pensar en las salchichas que se iba a comer. Las muchachas imaginaban cómo patinarían con los mozos sobre el hielo. Las ancianas susurraban oraciones con más devoción que nunca. Por toda la iglesia se oían las peticiones con las que el cosaco Sverbyguz acompañaba sus reverencias. Solo Oxana parecía estar ausente. Rezaba, pero su mente se encontraba en otro lugar. Albergaba tantos sentimientos diferentes en el corazón, cada cual más doloroso que el otro, que su rostro expresaba una fuerte turbación. Las lágrimas le temblaban asomadas a los ojos. Las muchachas no comprendían el motivo y no sospechaban ni por asomo que la culpa fuera del herrero. Pero Oxana no era la única que se preocupaba por el herrero. Todos los fieles sentían que la fiesta no era tal fiesta, pues faltaba algo. Por desgracia, el diácono, después de su viaje en saco, se había quedado ronco y farfullaba con una voz apenas audible. También es cierto que el invitado de la voz de bajo cantaba los graves de maravilla, pero hubiera sido mucho mejor todavía si hubiera estado el herrero, que siempre, en cuanto sonaba el *Padre nuestro* o el *Himno de los querubines,* se acercaba al atril y desde allí cantaba como lo hacen en Poltava. Además, era el único que hacía bien el trabajo de sacristán. Pasaron los maitines, y después de los maitines la misa de mediodía… ¿Dónde estaba el herrero?

* * *

El diablo y el herrero volaron de vuelta aún más rápido durante el resto de la noche. Poco tiempo después, Vakula se encontraba ya cerca de su casa. En ese momento cantó el gallo. «¿Adónde vas?», exclamó mientras sujetaba de la cola al diablo, que intentaba huir. «Espera, amigo, que todavía no hemos terminado. Aún no te he dado las gracias». Entonces cogió una vara, le dio tres golpes y el diablo huyó como campesino al que azota el patrón. De esta forma, en lugar de tentar, seducir y engatusar a la gente, el enemigo de la raza humana fue engañado. Después de esto, Vakula entró en casa, se tapó con heno y durmió hasta la hora de comer. Cuando despertó, se asustó al ver que el sol ya estaba en lo alto: «¡Me he perdido los maitines y la misa de mediodía!». El piadoso herrero se sintió abatido, pues creyó que era Dios quien, de forma deliberada y como castigo a su perverso trato con el diablo, le había hecho dormirse y faltar a fiesta tan solemne en la iglesia. Pero luego se calmó con la idea de confesárselo todo al pope la semana siguiente y de que a partir de ese mismo día le dedicaría a Dios cincuenta reverencias diarias durante un año. Miró por la casa, pero no había nadie. Soloja aún no había regresado. Sacó cuidadosamente del seno los botines y se maravilló de nuevo del precioso acabado y del mágico suceso de la noche anterior. Se lavó y se vistió lo mejor que pudo con la ropa que le habían dado los cosacos. Sacó del baúl el gorro nuevo de astracán con la parte superior azul que había comprado cuando estuvo en Poltava y que no había estrenado. Sacó igualmente una faja de muchos colores, nueva también, y lo envolvió todo en un pañuelo junto con un látigo y se fue derecho a la casa de Chub.

A Chub se le salieron los ojos de las órbitas cuando vio entrar al herrero y no sabía qué era lo que más le sorprendía, si que el herrero hubiera resucitado o que fuera elegantemente vestido de cosaco zapórogo. Pero se asombró aún más cuando Vakula desató el pañuelo y le puso delante de las narices un gorro y una faja tan flamantes como nunca se habían visto otros en la aldea. Después él mismo cayó a los pies de Chub y le dijo con voz suplicante:

—Padre, ¡ten compasión de mí! ¡No te enfurezcas! Aquí tienes un látigo. Pégame cuanto desees, yo mismo me entrego sumiso. ¡Me arrepiento de todo! Pégame, pero ¡no te enfurezcas! Eras casi hermano de mi difunto padre y juntos os comíais el pan y la sal y os bebíais lo que os sobraba.

Chub, no sin secreto placer, vio cómo el herrero, ese que jamás se había acobardado ante nadie en la aldea, que doblaba con la mano monedas de a cinco y estiraba herraduras y las dejaba planas como tortitas de alforfón, estaba echado a sus pies. Para no perder su reputación, cogió el látigo y le golpeó tres veces en la espalda.

—Está bien, ¡levántate! ¡Escucha siempre a los viejos! ¡Olvidemos todo lo pasado entre nosotros! Y ahora dime qué es lo que deseas.

—Padre, ¡dame a Oxana!

Chub se quedó un rato pensativo. Miró el gorro y la faja. El gorro era estupendo, pero la faja tampoco se quedaba atrás. Se acordó de la traidora Soloja y dijo con decisión:

—¡Muy bien! ¡Manda a los casamenteros!

—¡Ay! –gritó Oxana, que había salido de la casa y miraba, asombrada y alegre, al herrero–.

—¡Mira qué botines te he traído! –le dijo Vakula–. Los mismos que lleva la zarina.

—¡No! ¡No! ¡No necesito esos botines! –dijo la muchacha mientras agitaba los brazos y sin poder apartar de él los ojos–. Antes de que trajeras esos botines yo ya... –No pudo terminar la frase y se sonrojó–.

El herrero se le acercó y le cogió la mano. La hermosa joven bajó la mirada. Nunca había estado tan maravillosamente bella. El herrero, hechizado, la besó en silencio y el rostro de Oxana se encendió todavía más y se volvió aún más guapa.

* * *

Un obispo de bendita memoria pasó un día por Dikanka. Alabó el lugar en el que se levanta la aldea y, al pasar por una calle, se detuvo frente a una casa nueva.

—¿De quién es esta casa tan bien pintada? –le preguntó su beatitud a una hermosa mujer con un niño en brazos que se encontraba junto a la puerta–.

—De Vakula el herrero –le contestó Oxana con una reverencia, pues no era otra que ella–.

—¡Soberbio! ¡Soberbio trabajo! –dijo su beatitud mientras observaba puertas y ventanas. Las ventanas estaban pintadas de rojo alrededor y en las puertas había cosacos a caballo con pipas entre los dientes–.

Pero su beatitud alabó aún más a Vakula cuando supo que había hecho penitencia y que había pintado toda el ala izquierda de la iglesia de verde con flores rojas. Y eso no fue todo. A un lado, al entrar en la iglesia, Vakula había pintado en la pared un diablo en el infierno, tan feo que todo el mundo escupía al pasar. Y las mujeres, cuando el bebé se les ponía a llorar en los brazos, lo acercaban a la pintura y le decían: «¡Mira qué porquería han pintado ahí!». Y el bebé contenía las lágrimas, miraba la pintura de reojo y se apretaba contra el pecho de su madre.

UNA TERRIBLE VENGANZA

I

Las afueras de Kiev rugen y truenan, pues el *yesaúl*[1] Gorobéts celebra la boda de su hijo. Mucha gente había acudido a visitarlo. Antiguamente les gustaba comer bien, todavía les gustaba más beber y, lo que más, divertirse. El zapórogo Mikitka había llegado en su caballo directamente de una francachela en el campo de batalla de Pereshliái, donde había estado bebiendo siete días con sus siete noches el vino rojo que fluía de las venas de los nobles polacos. Danilo Burulbash, hermano adoptivo del *yesaúl,* también llegó desde la otra orilla del Dniéper, donde tenía una hacienda situada entre dos montañas y donde vivía con su joven esposa Katerina y su hijo de un año. Los invitados quedaron maravillados por el rostro blanco de Katerina, sus cejas negras como el terciopelo alemán, su elegante vestido, su enagua de seda azul clara y sus botas con herrajes de plata. Pero aún se sorprendieron más de que su anciano padre no hubiera venido con ella. Vivía en el Transdniéper desde hacía solo un año. Había estado desaparecido veintiuno y había vuelto con su hija cuando esta ya se había casado y había tenido a su niño. De haber ido, habría contado muchas historias asombrosas. ¡Cómo no iba a contarlas si

[1] Rango del ejército cosaco equivalente al de capitán.

había vivió tanto tiempo en tierras extrañas! Allí todo es diferente: la gente no es como la nuestra y no hay iglesias cristianas… Pero no fue.

A los invitados se les sirvió *varenuja* con pasas y ciruelas y un gran pastel de boda. Los músicos se aplicaron con la panza de pastel, que tenía dentro alguna moneda, y durante un tiempo guardaron silencio y dejaron a un lado címbalos, violines y panderos. Mientras tanto, las jóvenes recién casadas y las casaderas se limpiaron con pañuelos bordados y salieron de nuevo de sus filas. Y los mozos, con los brazos en jarra, miraron orgullosos alrededor y corrieron a su encuentro. Fue entonces cuando el viejo *yesaúl* sacó dos iconos para bendecir a los jóvenes. Un venerable monje y asceta, el padre Varfoloméi, se los había regalado. No tenían un gran valor ni brillaban en ellos la plata o el oro, pero ninguna fuerza maléfica se atrevía a tocar a quien los tenía en su casa. El *yesaúl* levantó los iconos y se dispuso a rezar una breve oración, cuando, de pronto, los niños que jugaban por allí gritaron asustados. La gente retrocedió y todos señalaron con el dedo a un cosaco que estaba entre los presentes. Nadie lo conocía. Pero ya había bailado magníficamente el *kazachok* e incluso había hecho reír a la multitud que lo rodeaba. En cuanto el *yesaúl* levantó los iconos, todo su rostro cambió al instante. La nariz creció y se torció hacia un lado, los ojos marrones se pusieron verdes, los labios se volvieron azules, la barbilla tembló y se afiló como una lanza, un colmillo le asomó de la boca, una joroba le asomó por detrás de la cabeza y el cosaco se transformó en un viejo.

—¡Es él! ¡Es él! –exclamaron entre la apretada multitud–.

—¡El brujo ha vuelto a aparecerse! –gritaron las madres, que estrechaban a sus hijos en sus brazos–.

Grave y solemne, el *yesaúl* se adelantó con los iconos sobre su cabeza y dijo en voz alta:

—¡Atrás, imagen diabólica! ¡Aquí no hay lugar para ti!

Y el misterioso viejo soltó un bufido, rechinó los dientes como un lobo y desapareció.

Como el mar cuando hace mal tiempo, crecieron y se elevaron las conversaciones entre la gente.

—¿Quién es este brujo? –preguntaron los jóvenes y la gente que ignoraba el asunto–.

—¡Se avecinan desgracias! –dijeron los viejos mientras sacudían la cabeza–.

Y por doquier, por todo el espacioso patio del *yesaúl,* la gente comenzó a formar corrillos y a escuchar las historias sobre aquel extraño brujo. Pero todos contaban cosas diferentes y nadie podía asegurar cuál era verdad.

Sacaron al patio un barril de hidromiel y no pocos cubos de vino griego. Los músicos tocaban y las muchachas, los mozos y los gallardos cosacos con sus caftanes de vivos colores bailaron alegres. Los ancianos nonagenarios y centenarios, ya un poco achispados, se pusieron también a bailar para recordar así sus años mozos. La fiesta duró hasta altas horas de la noche, y fue una fiesta como ya no se ven hoy día. Los invitados comenzaron poco a poco a marcharse, pero no todos lo hicieron. Hubo muchos que se quedaron a dormir en el espacioso patio, y aún más fueron los cosacos que, sin pedir permiso, se acostaron bajo los bancos, sobre el suelo, cerca de los caballos o junto al granero. Allá donde la cabeza ebria de un cosaco se había derrumbado, allí dormía su dueño y despertaba a todo Kiev con sus ronquidos.

II

Una luz serena bañaba el mundo entero. La luna había aparecido tras una montaña y flotaba junto a la orilla rocosa del Dniéper en forma de ribetes plateados y blancos como la nieve. Su sombra se adentraba en la espesura de los pinos.

Por el medio del Dniéper navegaba una barca. Dos muchachos iban sentados en la proa con sus gorros negros de cosaco ladeados. Los remos lanzaban brillantes gotas en todas direcciones.

¿Por qué no cantaban aquellos cosacos? Tampoco hablaban de cómo los curas católicos recorrían Ucrania y bautizaban en su fe al pueblo cosaco. Ni de cómo la horda había batallado dos días seguidos en el lago Salado. ¿Cómo podrían cantar? ¿Cómo podrían hablar de valientes hazañas? Su señor, Danilo, se encontraba sumergido en sus pensamientos. La manga granate de su caftán sobresalía por la borda y se hundía en el agua. Su esposa, Katerina, acunaba en silencio a su hijo y no dejaba de mirarlo. El agua, en forma de polvo gris, caía sobre el lujoso paño de su vestido, que ningún velo protegía.

¡Qué maravilla es contemplar desde el medio del Dniéper las montañas, los anchurosos prados y los verdes bosques! Pero aquellas montañas no son auténticas montañas. No tienen pie y, tanto por abajo como por arriba, poseen un pico afilado y el cielo se alza infinito bajo y sobre ellas. Los bosques que se elevan sobre las colinas tampoco son bosques, sino los cabellos desgreñados del anciano espíritu del bosque. Bajo los cabellos su barba se hunde en el agua y bajo la barba y sobre los cabellos no hay otra cosa más que cielo. Los prados tampoco son prados. Son una faja verde que ciñe el cielo redondo en su centro, por cuyas dos mitades, superior e inferior, se pasea la luna.

Danilo no miraba alrededor. Solo miraba a su joven esposa.

—¿Por qué, mi joven esposa, mi adorada Katerina, estás tan triste?

—¡No estoy triste, Danilo, mi señor! Tengo miedo de las historias misteriosas que contaron sobre el brujo. Dicen que nació ya tan horrible que ningún niño quería jugar con él. Escucha, Danilo, mi señor, qué cosas tan aterradoras dicen de él. Pensaba a ciencia cierta que todos se reían de su desdicha. Si una noche oscura se encontraba con alguna persona, le parecía que esta abría la boca, le enseñaba los dientes y comenzaba a reírse. Al día siguiente encontraban muerta a esa persona. Me ha dado mucho miedo, he sentido un gran temor al escuchar esas historias –dijo Katerina, que sacó un pañuelo y enjugó con él la carita del niño que dormía en sus brazos. El pañuelo tenía bordadas con seda escarlata unas bayas y unas hojas–.

Danilo no dijo nada y miró hacia lo oscuro, donde, lejos del bosque, negreaba una muralla de tierra tras la cual se alzaba un viejo castillo. En su frente fruncida aparecieron tres arrugas por encima de las cejas. Con la mano izquierda se acariciaba el bigote.

—Lo peor no es que sea un brujo –dijo Danilo–, sino que es un invitado indeseado. ¿Qué quería al presentarse en la boda? He oído que los polacos quieren construir una fortaleza para cortarnos a los zapórogos el camino. No sé si es cierto... Pero yo mismo destruiré esa guarida diabólica si corriera el menor rumor de que tiene ahí su guarida. Quemaré a ese viejo brujo y a los cuervos no les quedará nada que puedan picotear. Por otra parte, supongo que tendrá oro y gran cantidad de riquezas. Si es así, ¡las guardará en su maldita morada!... Ahora pasaremos junto a unas cruces. ¡Es el cementerio donde se pudren sus perversos antepasados! Cuentan que todos estuvieron dispuestos a vender a Satanás su alma y hasta sus andrajosos caftanes por unas sucias monedas. Si de verdad posee oro, no tenemos nada que perder: la guerra no es el único modo de conseguirlo...

—Sé lo que intentas hacer. No creo que haya nada bueno en un encuentro así con él. Pero ¡respiras tan profundamente!... ¡Miras de un modo tan severo y frunces tan terriblemente los ojos!...

—¡Calla, mujer! –dijo Danilo enfadado–. Cualquier hombre que os preste atención se volverá un cobarde. ¡Muchacho! ¡Dame fuego! ¡Quiero encender la pipa! –Y se volvió hacia uno de los remeros, que sacó unas ascuas al rojo de su propia pipa y las introdujo en la de su señor–. ¡Mira que meterme miedo con ese brujo! –continuó Danilo–. Un cosaco no teme ni al diablo ni a los curas católicos. Bien nos iría si les hiciéramos caso a nuestras mujeres. ¿No es cierto, muchachos? ¡Nuestras esposas son una buena pipa y un sable afilado!

Katerina guardó silencio. Bajó la mirada hasta el agua somnolienta. El viento hacía ondear el agua y todo el plateado Dniéper brillaba como la piel de un lobo en medio de la noche.

La barca giró y se mantuvo junto a la orilla boscosa. Allí se podía ver un cementerio donde se amontonaban unas cruces desvencijadas. Ni los sauquillos crecían entre ellas, ni allí verdeaba la hierba. Tan solo la luna iluminaba las cruces desde las alturas celestiales.

—¿Oís los gritos, muchachos? ¡Alguien pide ayuda! –preguntó Danilo a los remeros–.

—¡Sí, los oímos! ¡Y parece que provienen de ese lugar! –dijeron a la vez los dos muchachos mientras señalaban hacia el cementerio–.

Pero no había rastro del origen del ruido. La barca dio la vuelta y rodeó un brazo de tierra. De pronto, los muchachos bajaron los remos y fijaron la mirada en algo. Danilo también se quedó petrificado. Un miedo helador recorrió sus venas cosacas.

La cruz de una tumba se movió y un muerto reseco se levantó de ella lentamente. La barba le llegaba a la cintura y sus dedos tenían unas uñas larguísimas, más largas aún que los mismos dedos. El muerto levantó los brazos en silencio. Su rostro temblaba y se retorcía. Estaba claro que sufría mucho. «¡No puedo respirar! ¡No puedo respirar!», gemía con una voz salvaje e inhumana. Su voz desgarraba el corazón como un cuchillo. Entonces el muerto se hundió en la tierra. Otra cruz se movió y de debajo de ella salió otro muerto, todavía más horrible y alto que el anterior. Todo desgreñado, con la barba hasta las rodillas y las uñas más largas aún. «¡No puedo respirar!», gritó con una voz todavía más salvaje y, acto seguido, desapareció bajo la tierra. Se movió una tercera cruz y un tercer muerto se levantó. Altísimo, apenas le quedaban la piel y los huesos. La barba le llegaba a los pies y los dedos tenían unas uñas tan largas que se clavaban en la tierra. Elevó los brazos hacia arriba, como si quisiera atrapar la luna y gritó como si le cortaran sus huesos amarillos con un serrucho...

El niño, que había dormido plácidamente en brazos de Katerina, chilló y se despertó. La madre también lanzó un grito. A los remeros se les cayó el gorro al Dniéper y el mismo Danilo se estremeció.

Al instante todo aquello desapareció como si nunca hubiera sucedido. Sin embargo, los remeros tardaron bastante tiempo en retomar su trabajo.

Danilo observó pensativo a su joven esposa. Esta mecía en sus brazos al niño, que no dejaba de llorar. Danilo la estrechó contra su pecho y la besó en la frente.

—¡No temas, Katerina! ¡Mira! ¡Ya no hay nada! –dijo mientras señalaba alrededor–. Ese brujo solo quiere asustar a la gente para que nadie consiga llegar hasta su inmunda madriguera. ¡Con sus trucos solo conseguirá asustar a las viejas! ¡Déjame coger en brazos a nuestro hijo! –Dicho esto, Danilo tomó a su hijo y se lo acercó a los labios–. ¿Qué, Iván? ¿A que tú no tienes miedo de los brujos? «No, papá», dime: «¡Yo soy un cosaco!». Vamos, vamos, ¡deja de llorar! ¡Ya volvemos a casa! En cuanto lleguemos, mamá te dará papilla y te pondrá en la cunita para que duermas y te cantará:

¡Liuli, liuli, liuli!
¡Liuli, hijito, liuli!
¡Crece y ponte grande!
¡Hazte un buen cosaco
y machaca a tus enemigos!

»Escucha, Katerina, me parece que tu padre no tiene intención de llevarse bien con nosotros. Ha vuelto huraño, severo, como si estuviera siempre enfadado... Si no está contento, ¿por qué ha venido? ¡No ha querido brindar por la libertad del pueblo cosaco! ¡No ha querido acunar a su nieto! Al principio intenté abrirle por completo mi corazón, pero no quiso escucharme y mis palabras murieron antes de nacer. ¡No! ¡Tu padre no tiene un corazón cosaco! Cuando los corazones cosacos se encuentran allá donde sea, ¡no tardan en salirse del pecho para latir juntos! Bueno, queridos amigos, ¿falta mucho para desembarcar? No os preocupéis, yo os regalaré gorros nuevos. A ti, Stetskó, te daré uno forrado de terciopelo y bordado con oro. Se lo quité a un tártaro junto con su cabeza. Me quedé con todas sus ropas, solo dejé que volara libre su alma. ¡Atraquemos! ¡Ya estamos en casa, Iván, y tú sigues llorando! ¡Tómalo, Katerina!

Todos desembarcaron. Por detrás de una montaña asomó un tejado de paja. Era la casa de los antepasados de Danilo. Detrás de ella había otra montaña y luego un campo por donde uno podía caminar cien verstas sin encontrarse con un solo cosaco.

III

La hacienda de Danilo se encontraba entre dos montañas, en un estrecho valle que descendía hasta el Dniéper. Su casa no era muy grande, una isba igual a la de cualquier otro cosaco con una sola estancia, pero con sitio suficiente para él, su mujer, una vieja criada y diez mozos que trabajaban para la familia. En la parte superior de las paredes había unos estantes corridos de roble donde guardaban platos y ollas para la comida. También había cálices de plata y copas engastadas en oro que les habían regalado o que habían conseguido en la guerra. Debajo colgaban valiosos mosquetes, sables, arcabuces y lanzas. Por las buenas o por las malas, Danilo se los había arrebatado a tártaros, turcos y polacos. Muchas de esas armas se encontraban melladas. Con solo mirarlas, su dueño recordaba a la perfección el combate en el que las había ganado. En la parte baja de la pared había unos bancos labrados de roble. Cerca de ellos, junto a un camastro, colgaba una cuna sujeta por cuerdas atadas a su vez a una argolla atornillada al techo. El suelo de toda la estancia estaba cubierto de una capa de arcilla prensada y lisa. En los bancos dormían Danilo y su esposa. En el camastro la vieja criada. En la cuna dormitaba y se mecía el bebé. Los mozos dormían en el suelo. Pero un cosaco prefiere dormir al raso sobre la tierra con el ancho cielo como único techo. Y no necesita ni colchón ni edredón de plumas. Apoya la cabeza sobre un manojo de heno fresco y se tumba cuan largo es sobre la hierba. Si se despierta en mitad de la noche, le alegra poder contemplar el cielo cuajado de estrellas y temblar con el frío nocturno que refresca sus huesos cosacos. Entonces se estira, murmura algo entre sueños, enciende la pipa y se arrebuja mejor en su cálida zamarra.

Burulbash no se despertó muy temprano después de la fiesta del día anterior. Se levantó, se sentó en un banco en un rincón y se puso a afilar el nuevo sable turco con el que se había hecho hacía poco en un trueque. Katerina se sentó a bordar un pañuelo de seda con hilo de oro. En esto, entró su padre, enfadado, ceñudo, con una pipa extranjera entre los dientes. Se acercó a su hija y le preguntó con severidad la razón por la que el día anterior había vuelto a casa tan tarde.

—No le preguntes a ella, suegro, ¡pregúntame a mí! No es la mujer quien da las explicaciones, sino el marido. No te ofendas, pero ¡esa es nuestra costumbre! –le dijo Danilo sin dejar su tarea–. En tierras de infieles tal vez sea diferente. Yo eso no lo sé.

El severo rostro del suegro se puso rojo y los brillantes ojos casi se le salieron de las órbitas.

—¡Quién mejor que un padre para mirar por su hija! –murmuró para sí–. Muy bien, entonces te lo preguntaré a ti: ¿dónde has estado anoche hasta tan tarde?

—¡Eso está mejor, querido suegro! A ese respecto te diré que hace tiempo que no uso pañales. Sé montar a caballo, sé cómo manejar un sable afilado y sé algunas cosas más. Sé, por ejemplo, no dar cuentas a nadie de lo que hago.

—¡Ya veo, Danilo, que quieres pelea! Quien se esconde es porque tiene vergüenza.

—Piensa lo que quieras –le dijo Danilo–. Yo también lo hago. Gracias a Dios, nunca he hecho nada deshonroso. Siempre he defendido la fe ortodoxa y la patria, no como otros vagabundos que se arrastran por Dios sabe dónde mientras que los ortodoxos luchan hasta la muerte. Y después vendrán a recoger el trigo que no sembraron. No se parecen ni a los católicos, pues jamás asoman el hocico por una iglesia de Dios. Tendríamos que interrogar bien a esos vagabundos para que confiesen por qué tierras han merodeado.

—¡Eh, cosaco!... Tal vez no sepas que no tengo muy buena puntería, pero puedo atravesar con una bala el corazón de un hombre a cien brazas de distancia. Tampoco soy muy diestro con el sable, pero puedo convertir a un enemigo en cachitos tan pequeños como los granos de trigo con los que se hacen las gachas...

—Cuando quieras –le dijo Danilo mientras cortaba el aire con el sable para que viera lo bien afilado que estaba–.

—¡Danilo! –gritó con fuerza Katerina, lo agarró del brazo y se colgó de él–. ¡Recuerda, insensato, contra quién levantas la mano! Y tú, padre, que tienes el pelo blanco como la nieve, ¿pierdes así la paciencia con un joven imprudente?

—¡Mujer! –gritó Danilo amenazante–. ¡Sabes muy bien que no te lo permito! ¡Dedícate a los asuntos de la casa!

Terribles sonaron los sables. El hierro cortó el hierro y las chispas cayeron como polvo sobre los cosacos. Katerina corrió llorando al interior de la casa, se metió en la cama y se tapó los oídos para no oír los golpes de los sables. Pero los cosacos golpeaban con tanta fuerza que era imposible tapar el ruido de sus armas. El corazón de la mujer estaba a punto de estallar en pedazos. Sentía pasar los golpes a través de todo su cuerpo: tac, tac, tac… «No, no lo soporto. No lo soporto… Tal vez la sangre escarlata brote ya de alguno de sus blancos cuerpos. Tal vez mi amado se encuentre ya al borde de la muerte y ¡yo estoy aquí tumbada!». Y completamente pálida, apenas recuperado el aliento, salió de la casa.

Los cosacos se batían con crueldad y en igualdad de condiciones. Ni uno ni otro ganaba el combate. Ahora atacaba el padre de Katerina y Danilo retrocedía. Ahora atacaba Danilo y retrocedía el severo padre. Ningún ganador todavía. Ambos ardían de la ira. Se balanceaban sobre las piernas y… ¡tac!, resonaban los sables. Entonces, con un trueno terrible, las hojas se partieron.

—¡Gracias a Dios! –dijo Katerina, que pocos instantes después volvió a lanzar un grito cuando vio que los cosacos cogían sus mosquetes. Ajustaron los pedernales y amartillaron las armas–.

Danilo disparó y falló. El padre apuntó… Era viejo. No veía tan bien como el joven, pero no le temblaba la mano. Sonó un disparo. Danilo se tambaleó. La sangre escarlata se extendió por la manga izquierda del caftán del cosaco.

—¡No! –gritó–. ¡No me venderé tan barato! Quien manda es la mano derecha, no la izquierda. Tengo una pistola turca colgada en la pared. Nunca en la vida he fallado con ella. ¡Tráemela, viejo camarada! ¡Hazle este favor a tu amigo! –Danilo extendió la mano–.

—¡Danilo! –gritó Katerina desesperada al tiempo que le cogía las manos y se arrojaba a sus pies–. No rezo por mí. El mismo fin me espera: ser la indigna esposa que sobrevive al marido. El frío Dniéper será mi tumba… Pero ¡mira a tu hijo,

Danilo! ¡Mira a tu hijo! ¿Quién calentará a este pobre niño? ¿Quién le acunará? ¿Quién le enseñará a volar sobre un caballo moro? ¿A luchar por su libertad y su fe? ¿A beber y a festejar como un cosaco? ¡Estás perdido, hijo mío! ¡Estás perdido! ¡Tu padre no quiere saber nada de ti! ¡Mira cómo vuelve la cara! ¡Oh! ¡Ahora te conozco! ¡Eres una bestia! ¡No una persona! Tienes el corazón de un lobo y el alma de un rabioso reptil. Creí que podías tener aunque fuera una pizca de piedad, que ardían sentimientos humanos escondidos en el fondo de tu cuerpo de piedra. ¡Qué neciamente engañada he estado! Ahora veo que todo esto te complace… ¡Tus huesos bailarán de alegría en el ataúd cuando oigan que las malvadas alimañas polacas arrojan a tu hijo a las llamas! ¡Cuando tu hijo grite bajo sus cuchillos y el aceite hirviendo! ¡Oh, qué bien te conozco ahora! ¡Con qué placer te levantarás del ataúd y aventarás con tu gorro el fuego que se arremolinará debajo de tu hijo!…

—¡Basta, Katerina! ¡Ven, mi queridísimo Iván! ¡Ven que yo te bese! No, hijo mío, nadie te tocará un solo pelo. Crecerás para gloria de la patria. Volarás como un torbellino al frente de los demás cosacos con un gorro de terciopelo en la cabeza y un afilado sable en la mano. ¡Dame la mano, padre! Olvidemos lo ocurrido entre nosotros. Me arrepiento de lo injusto que he sido contigo. ¿Por qué no me das la mano? –le preguntó finalmente Danilo al padre de Katerina, que permanecía inmóvil y cuyo rostro no expresaba ni ira ni perdón–.

—¡Padre! –exclamó Katerina mientras le abrazaba y le besaba–. No seas tan inflexible. Perdona a Danilo. ¡No te ofenderá más!

—¡Solo por ti, hija mía, lo perdono! –respondió y la besó con un extraño brillo en los ojos–.

Katerina tembló ligeramente. Aquel beso y aquel extraño brillo de sus ojos le parecieron insólitos. Se sentó y apoyó los codos en la mesa donde su esposo se vendaba el brazo herido. Pero Danilo no dejaba de pensar que había obrado mal y no como un verdadero cosaco, al pedir perdón por algo de lo que no era culpable.

IV

Amaneció, pero el día no era soleado. El cielo estaba nublado y lluvia fina caía sobre los campos, sobre los bosques, sobre el ancho Dniéper. Katerina se despertó, pero no estaba feliz. Tenía los ojos cubiertos de lágrimas y se encontraba turbada e inquieta.

—¡Querido, amado esposo! ¡He tenido un sueño muy extraño!

—¿Qué sueño, mi dulce Katerina?

—Ha sido un sueño extraño y en verdad tan vívido que pensé que era real. Mi padre era el brujo que se presentó en casa del *yesaúl*. Pero te ruego que no creas que este sueño es verdad. ¡Cómo se pueden soñar cosas así! Estaba delante de él y temblaba asustada. Y a cada palabra suya, se estremecían mis entrañas. Si hubieras oído lo que me decía…

—¿Qué te decía, mi adorada Katerina?

—Me decía: «¡Mira, Katerina, qué hermoso soy! La gente no tiene razón cuando dice que mi aspecto es repulsivo. Seré un buen marido para ti. ¡Mírame como yo te miro!». Entonces clavó en mí sus ojos ardientes y yo lancé un grito y me desperté.

—Sí, los sueños encierran muchas verdades. Pero ¿sabes que al otro lado de la montaña ya no está todo tan tranquilo como antes? Parece que los polacos se acercan de nuevo. Gorobéts me ha enviado un mensajero para decirme que esté atento. Pero en vano, porque ya sin su aviso estoy despierto. Mis muchachos han levantado esta noche doce empalizadas. Recibiremos a esos polacos con ciruelas de plomo y sus nobles bailarán bajo nuestros látigos.

—¿Lo sabe mi padre?

—¡Tu padre me tiene harto! Todavía no consigo comprenderlo. Debe haber cometido muchos pecados en tierras extranjeras. ¡No sé por qué razón se comporta de esa manera! Vive con nosotros desde hace casi un mes y ¡ni una vez siquiera se ha divertido como un verdadero cosaco! ¡No ha querido ni beber hidromiel! ¿Oyes, Katerina? No quiso beber el hidromiel que les arrebaté a los judíos de Brest. ¡Eh, muchacho! –gritó Danilo–. ¡Corre, mozo, a la bodega y tráenos un poco del hidromiel judío! ¡No bebe ni siquiera vodka! ¡Qué desgracia! Yo diría, mi señora Katerina, que tu padre no cree en la fe de Cristo. ¿Qué piensas tú al respecto?

—¡Cómo se te ocurren esas cosas, Danilo!

—¡Es que es todo muy extraño, amada mía! –continuó Danilo mientras cogía la jarra de barro que le había traído el cosaco–. Hasta a los malditos católicos les entusiasma el vodka. Solo los turcos no beben. ¿Qué, Stetskó? ¿Bebiste mucho hidromiel en la bodega?

—¡Solo lo he probado, señor!

—¡Mientes, hijo de perra! ¿No ves cómo tienes el bigote lleno de moscas? Y por tus ojos veo que te has bebido por lo menos medio cubo. ¡Ay, los cosacos! ¡Qué pueblo tan virtuoso! Están dispuestos a darlo todo por un compañero, pero la bebida la guardan solo para ellos. Yo hace mucho que no me emborracho, ¿verdad, Katerina?

—¡Mucho! Pero en el pasado…

—No temas, no temas… No beberé más que esta jarra. ¡Vaya! ¡Por aquí asoma el monje turco! –dijo entre dientes al ver a su suegro agacharse para entrar por la puerta–.

—¿Qué ha pasado, hija mía? –dijo su padre al tiempo que se quitaba el gorro y se ajustaba la faja, de la que colgaba un sable con extrañas piedras preciosas–. El sol ya está en lo alto y aún no has preparado la comida.

—La comida está lista, padre, ¡ahora la servimos! ¡Saca la olla con las *galushkas*! –le dijo Katerina a la vieja criada, que limpiaba la vajilla de madera–. Espera, será mejor que la saque yo –prosiguió Katerina–. Tú llama a los mozos.

Todos se sentaron en círculo en el suelo: el padre bajo los iconos, Danilo a su izquierda, Katerina a su derecha y luego los diez mozos con sus caftanes azules y amarillos.

—¡No me gustan estas *galushkas*! –dijo el padre después de probarlas y dejar la cuchara en el plato–. ¡No saben a nada!

«Ya sé que prefieres los fideos judíos», pensó Danilo para sus adentros.

—¿Por qué, suegro, dices que estas *galushkas* no saben a nada? –continuó en voz alta–. ¿Acaso están mal cocinadas? Mi Katerina las hace como ni siquiera el *hetman* las ha comido nunca. Tampoco está bien rechazarlas. ¡Es una comida cristiana! Todos los santos y los elegidos por Dios comían *galushkas*.

El padre no le contestó ni una palabra y Danilo guardó también silencio.

Después sirvieron jabalí asado con repollo y ciruelas.

—¡No me gusta la carne de cerdo! –dijo el padre de Katerina sirviéndose repollo con la cuchara–.

—¿Por qué no te gusta la carne de cerdo? –preguntó Danilo–. Solo los turcos y los judíos no comen carne de cerdo.

El padre frunció el ceño aún más enfadado.

El viejo solo comió unas gachas con leche y, en lugar de echarse vodka de la botella, bebió unos sorbos de un agua negra que llevaba en una petaca.

Después de comer, Danilo se durmió profundamente como correspondía a su juventud y no se despertó hasta el anochecer. Se sentó y comenzó a escribir unas cartas al ejército cosaco. Mientras, Katerina, sentada en el camastro, mecía la cuna con el pie. Danilo miraba con el ojo izquierdo lo que escribía y con el derecho por la ventana. Al otro lado de la ventana resplandecían las montañas y el Dniéper se vislumbraba a lo lejos. Más allá del Dniéper azuleaban los bosques. El claro cielo nocturno brillaba en las alturas. Pero no era el cielo lejano ni los bosques azules lo que Danilo observaba, sino el elevado promontorio sobre el que se alzaba un oscuro castillo. Le pareció ver que una de las estrechas ventanas del castillo se encendía. No obstante, todo estaba en silencio, así que era muy probable que se lo hubiera imaginado. Solo oía el sordo rumor del Dniéper allá abajo y, desde tres puntos, llegaban los estallidos de las olas que se despertaban y rompían una tras otra. El río se sometía, pero refunfuñaba y murmuraba como un viejo, pues nada le gustaba ya. Todo había cambiado a su alrededor y se había enemistado en silencio con las montañas ribereñas, los bosques y los prados y así llevaba su queja al mar Negro.

Un barco negro surcó el ancho Dniéper y algo pareció brillar de nuevo en el castillo. Danilo lanzó un cauteloso silbido y su fiel sirviente acudió con rapidez.

—Coge, Stetskó, tu sable bien afilado y tu arcabuz ¡y sígueme!

—¿Te vas? –le preguntó Katerina–.

—Sí, amada esposa. Tengo que asegurarme de que todo está en orden.

—Pero me da miedo quedarme sola. Tengo muchas ganas de dormir, ¿y si sueño con lo mismo de ayer? Fue algo tan real que ni siquiera estoy segura de si fue un sueño.

—La vieja criada se queda contigo. Además, ¡los cosacos duermen en el porche y en el patio!

—La criada ya está dormida y de los cosacos no me fío. Escucha, Danilo, enciérrame en la estancia y llévate la llave. Así no tendré tanto miedo y dejaré que los cosacos se acuesten junto a la puerta.

—¡Como desees! –dijo Danilo, que limpiaba el polvo de su arcabuz y llenaba de pólvora la cazoleta–.

El fiel Stetskó ya estaba preparado con todos sus atavíos cosacos. Danilo se puso su gorro de astracán, cerró la ventana, puso el cerrojo en la puerta, lo cerró con llave y salió al patio. Anduvo en silencio entre sus cosacos dormidos y puso rumbo a la montaña.

El cielo estaba algo nublado. Un viento fresco venía del Dniéper. Todo parecía dormido a excepción del graznido lejano de una gaviota. Pero, de pronto, oyeron un ruido... Burulbash y su fiel sirviente se escondieron con cuidado tras los endrinos que cubrían la valla de troncos. Alguien con un caftán rojo, dos pistolas y un sable a la cintura bajaba por la montaña.

—¡Es mi suegro! –dijo Danilo, que lo observaba detrás del arbusto–. ¿Adónde y qué irá a hacer a estas horas? ¡Stetskó! No te distraigas y mantén los ojos bien abiertos. Tenemos que ver adónde va.

El hombre del caftán rojo llegó hasta la orilla y se encaminó hacia un promontorio.

—¡Míralo! –dijo Danilo–. ¿Qué te parece, Stetskó? Yo diría que va derecho a la madriguera del brujo.

—Sí, no puede ir a otra parte, señor Danilo. Pero lo he perdido de vista cerca del castillo.

—¡Vamos! ¡Salgamos y sigamos sus huellas! Aquí se cuece algo. Ay, Katerina, ya te decía yo que tu padre no era trigo limpio. No ha hecho nada de lo que haría un buen ortodoxo.

Danilo y su fiel compañero llegaron al promontorio de la orilla y después se perdieron de vista, pues el bosque que rodeaba el castillo los ocultaba. Una ventana permanecía suavemente iluminada en lo alto. Abajo, los dos cosacos pensaban cómo entrar. No veían ninguna puerta, ni grande ni pequeña. En el patio del castillo seguro que había una entrada a un pasadizo, pero ¿cómo encontrarla? A lo lejos se oía un retumbar de cadenas y el correteo de unos perros.

—¿Por qué me lo pienso tanto? –dijo Danilo, que vio un alto roble frente a la ventana–. ¡Quédate aquí, muchacho! Me subiré al roble y desde allí podré mirar tranquilamente por la ventana.

Entonces se quitó la faja, dejó el sable en el suelo para que no hiciera ruido y trepó agarrándose a las ramas. La ventana seguía iluminada. Danilo se sentó en una rama junto a la ventana y, sujeto al árbol, vio que no ardía vela alguna, pero que la estancia se encontraba inundada de luz. Las paredes estaban llenas de varios blasones y armas, pero todos muy extraños, pues ni los turcos, ni los crimeos, ni los cristianos, ni siquiera el glorioso pueblo sueco los llevaban. Bajo el techo revoloteaban unos murciélagos y sus sombras recorrían paredes, puertas y suelo. Entonces la puerta se abrió en silencio. Un hombre de caftán rojo se dirigió directo a la mesa, cubierta con un mantel blanco. «¡Es él! ¡Es mi suegro!», dijo Danilo. Y se agachó y se apretó más contra el árbol.

Pero el del caftán rojo no hizo por ver si alguien lo observaba o no por la ventana. Entró sombrío, sin ánimo. Retiró el mantel de la mesa y, al instante, una intensa luz celeste se derramó por toda la estancia. Olas de la anterior luz, dorada, se mezclaban y nadaban como en las profundidades de un mar azul y se extendían en capas similares a las del mármol. El hombre puso un caldero y comenzó a echar dentro algunas hierbas.

Danilo, que lo observaba fijamente, ya no vio que vistiera el caftán rojo, sino unos anchos pantalones bombachos como los de los turcos, pistolas a la cintura y un extraño gorro en la cabeza con unas letras que no eran ni rusas ni polacas. Le miró la cara y comprobó que su rostro cambiaba por momentos. Le creció tanto la nariz, que le colgaba sobre los labios, la boca se le estiró de oreja a oreja y un diente torcido le asomó de ella. Su suegro se había transformado ante sus ojos en el brujo de la boda del hijo del *yesaúl*. «¡Tu sueño es real!», pensó Burulbash.

El brujo empezó a dar vueltas alrededor de la mesa. Por las paredes aparecían signos que cambiaban a toda prisa y los murciélagos revoloteaban más rápidamente de un lado a otro y de arriba abajo. La luz celeste perdió intensidad y llegó casi a apagarse. Era una suave luz rosada la que entonces iluminaba ya la estancia, una prodigiosa luz que parecía derramarse por todos los rincones con un temblor silencioso. Poco después, la luz desapareció y todo quedó sumido en la oscuridad. Solo se oía un silbido, como si el viento soplara a la serena hora del atardecer, se arremolinara sobre el espejo del agua y doblara los sauces plateados y mojara en ella sus ramas. A Danilo le pareció que la luna brillaba dentro de aquella habitación, que las estrellas se movían, que el cielo azul oscuro titilaba vagamente y que el frío aire nocturno le azotaba en la cara. Entonces le pareció (y se tiró del bigote para asegurarse de que no era un sueño) que en el interior de aquella estancia ya no se encontraba la inmensidad del cielo, sino su propia casa. Sus sables tártaros y turcos colgaban de las paredes, a su vez rodeadas por unos estantes sobre los que descansaban la vajilla y los enseres domésticos. En la mesa había pan y sal y del techo colgaba una cuna... Sin embargo, donde habían estado los iconos asomaban unos terroríficos rostros. En el camastro... Una niebla cada vez más espesa comenzó a cubrirlo todo y se hizo la oscuridad. Pero, con un mágico tintineo, una luz rosa iluminó de nuevo la estancia. El brujo permanecía de pie con su extraño turbante. Los sonidos se hacían más fuertes y densos, la suave luz rosa brilló con mayor intensidad y algo blanco parecido a una nube emergió en medio de la estancia. Danilo creyó ver que la nube no era una nube, sino una mujer. Pero ¿de qué estaba hecha? ¿De aire? ¿Por qué estaba de pie, pero no pisaba el suelo ni se apoyaba en nada? ¿Por qué la luz rosa la atravesaba y detrás de ella podían verse fulgurar los signos por las paredes? Entonces la mujer movió su cabeza transparente y Danilo pudo contemplar con qué suavidad brillaban sus ojos azules claros; cómo su pelo rizado caía sobre sus hombros en una neblina grisácea; cómo sus labios lucían el rojo escarlata del amanecer apenas perceptible sobre el blanco cielo transparente de la mañana; cómo sus cejas oscuras resplandecían dulcemente... «¡Ay! ¡Es Katerina!». Danilo sintió que sus miembros estaban petrificados. Intentó hablar, pero sus labios se movieron sin emitir sonido alguno.

El brujo permanecía inmóvil.

—¿Dónde has estado? –le preguntó a la mujer, que temblaba ante su mera presencia–.

—¡Oh! ¿Por qué me has llamado? –se lamentó en voz baja–. ¡Era tan feliz! Estaba en mi hogar, donde había nacido y vivido quince años. ¡Oh, qué bien me sentía allí! ¡Qué verde y perfumado era el prado donde jugaba de niña! ¡Las mismas flores silvestres, nuestra casa, nuestro jardín!... ¡Oh, cómo me abrazaba mi bondadosa madre! ¡Cuánto amor había en su mirada! Me acariciaba, me besaba en los labios y en las mejillas, arreglaba mi trenza pajiza con peine de espesas púas... ¡Padre! –Y miró al brujo con sus pálidos ojos–. ¿Por qué mataste a mi madre?

El brujo la señaló amenazante con el dedo.

—¿Acaso te he pedido que hables de ello? –La etérea mujer tembló–. ¿Dónde está ahora tu dueña?

—Katerina, mi dueña, ahora duerme. Alegre, levanté el vuelo y me fui. Hace mucho tiempo que deseaba ver a mi madre. De pronto tuve quince años de nuevo y me sentí tan ligera como un pájaro. ¿Por qué me has llamado?

—¿Recuerdas todo lo que te dije ayer? –le preguntó el brujo con una voz apenas audible–.

—Sí, lo recuerdo, pero ¡cuánto daría por olvidarlo! ¡Pobre Katerina! Ignora mucho de lo que sabe su alma.

«Es el alma de Katerina», pensó Danilo, pero aun así no se atrevió a moverse.

—¡Arrepiéntete, padre! ¿No te da pánico que tras cada asesinato que cometes los muertos se levanten de sus tumbas?

—¡De nuevo con lo mismo! –la interrumpió amenazante el brujo–. Redoblaré mis esfuerzos y te obligaré a cumplir mis deseos. ¡Katerina me amará!...

—¡Oh! ¡No eres mi padre, sino un monstruo! –gimió la mujer–. ¡No, nunca cumpliré tus deseos! Cierto es que gracias a tus poderes diabólicos tienes la facultad de invocar las almas y atormentarlas. ¡Pero solo Dios puede obligarme a hacer lo que le plazca! No, mientras yo permanezca en su cuerpo, Katerina jamás se atreverá a cometer un acto impuro. ¡Padre! ¡El Juicio Final se acerca! Aunque no fueras mi padre, no me obligarías a engañar a mi fiel esposo. Y si mi esposo no me fuera fiel ni me quisiera, tampoco entonces yo lo traicionaría, pues Dios no ama a las almas culpables e infieles.

Entonces dirigió su mirada hacia la ventana bajo la que estaba sentado Danilo y se quedó congelada, completamente inmóvil.

—¿Qué miras? ¿Qué es lo que ves ahí? –gritó el brujo–.

La etérea Katerina se estremeció. Pero ya hacía rato que Danilo había bajado a tierra y corría con su inseparable Stetskó hacia las montañas. «¡Qué horror! ¡Qué horror!», dijo Danilo para sus adentros, que sentía que cierto temor oprimía su pecho de cosaco. Pronto cruzó de nuevo su patio, donde los demás cosacos dormían tan profundamente como antes, excepto uno, que estaba sentado y fumaba una pipa. El cielo se encontraba cuajado de estrellas.

V

—¡Qué bien has hecho en despertarme! –le dijo Katerina a su esposo al tiempo que se enjugaba los ojos con la manga bordada del camisón y miraba a Danilo de pies a cabeza–. ¡Qué sueño tan horrible he tenido! ¡Cuánto me costaba respirar! ¡Uf! ¡Creí que me moría!

—¿Con qué has soñado? ¿No será con esto? –Y Burulbash le contó a su esposa todo lo que había visto–.

—¿Cómo lo has sabido, esposo mío? –le preguntó asombrada Katerina–. Pero no, no reconozco muchas cosas de las que me cuentas. No, no he soñado que mi padre había matado a mi madre. Tampoco he soñado con muertos. No, Danilo, no ha sido exactamente como lo cuentas. ¡Ay, qué horrible era mi padre!

—No me resulta extraño que no hayas soñado con muchas de estas cosas. No conoces ni la décima parte de lo que sabe tu alma. ¿Sabes que tu padre es el Anticristo? Ya el año pasado, cuando me preparaba para atacar Crimea junto con los polacos (por aquel entonces todavía me hablaba con ese pueblo infiel) el hegúmeno[2] del monasterio de la Hermandad, que, esposa mía, es un hombre santo, me dijo que el Anticristo tiene el poder de invocar el alma de cada persona, y el alma vaga a su antojo cuando la persona duerme y vuela junto a los arcángeles cerca de la morada de Dios. Desde el primer momento me desagradó el rostro de tu padre. Si hubiera sabido que tenías un padre así, no me hubiese casado contigo. Te hubiera abandonado y no hubiese cargado sobre mi alma con el pecado de emparentarme con la estirpe del Anticristo.

—¡Danilo! –dijo Katerina, que se cubría el rostro con las manos y sollozaba–. ¿Acaso soy culpable de algo ante ti? ¿Te he traicionado, mi amado esposo? ¿Qué he hecho para provocar tu ira? ¿Es que no te he sido siempre fiel? ¿Te he dicho alguna vez palabras de reproche cuando te emborrachabas en los festines? ¿Acaso no te he dado un hijo de cejas negras?...

—No llores, Katerina, ahora te conozco bien y nunca te abandonaré. Todos los pecados recaen solo sobre tu padre.

—¡No! ¡No le llames así! Él no es mi padre. ¡Dios es testigo de que renuncio a él! ¡Renuncio a mi padre! ¡Es el Anticristo! ¡Un apóstata! Aunque se muera, aunque se ahogue, ¡no le tenderé la mano para salvarlo! Aunque una hierba secreta le seque por dentro, ¡no le daré ni una gota agua! ¡Mi padre eres tú!

VI

En el profundo sótano de la casa de Danilo, bajo tres candados, se encontraba encerrado el brujo, sujeto con cadenas de

---

[2] Sacerdote o laico elegido por su comunidad como superior durante un tiempo determinado.

hierro. Muy por encima de él, sobre el Dniéper, ardía su infernal castillo. Las olas, escarlatas como la sangre, azotaban los viejos muros. El brujo no estaba encerrado en aquel profundo sótano por sus actos malvados ni contra Dios, quien ya lo juzgaría cuando llegara el momento. Estaba encerrado por secreta traición, por conspirar con los enemigos de la tierra rusa ortodoxa, por vender el pueblo ucraniano a los católicos y quemar iglesias cristianas. El brujo estaba triste y sus pensamientos eran negros como la noche. Solo le quedaba un día de vida; en cuanto amaneciera debía despedirse del mundo. Esperaba ser ejecutado al día siguiente. Y su ejecución no sería clemente. Si lo cocieran vivo en un caldero o le arrancaran su piel pecadora podría decirse de ella que había sido compasiva. El brujo estaba triste y con la cabeza gacha. Tal vez se arrepintiera ante la llegada inminente de la muerte, pero sus pecados no eran de los que Dios perdona. Arriba había un pequeño ventanuco con barrotes de hierro. Haciendo sonar las cadenas, el brujo se acercó al ventanuco para ver si veía a su hija. Era mansa como una paloma, nada rencorosa, hasta podía compadecerse de su padre… Pero allí no había nadie. Más abajo pasaba un camino, pero tampoco caminaba nadie por él. Y más allá corría el Dniéper, indiferente a todo lo que ocurría. Solo su monótono rumor llegaba melancólico a oídos del preso.

Alguien apareció por el camino. ¡Era un cosaco! El prisionero suspiró pesadamente. El lugar quedó abandonado de nuevo. Alguien se acercaba a lo lejos… Ondeaba un vestido verde. Un tocado dorado brillaba sobre su cabeza… ¡Era ella! El brujo se asomó todo lo que pudo al ventanuco. Su hija ya estaba muy cerca…

—¡Katerina! ¡Hija! ¡Ten piedad! ¡Compadécete de mí!…

Pero ella no lo escuchaba. Ni siquiera miró hacia la prisión. Se fue y desapareció en la lejanía. El mundo entero quedó entonces abandonado. El Dniéper murmuró abatido. La tristeza dominaba el corazón del brujo. Pero ¿conocía este lo que es la tristeza?

El día tocaba a su fin. El sol ya se ocultaba hasta que al fin desapareció por completo. Era de noche y hacía frío. En algún lugar mugía un buey y de todas partes llegaban multitud de sonidos: eran, seguramente, de la gente que volvía del trabajo y se divertía. Por el Dniéper pasaba una barca... ¡Nadie prestaba atención al cautivo! La hoz de plata de la luna brillaba en el cielo. Alguien se acercaba por el otro extremo del camino. Se hacía difícil ver en la oscuridad. ¡Era Katerina, que volvía!

—¡Hija! ¡Por el amor de Dios! ¡Por muy feroces que sean los lobeznos jamás despedazarían a su madre! ¡Hija mía! ¡Oye a tu padre, aunque sea un criminal! –Pero Katerina no lo escuchó y continuó su camino–. ¡Hija! ¡Por tu desdichada madre...! –Katerina se detuvo–. ¡Oye mis últimas palabras!

—¿Qué quieres de mí, apóstata? ¡No me llames hija! ¡No hay ningún parentesco entre nosotros! ¿Qué quieres de mí al nombrar a mi desdichada madre?

—¡Katerina! ¡Se acerca mi final! Sé que tu marido quiere atarme a la cola de una yegua para que me arrastre por el campo. Tal vez incluso invente un castigo más terrible...

—¿Existe en el mundo castigo que iguale tus pecados? No puedes hacer nada más que esperarlo, pues nadie intercederá por ti.

—¡Katerina! No es el castigo lo que me asusta, sino ¡los tormentos en el otro mundo!... Tú eres inocente, Katerina. Tu alma volará al paraíso cerca de Dios. Pero el alma del apóstata de tu padre arderá en el fuego eterno, y ese fuego no se extinguirá jamás y arderá cada vez con más fuerza. Ni una gota de rocío dejará caer nadie para aplacarlo, ni el viento se atreverá a apagarlo...

—No tengo poder alguno para detener tu castigo –dijo Katerina, y se dio la vuelta–.

—¡Katerina! ¡Solo una palabra más! ¡Tú puedes salvar mi alma! Todavía no conoces la magnitud de la bondad y la misericordia divinas. ¿No has oído hablar del apóstol san Pablo? ¿No sabes que era un vulgar pecador pero que después se arrepintió y se convirtió en santo?

—¿Qué puedo hacer para salvar tu alma? –dijo Katerina–. ¿Acaso yo, una pobre mujer, puedo conseguirlo?

—Si pudiera salir de aquí, lo abandonaría todo. Me arrepentiría y viviría en una cueva, me pondría unas ásperas ropas sobre el cuerpo y rezaría a Dios noche y día. No comería carne ni leche en la cuaresma, ¡ni siquiera pescado! No me taparía con nada para dormir y no dejaría nunca de rezar. Y si la misericordia divina no pudiera perdonarme siquiera la centésima parte de mis pecados, entonces me enterraría hasta el cuello o me emparedaría dentro de un muro de piedra. No tomaría ni bebida ni comida y entregaría todos mis bienes a los monjes para que durante cuarenta días y cuarenta noches rezaran por mi alma.

Katerina quedó pensativa.

—Aunque te abriera la puerta no podría quitarte las cadenas.

—No me dan miedo las cadenas –le dijo–. ¿Dices que me encadenaron de pies y manos? No. Les nublé los ojos y en el lugar de mis manos les ofrecí una rama seca. Mírame, ¡no llevo ninguna cadena! –dijo, y se puso en el centro del sótano–. Tampoco tendría miedo de estos muros y los atravesaría sin problema, pero ni siquiera tu marido sabe qué clase de muros son. Los construyó un monje santo y ninguna fuerza maligna puede sacar de aquí a un preso si no abre el lugar con la misma llave que el santo usó para cerrarlos. Yo me construiré una celda así, pecador de mí, en cuanto salga libre.

—Escúchame, te dejaré salir. Pero ¿y si me engañas –dijo Katerina, que se detuvo ante la puerta– y, en vez de arrepentirte, vuelves a hermanarte con el diablo?

—No, Katerina, no me queda mucho tiempo de vida. Mi fin se acerca sin necesidad del castigo. ¿Crees que me entregaría al tormento eterno?

Entonces sonaron los cerrojos.

—¡Adiós! ¡Que Dios te guarde, hija mía! –dijo el brujo, y le dio un beso a la joven–.

—No me toques, triste pecador. Y vete, ¡rápido!... –le ordenó Katerina, pero el brujo ya no estaba–.

—¡Lo he soltado! –se dijo ella, angustiada y asustada, mientras observaba los muros a su alrededor–. ¿Qué le diré ahora a mi esposo? ¡Estoy perdida! ¡He cavado mi propia tumba! –Comenzó a llorar y se sentó en el tronco en el que había estado sentado el preso–. Pero he salvado su alma –dijo en voz baja–. He hecho una obra piadosa. Pero mi esposo… Lo he traicionado por primera vez. ¡Oh, qué terrible! ¡Qué difícil me resultará mentirle! ¡Alguien viene! ¡Es él! ¡Es mi esposo! –gritó desesperada, y cayó desmayada al suelo–.

VII

—¡Soy yo, hija mía! ¡Soy yo, mi vida! –oyó Katerina cuando volvió en sí–.

A su lado estaba la vieja criada, que, inclinada sobre ella, le susurraba dulces palabras. Luego la mujer extendió su ajada mano y le refrescó el rostro con agua fría.

—¿Dónde estoy? –preguntó Katerina, que se incorporó y miró a su alrededor–. Ante mí murmuraba el Dniéper, y las montañas, a mis espaldas… ¿Adónde me has traído, abuela?

—No te he traído: te he sacado. En brazos te he sacado fuera de ese sótano asfixiante. Y lo cerré con llave, para que mi señor Danilo no te eche la culpa.

—¿Dónde está la llave? –dijo Katerina mirándose el cinturón–. No la veo.

—La cogió tu esposo para ver al brujo, hija mía.

—¿Para verlo? Abuela, ¡estoy perdida! –gritó Katerina–.

—¡Que Dios se apiade de nosotras, mi niña! ¡Guarda silencio, mi señora, y nadie se enterará de nada!

—¡Ese maldito Anticristo se ha escapado! ¿Me oyes, Katerina? ¡Se ha escapado! –dijo Danilo mientras se acercaba a su esposa. Sus ojos echaban fuego y el sable le temblaba sonoramente al costado–.

Su esposa estaba aterrada.

—¿Acaso alguien lo ha liberado, querido esposo? –dijo, temblando toda ella–.

—Sí, dices bien, lo han liberado. ¡El diablo lo ha liberado! En su lugar solo ha quedado un tronco lleno de cadenas. ¡Dios ha querido que ese demonio no tenga miedo de las manos cosacas! Si es uno de mis cosacos al que se le ha ocurrido soltarlo y yo me entero… ¡no encontraré el modo de ejecutarlo!

—¿Y si hubiera sido yo? –susurró involuntariamente Katerina. Asustada, se detuvo–.

—Si se te hubiera ocurrido a ti, ¡ya no serías mi esposa! Te metería en un saco, lo cosería y ¡te ahogaría en mitad del Dniéper!

El alma de Katerina se estremeció y la joven sintió que los cabellos se le erizaban.

VIII

En una taberna al pie de un camino fronterizo se habían reunido unos polacos y llevaban ya dos días de fiesta. No era poca la escoria que allí se había juntado, seguramente con intenciones de invadir nuestra tierra. Algunos llevaban incluso mosquetes. Aquellos nobles polacos que hacían tintinear sus espuelas y sus sables se mostraban alegres y jactanciosos. Hablaban de sus hazañas sin par, se burlaban de los ortodoxos, llamaban lacayos a los ucranianos, se atusaban el bigote con aires de importancia y se sentaban muy estirados en sus bancos. Entre ellos había un cura católico de su misma casta que ni siquiera parecía un sacerdote cristiano, pues bebía y se divertía como el que más y soltaba vergonzosas palabras con su lengua impía. Los soldados no se quedaban atrás. Con las mangas de sus harapientos caftanes remangadas, caminaban erguidos como si fueran personas importantes. Jugaban a las cartas y se golpean unos a otros las narices con los naipes. Habían llevado consigo mujeres ajenas, y gritaban y se peleaban. Los polacos hablaban a voces y bromeaban. Por ejemplo, le cogían a un judío de la barba y le hacían la señal de la cruz en su sacrílega frente. O les disparaban a las viejas con balas de fogueo. O bailaban la cracoviana con su cura blasfemo. Ni siquiera los tártaros cometieron jamás tamañas fechorías en tierra rusa. ¡Dios la ha condenado por sus pecados a tales humillaciones! En medio de esa vulgar Sodoma se oye hablar de la hacienda de Danilo y de su bella esposa… ¡Ya vemos que esta horda no se había reunido para nada bueno!

IX

Danilo estaba en su casa, pensando con los codos apoyados sobre la mesa. Katerina, sentada en el camastro, cantaba una canción.

—¡Estoy triste, esposa mía! –dijo Danilo–. Me duele la cabeza y el corazón. ¡Tengo miedo! Mi muerte no debe andar muy lejos.

«¡Oh, mi amado esposo! Reclina tu cabeza sobre mí. ¿Por qué albergas tan negros pensamientos?», pensó Katerina, pero no se atrevió a hablar. Se le hacía muy duro por su conciencia culpable aceptar las caricias de su marido.

—¡Escucha, esposa mía! –le dijo Danilo–. No abandones a nuestro hijo cuando yo me haya ido. Dios no te dará alegrías ni en este mundo ni en el otro si lo abandonas. Resultaría muy amargo para mis huesos, que se pudrirán en la tierra húmeda. Y más amargo aún para mi alma.

—¿Qué es lo que dices, esposo mío? ¿No eras tú quien se burlaba de lo cobardes que éramos las mujeres? Pues ahora tú mismo te comportas como una mujer cobarde. Todavía te queda mucho tiempo de vida.

—No, Katerina, mi alma siente que la muerte se acerca. El mal se cierne sobre el mundo. Se vienen tiempos perversos. ¡Oh, recuerdo tiempos mejores que no volverán! ¡Aún vivía el viejo Sagaidáchny, honor y gloria de nuestro ejército! ¡Parece que desfilaran ahora ante mis ojos aquellos regimientos cosacos! ¡Fue una época dorada, Katerina! El viejo *hetman* marchaba a lomos de su caballo moro. La maza brillaba en su mano. A su alrededor caminaban los soldados de infantería y un mar rojo de zapórogos lo rodeaba. El *hetman* empezaba a hablar y todos le admirábamos. El anciano lloraba al recordar antiguas batallas y hazañas. ¡Ay, Katerina! ¡Si supieras con qué ferocidad luchábamos en aquel entonces contra los turcos! Todavía se me ve la cicatriz de la cabeza. Cuatro balas me atravesaron por cuatro sitios distintos. Y ninguna de las heridas se curó por completo. ¡Cuánto oro conseguimos! Los cosacos llenábamos de piedras preciosas nuestros gorros. ¡Qué caballos, Katerina! ¡Si supieras qué caballos nos llevamos! ¡Oh, ya nunca volveré a combatir igual! Todavía no soy viejo y tengo un cuerpo fuerte, pero la espada cosaca se me cae de las manos, no me dedico a nada y ni yo mismo sé para qué vivo. Ucrania está sumida en la anarquía. Los coroneles y los *yesaúles* se pelean entre ellos como perros rabiosos. No hay un jefe que los una. Nuestros nobles han adoptado las costumbres polacas y se han entregado a la mentira... Han vendido sus almas y han aceptado el catolicismo. Los judíos oprimen a nuestro pobre pueblo. ¡Oh, qué tiempos estos! ¿Adónde os habéis ido, anhelados años de mi juventud? ¡Muchacho! ¡Ve a la bodega y tráeme una jarra de hidromiel! ¡Beberé por lo vivido y por aquellos tiempos pasados!

—¿Qué hacemos con las visitas, señor? ¡Por el prado se acercan unos polacos! –dijo Stetskó al volver a entrar en la casa–.

—Bien sé por qué vienen –dijo Danilo, y acto seguido se levantó de su asiento–. ¡Ensillad los caballos, mis fieles servidores! ¡Poneos vuestras galas! ¡Desenvainad los sables! ¡Y no os olvidéis del plomo! ¡Debemos recibir a nuestros invitados con todos los honores!

Pero no llegaron los cosacos a montar los caballos y a cargar los mosquetes cuando los polacos cubrían ya la montaña como hojas caídas en otoño.

—¡Eh, ya tenemos con quién tratar! –dijo Danilo mientras observaba a aquellos polacos corpulentos que cabalgaban a lomos de caballos con arreos dorados–. ¡Parece que de nuevo podremos pasarlo en grande! ¡Diviértete, alma cosaca, por última vez! ¡Celebremos esta fiesta, muchachos, como se debe!

Y la diversión se extendió por las montañas y se celebró el festín. Saltaron las espadas, volaron las balas y relincharon y galoparon los caballos. Los gritos trastornaban la cabeza y el humo cegaba los ojos. La confusión era completa. Pero un cosaco siempre sabe dónde está el amigo y dónde el enemigo; si una bala silba, si un intrépido jinete cae del caballo, si un sable corta el aire, si una cabeza rueda por la tierra farfullando todavía palabras incoherentes.

Entre la multitud se veía la tapa roja del gorro cosaco de Danilo. La faja dorada que sujetaba su caftán azul centelleaba. Las crines de su caballo moro se arremolinaban por doquier.

Como un pájaro, saltaba de aquí a allá y gritaba y blandía el sable damasceno y golpeaba de derecha a izquierda. ¡Golpea fuerte, cosaco! ¡Diviértete, cosaco! Satisface tu joven corazón, pero ¡no repares en arreos y caftanes de oro! ¡Aplasta oro y piedras preciosas bajo tus pies! ¡Adelante, cosaco! ¡Diviértete, cosaco! Pero ¡mira atrás! Los malvados polacos estaban quemando las casas y robando el ganado, que huía aterrorizado. Como un torbellino, Danilo dio media vuelta y en un instante su gorro de tapa roja resplandeció junto a las isbas y diezmó a la multitud que le rodea.

Ni una ni dos horas hacía que combatían polacos y cosacos. Ya no quedaban muchos en ningún bando. Pero Danilo no descansaba. Derribaba jinetes con su larga lanza y pisoteaba a la infantería con su aguerrido caballo. El campo comenzó a despejarse y por fin los polacos se dispersaron. Los cosacos despojaron a los muertos de sus caftanes dorados y de sus ricos adornos. Danilo corrió tras los enemigos y se volvió hacia los suyos para llamarlos… ¡y su alma ardió de cólera! Ante él se encontraba el padre de Katerina. De pie sobre la montaña, le apuntaba con el mosquete. Danilo azuzó a su caballo directo contra él… ¡Ay, cosaco! ¡Corres hacia tu muerte! Tronó el mosquete y el brujo desapareció tras la montaña. Solo el fiel Stetskó vio sus ropas rojas y su extraño gorro. El cosaco se tambaleó y cayó a tierra. El fiel Stetskó corrió hacia su señor, que yacía en el suelo con los ojos cerrados. La sangre escarlata hervía en su pecho. Danilo notó a su fiel servidor y, sin mediar palabra, levantó los párpados y sus ojos brillaron. «¡Adiós, Stetskó! ¡Dile a Katerina que no abandone a nuestro hijo! ¡Tampoco le abandonéis vosotros, mis fieles servidores!», dijo, y guardó silencio. El alma del cosaco abandonó su noble cuerpo y los labios se le pusieron azules. El cosaco se había dormido para siempre.

El fiel sirviente sollozó y llamó con la mano a Katerina: «¡Venga, señora! ¡Venga! Esta ha sido la última diversión de su señor. Yace borracho en la tierra húmeda. ¡Esta borrachera le durará mucho tiempo!».

Katerina juntó las manos y cayó a plomo sobre el cuerpo sin vida. «¡Esposo mío! ¿De veras yaces ahí con los ojos cerrados? ¡Levántate, mi amado halcón! ¡Dame la mano! ¡Álzate! Mira una vez más a tu Katerina, mueve los labios, pronuncia una sola palabra… Pero callas, ¡callas, mi esplendoroso señor! Estás azul como el mar Negro. ¡Tu corazón no late! ¿Por qué estás tan frío, mi señor? ¡Mis ardientes lágrimas no pueden darte calor! ¡Mi llanto no es lo bastante atronador como para despertarte! ¿Quién conducirá ahora tus huestes? ¿Quién montará tu caballo moro? ¿Quién gritará con fuerza y blandirá el sable a la cabeza de los cosacos? ¡Ay, cosacos! ¿Dónde están vuestro honor y vuestra gloria? Vuestro honor y vuestra gloria yacen en la tierra húmeda con los ojos cerrados. ¡Enterradme también a mí! ¡Enterradme con él! ¡Cubridme los ojos con tierra! ¡Tapadme mi blanco pecho con maderas de arce! ¡Ya no necesito mi belleza!».

Katerina lloraba desconsoladamente. Pero el horizonte se llenó de polvo, pues el viejo *yesaúl* Gorobéts acudía en su ayuda.

X

Mágico es el Dniéper cuando el tiempo es sereno, cuando sus aguas corren libres y tranquilas por bosques y montañas. Entonces no produce ni un murmullo, ni un susurro. Lo miras y no sabes si su majestuoso caudal avanza o está quieto. Parece hecho de cristal, parece un vasto e inmenso camino de espejo azul que ondula y serpentea por el mundo verde. Entonces el sol ardiente observa desde las alturas y hunde sus rayos en el frío de las aguas vidriosas y los bosques de las orillas se reflejan en el río. Sus rizos verdosos se agolpan llenos de flores silvestres junto a las aguas, se inclinan sobre ellas, se contemplan con disimulo, se admiran con sus brillantes pupilas y se sonríen y se saludan e inclinan sus ramas. Pero no tienen el valor para asomarse al medio del Dniéper, pues nadie lo hace salvo el sol y el cielo azul. Rara es el ave que vuela hasta allí. ¡No hay río tan suntuoso como él en el mundo! Mágico es también el Dniéper en las cálidas noches de verano cuando todo duerme, personas, animales y pájaros. Tan solo Dios contempla majestuoso el cielo y la tierra y majestuoso sacude su manto, del que caen multitud de estrellas. Las estrellas se inflaman y brillan sobre el mundo y al instante se entregan también al Dniéper, que las guarda a todas en su oscuro seno. Ni una sola escapa de su protección, ni una sola que no se extinga en el cielo. Los negros bosques, sembrados de cuervos dormidos, y las viejas montañas quebradas cuelgan sobre él y se esfuerzan por cubrirlo con sus largas sombras… ¡Todo en vano! Nada hay en el mundo que pueda cubrir el Dniéper por completo. Fluye azul con suave corriente tanto en mitad de la noche como en mitad del día y se aleja tanto como el ojo humano alcance a ver. Se acerca y se acurruca más cerca de la orilla para protegerse del frío nocturno y se transforma en olas de plata que centellean como la hoja de una espada damascena. Y el Dniéper azul se duerme de nuevo. ¡Mágico también entonces es el Dniéper! ¡No hay río como él en el mundo! Pero cuando nubes azules como montañas surcan el cielo, los bosques negros tiemblan hasta las raíces, los robles crujen y los rayos atraviesan las nubes e iluminan la tierra… ¡Entonces el Dniéper es terrible! Cúmulos de agua truenan y estallan contra las montañas y retroceden con un gemido y un resplandor y lloran y se lamentan en la lejanía. Así se duele la madre de un cosaco cuando despide a su hijo que marcha a la guerra. Él, con la cabeza erguida y el gorro ladeado, cabalga sobre un caballo moro, y la madre llora y corre detrás, le coge por el estribo, le agarra las riendas con sus manos retorcidas y se deshace en amargas lágrimas.

Ferozmente negreaban entre olas impetuosas los tocones quemados y las piedras de la orilla. Una barca se acercaba sacudiéndose arriba y abajo. ¿Quién de los cosacos se atrevía a navegar con su barca cuando el viejo Dniéper estaba tan furioso? Tal vez ignoraba que se traga a la gente como moscas.

La barca atracó y el brujo salió de ella. Estaba enojado, pues muy amargo le había resultado el funeral que los cosacos habían hecho en honor de su señor asesinado. Cara habían pagado los polacos su muerte: cuarenta y cuatro caballeros con sus arneses y caftanes y treinta y tres siervos habían sido despedazados. El resto fueron hechos prisioneros y vendidos junto a sus caballos a los tártaros.

El brujo, entre tocones calcinados de raíz, bajó por una escalera de piedra hasta una cueva excavada en lo más profundo de la tierra. Entró en silencio, sin que chirriara la puerta. Puso un caldero sobre la mesa, cubierta con un mantel, y empezó a echar hierbas misteriosas con sus largos dedos. Tomó una jarra hecha con una madera especial, cogió agua con ella y la vertió mientras movía los labios y pronunciaba conjuros. Una luz rosada bañó la estancia. Fue horrible mirar entonces su rostro. Parecía ensangrentado, surcado por profundas y negras arrugas y con ojos que ardían como el fuego. ¡Sacrílego pecador! Hacía tiempo que la barba se le había vuelto gris y que su cara se encontraba plagada de arrugas y que el cuerpo entero se le había secado, pero no había abandonado sus diabólicas intenciones. Una nube blanca empezó a formarse en medio de la cueva. Algo parecido a una sonrisa asomó al rostro del brujo. Pero ¿por qué entonces se quedó petrificado, con la boca abierta, sin atreverse a realizar el más mínimo movimiento? ¿Por qué se le erizaron los cabellos? En el interior de la nube brilló ante él un extraño rostro. No había sido invitado, pero había venido a visitarlo. Cuanto más se aclaraba, más profunda era su fija mirada. El brujo no conocía esos rasgos, esas cejas, esos ojos, esos labios. Jamás en su vida los había visto. A pesar de que había bien poco de horrible en aquel rostro, un terror sobrecogedor se apoderó del brujo. Aquella mágica y desconocida cabeza le observaba sin moverse desde el interior de la nube. La nube desapareció y aquellos rasgos misteriosos se hicieron aún más nítidos. Sus ojos penetrantes no se apartaban de él. El brujo, blanco como una sábana, lanzó un grito atroz e inhumano y volcó el caldero… Todo desapareció.

XI

—¡Cálmate, querida hermana! –dijo el viejo *yesaúl* Gorobéts–. Los sueños rara vez dicen la verdad.

—¡Acuéstate, hermanita! –le dijo su joven cuñada–. Voy a llamar a una anciana adivina a la que no hay fuerza maligna que se le resista. Ella te quitará la maldición.

—¡No tengas miedo! –exclamó el hijo de ambos con la empuñadura del sable en la mano–. ¡Nadie te hará daño!

Katerina los miraba con ojos turbios y tristes. No encontraba las palabras. «Yo misma soy culpable de mi destrucción. Yo lo dejé escapar», pensaba. Por fin dijo:

—¡No va a dejarme en paz! Llevo ya diez días con vosotros en Kiev y mi dolor no ha disminuido ni un ápice. Pensé que al menos criaría tranquilamente a mi hijo para que en un futuro llevara a cabo la venganza… ¡He visto al brujo en sueños y era terrible! ¡Terrible! ¡No permita Dios que vosotros también soñéis con él! El corazón se me sale todavía del pecho. «¡Mataré a tu hijo, Katerina –gritaba–, si no te casas conmigo!».

Y corrió convertida en un mar de lágrimas hacia la cuna. El niño, asustado, extendió los bracitos y lloró.

El hijo del *yesaúl* ardió de la ira al oír tales palabras.

El mismo Gorobéts también estaba furioso:

—¡Que intente venir aquí ese maldito Anticristo! ¡Ya verá la fuerza que aún tiene en las manos este viejo cosaco! El Señor es testigo –dijo mientras dirigía hacia arriba sus sagaces ojos–, ¿no corrí yo para ayudar a mi hermano Danilo? Pero, aun así, ¡se cumplió la santa voluntad de Dios! Encontré a Danilo en el frío lecho en el que ya duermen muchos muchos cosacos. ¿Acaso no le hicimos un magnífico funeral? ¿Acaso dejamos que escapara vivo un solo polaco? ¡Cálmate, niña mía! Nadie se atreverá a hacerte daño mientras que vivamos mi hijo y yo.

En cuanto terminó estas palabras, el viejo *yesaúl* se acercó a la cuna. El niño, que vio la pipa roja engastada en plata y la tabaquera, brillante como un ascua, que le colgaban del cinturón, le tendió los brazos y se echó a reír.

—Seguirá los pasos de su padre –dijo el viejo *yesaúl*, que se quitó la pipa del cinturón y se la dio–. Todavía no ha salido de la cuna y ya está pensando en fumarse una pipa.

Katerina suspiró en silencio y comenzó a mecer la cuna. Acordaron pasar la noche todos juntos en la misma estancia y no tardaron en dormirse. Katerina también se durmió.

Todo en el patio y en la casa estaba tranquilo. Tan solo los cosacos que montaban guardia no dormían. De pronto, Katerina lanzó un grito y se despertó. Todos los demás también se despertaron.

—¡Lo han matado! ¡Lo han degollado! –gritó, y corrió hacia la cuna–.

Todos rodearon la cuna y se quedaron petrificados del miedo al comprobar que en ella yacía exánime el niño. Nadie fue capaz de decir la más mínima palabra. Nadie supo qué pensar de aquella atrocidad monstruosa.

XII

Lejos de suelo ucraniano, al otro extremo de Polonia y más allá de la populosa ciudad de Lemberg[3], se encuentra una alta cordillera de montañas. Una tras otra, se elevan como eslabones de piedra, separan la tierra a derecha e izquierda, muestran su seno rocoso y cierran el paso al ensordecedor y turbulento mar. Esa cadena de piedra llega hasta Valaquia y la región de Transilvania, y forma una herradura entre Galitzia y Hungría. Nosotros no tenemos montañas semejantes. El ojo no se atreve a mirarlas y ningún pie humano ha pisado jamás la cima de ninguna de ellas. Su aspecto es también insólito, pues se diría que un proceloso mar abandonó sus anchas orillas durante una tormenta y se levantó en olas terribles que quedaron petrificadas en el aire. O, tal vez, eran pesadas nubes llegadas del cielo para cubrir la tierra. También ellas son de color gris y su cresta blanca brilla y centellea bajo el sol. Hasta los Cárpatos se oye hablar la lengua rusa, e incluso más allá de estas montañas se puede encontrar todavía el eco de alguna de nuestras palabras. Pero allí la fe ya no es la misma y la lengua tampoco. El pueblo húngaro es numeroso. Montan a caballo, pelean y beben tan bien como los cosacos. Y para los arreos y los caftanes tampoco son tacaños y sacan con alegría monedas de los bolsillos. Entre las montañas hay grandes y vastos lagos.

---

[3] El autor se refiere a la actual ciudad ucraniana Lviv. En aquellos tiempos la ciudad pertenecía a Polonia. La cadena montañosa a la que hace referencia no es otra que los Cárpatos.

Inmóviles como el cristal, reflejan como un espejo las cimas desnudas y las laderas verdes de las montañas.

Pero ¿quién montaba un enorme caballo moro en medio de la noche, brillaran o no las estrellas? ¿Qué héroe de inhumana estatura galopaba bajo las cumbres, sobre los lagos, se reflejaba con su colosal caballo en las aguas tranquilas y su sombra infinita recorría osada las montañas? Brillaba su bruñida armadura. Al hombro llevaba una lanza y el sable resonaba en la silla. Del yelmo levantado asomaban unos negros bigotes. Sus ojos y sus párpados estaban cerrados, pues dormía. Aun dormido sujetaba las riendas con fuerza. A su espalda, un paje iba sentado en la grupa. El niño, dormido también, se sujetaba al héroe entre sueños. ¿Quién era el caballero? ¿Adónde se dirigía? ¿Alguien lo conocía? Ni un día ni dos hacía que transitaba por aquellas montañas. Cuando salía el sol, desaparecía. Tan solo de cuando en cuando los montañeses sentían que una larga sombra corría por entre las montañas, pero el cielo estaba despejado y ninguna nube lo surcaba. Pero en cuanto la noche traía consigo la oscuridad, aparecía de nuevo, y de nuevo se reflejaba en los lagos y su sombra, temblorosa, galopaba tras él. Había recorrido ya muchas montañas y por fin llegó hasta el Kriván, la más alta de los Cárpatos, que se eleva como un zar sobre las demás. Entonces el caballo se detuvo y el jinete se entregó a un sueño profundo. Las nubes descendieron y lo ocultaron.

XIII

«¡Chist!... ¡Silencio, mujer! No hagas ruido, que mi niño duerme. Mucho ha llorado mi hijo, pero ahora ya duerme. ¡Entraré en ese bosque, mujer! ¿Por qué me miras así? Eres horrible, tienes unas tenazas de hierro en lugar de ojos... ¡Oh, qué largas son! ¡Y arden como el fuego! ¡Seguro que eres una bruja! Si eres una bruja, ¡vete de aquí! ¡Quieres robarme a mi hijo! Qué necio ese *yesaúl*. Cree que me alegra vivir en Kiev. En absoluto, mi marido y mi hijo están aquí, ¿quién va a cuidar de ellos si no? Me fui tan en silencio que ni el gato ni el perro me oyeron. ¿Quieres rejuvenecer, mujer? No es nada complicado, mira cómo bailo yo...». Katerina, que era quien decía estas incomprensibles palabras, caminaba con los brazos en jarras mientras miraba en todas direcciones. Pateaba el suelo y las suelas de plata de sus zapatos sonaban sin ritmo ni medida. Sus trenzas negras deshechas ondeaban alrededor de su cuello blanco. No dejaba de volar como un pájaro, agitaba los brazos, movía la cabeza y parecía que, agotada ya como estaba, o bien iba a caer a tierra o bien se elevaría por los aires.

La vieja nodriza estaba muy triste. Por sus profundas arrugas corrían las lágrimas. Una gran losa pesaba sobre los corazones de los fieles mozos, que miraban conmovidos a su señora. Katerina ya estaba totalmente extenuada y zapateaba torpemente en el mismo lugar. Pensaba que bailaba la *górlitsa.* «¡Eh, muchachos! –dijo Katerina, que al fin se detuvo–. ¡Tengo un collar y vosotros no! ¿Dónde está mi esposo? –gritó de pronto, al tiempo que sacaba una daga turca del cinturón–. ¡Oh, no es el cuchillo que necesito!...». Y entonces las lágrimas y la melancolía afloraron a su rostro. «El corazón de mi padre está muy lejos, no puede alcanzarlo. Su corazón es de hierro forjado. Se lo forjó una bruja en el fuego del infierno. ¿Por qué no viene mi padre? ¿No sabe que es hora de que le apuñale? Supongo que quiere que sea yo quien vaya para...». Y sin terminar la frase se echó a reír. «Se me ha venido a la cabeza una historia muy divertida. Me he acordado de cómo enterraron a mi marido. ¡Lo enterraron vivo! ¡Qué risa me dio!... Escuchad, ¡escuchad!». Y dejó de hablar y se puso a cantar:

Anda el carro ensangrentado.
En el carro yace un cosaco
al que dispararon y dieron con el sable.
Su mano derecha sostiene una lanza,
de esa lanza mana la sangre y
fluye un río ensangrentado.
Sobre el río crece un arce blanco
y sobre el arce grazna un cuervo.
La madre del cosaco llora.
¡No llores, madre! ¡No tengas pena!

Tu hijo ya se ha casado,
ha tomado una esposa,
y mora en campo abierto
en una casa sin puertas ni ventanas.
Y aquí termina la canción.
El pez bailó con el cangrejo…
Y quien no me quiera amar,
¡que a su madre le suba la fiebre!

Así iba mezclando todas las canciones. Hacía un par de días que vivía de nuevo en su casa y no quería ni oír hablar de Kiev. No rezaba, huía de la gente y desde la mañana hasta bien entrada la noche vagaba por entre los oscuros robles. Las cortantes ramas le desgarraban la cara y los blancos hombros. El viento sacudía sus trenzas y las hojas secas crujían bajo sus pies. Pero Katerina no veía nada. Es la hora en que el crepúsculo se desvanece, las estrellas aún no han salido y la luna no brilla en lo alto. Da miedo caminar por el bosque. Los niños no bautizados arañan los árboles y se agarran a las ramas, lloran, ríen, corren en torbellinos por los senderos y entre las ortigas. Las doncellas que han condenado su alma escapan de las olas de Dniéper. Su cabello se derrama desde su verde cabeza hasta sus hombros y el agua corre con sonoro murmullo por la larga melena hasta el suelo. La doncella brilla empapada en agua como a través de una camisa de cristal. Sus labios sonríen con dulzura, sus mejillas resplandecen, sus ojos hieren el alma… La doncella arde de amor y ansía besar apasionadamente… ¡Sal corriendo, cristiano! Su boca es de hielo y su lecho es la fría agua. Te hará carantoñas y te arrastrará a las profundidades del río. Katerina nada ve. No teme, desdichada de ella, a las rusalcas[4] y corre a hora tan tardía con un puñal en la mano en busca de su padre.

Por la mañana temprano llegó un visitante, un hombre de aspecto señorial con un caftán rojo, y preguntó por Danilo.

---

[4] Según la tradición, las rusalcas son jóvenes que se arrojaron al agua para suicidarse. Por ello, han sido condenadas a seducir eternamente a los hombres que por allí pasen y a ahogarles en el agua donde ellas murieron.

Escuchó lo ocurrido, se secó los ojos con la manga y se encogió de hombros. El recién llegado había luchado mano a mano con el difunto Burulbash; juntos habían combatido contra los crimeos y los turcos. Y no esperaba que ese hubiera sido el final de Danilo. Contó muchas más cosas y pidió ver a Katerina.

Ella al principio no escuchaba nada de lo que le decía el recién llegado, pero luego comenzó a atender sus palabras como una mujer cuerda. El recién llegado le habló del tiempo que Danilo y él habían pasado juntos, de que se consideraban casi hermanos, de cómo una vez tuvieron que esconderse de los crimeos en una presa... Katerina escuchaba y no le quitaba los ojos de encima.

«¡Va a curarse!», pensaron los mozos, que la miraban con atención. «¡Este invitado la sanará! ¡Ya escucha como una persona cuerda!».

El recién llegado contó que Danilo, en una sincera conversación que habían mantenido, le había dicho: «Escucha, hermano Koprián. Cuando, por voluntad del Señor, yo abandone este mundo, toma a mi esposa y cásate con ella».

Katerina clavó aterrorizada sus ojos en los de él. «¡Ah!», gritó. «¡Es él! ¡Es mi padre!», y se abalanzó sobre él con el puñal.

El recién llegado forcejeó largo rato con ella para quitarle el puñal. Cuando finalmente lo consiguió, lo empuñó y ocurrió algo terrible: el padre mató a su hija trastornada.

Los cosacos, atónitos, se arrojaron contra él, pero el brujo saltó sobre el caballo y desapareció de la vista de todos.

XIV

En Kiev tuvo lugar un asombroso milagro. Todos los nobles y los *hétmanes* se reunieron para admirarlo: de pronto pudieron verse en la lejanía los confines del mundo. A lo lejos azuleaba el lago Limán y más allá se divisaba el mar Negro. Las personas entendidas reconocieron Crimea, que surgía de dicho mar, y las lagunas de Sivash. A la izquierda podía verse Galitzia.

—Y eso ¿qué es? –preguntaba el pueblo allí reunido mientras señalaba unas cimas grises y blancas que se veían a lo lejos en el cielo y que más bien parecían nubes–.

—¡Son los Cárpatos! –dijeron los ancianos–. En algunos de sus montes la nieve lleva siglos congelada, y las nubes van allí a pasar la noche.

Entonces sucedió un nuevo milagro. Las nubes se disiparon de la montaña más alta y en la cumbre apareció un misterioso jinete a caballo con armadura de caballero. Tenía los ojos cerrados y se le veía con tanta claridad como si se encontrara allí mismo.

Al instante, de entre la gente que admiraba aterrorizada todo aquello, un hombre saltó sobre su caballo. Miró violentamente a su alrededor para comprobar si alguien le perseguía y salió de allí despavorido al galope. Era el brujo. ¿De qué tenía miedo? Al ver al misterioso caballero, había reconocido horrorizado el rostro que, sin ser invitado, se le había aparecido mientras realizaba aquel hechizo. No comprendía por qué semejante visión le había perturbado tanto. El brujo, que a cada momento echaba asustado la vista atrás, cabalgó sobre su caballo hasta que le alcanzó la noche y brillaron las estrellas. Entonces puso rumbo a su guarida, tal vez para preguntar a las fuerzas demoniacas qué significaba aquel prodigio. Quiso saltar por encima de un estrecho arroyo, no más ancho que una manga, que atravesaba el camino, pero, de pronto, el caballo detuvo el galope, volvió el morro hacia él y, ¡oh, milagro!, sonrió. Dos filas de dientes blanco brillaron terriblemente en la oscuridad. Al brujo se le erizaron los cabellos. Lanzó un grito feroz y, angustiado, se echó a llorar. Acto seguido, decidió conducir su caballo directamente hacia Kiev. Le parecía que todo corría para atraparlo: los árboles, que lo cercaban en oscuro bosque, agitaban sus negras barbas como si estuvieran vivos y extendían sus largas ramas para estrangularlo; las estrellas corrían delante de él y lo señalaban; el mismo camino parecía precipitarse tras sus pasos. El brujo, desesperado, corrió lo más deprisa que pudo hacia Kiev y sus santos lugares.

XV

Un monje ermitaño se encontraba en su cueva sentado ante una lamparilla. No levantaba la vista de un libro sagrado. Hacía muchos años que se había encerrado allí. Con unas tablas, se había construido un ataúd en el que dormía en vez de en la cama. El venerable anciano cerró el libro y se puso a rezar. De pronto, un hombre de aspecto extraño y espantoso entró a todo correr. Al verlo, el monje se alteró por primera vez en su vida y retrocedió unos pasos. El hombre temblaba como una hoja de álamo. Miraba fieramente de soslayo y de sus ojos asustados brotaba un fuego aterrador. Su monstruoso rostro producía escalofríos en el alma.

—¡Reza, padre! ¡Reza! –gritó desesperado–. ¡Reza por mi alma condenada! –Y se desplomó en el suelo–.

El monje se santiguó, sacó un libro, lo abrió y, horrorizado, retrocedió y lo dejó caer.

—¡No, maldito pecador! ¡Para ti no hay perdón alguno! ¡Vete de aquí! ¡Por ti no puedo rezar!

—¿No? –gritó enloquecido el pecador–.

—Mira, la sangre cubre las sagradas letras del libro. ¡Jamás ha existido un pecador como tú en el mundo!

—¡Te ríes de mí, padre!

—¡Vete, execrable pecador! No me río de ti. Estoy muerto de miedo… ¡No es bueno para la gente estar a tu lado!

—¡No! ¡No me digas que no te ríes!… ¡Bien veo tu boca abierta y tus viejos dientes!

Y se lanzó como un loco sobre el monje y lo mató.

Entonces se oyó un lamento que recorrió los campos y los bosques. Del bosque surgieron unas manos delgadas y secas con largas uñas, temblaron y desaparecieron.

Y el brujo ya no sintió miedo ni ninguna otra cosa. Todo le parecía confuso. Tenía un ruido en los oídos y en la cabeza como de resaca, y todo ante sus ojos estaba cubierto como por telarañas. Montó en el caballo y se dirigió directamente a Kánev, con la intención de ir desde allí hasta Cherkásy y después a tierra de tártaros, a Crimea, sin saber muy bien para qué. Cabalgó un día y luego otro, pero Kánev no aparecía. A lo lejos brillaron por fin las cúpulas de una iglesia, pero no era Kánev, sino Shumsk. El brujo se sorprendió muchísimo, pues se dio cuenta de que había tomado el sentido contrario. Dio la vuelta al caballo y siguió el camino de Kiev. Un día más tarde llegó a una ciudad, pero no a Kiev, sino a Gálich, que estaba todavía más lejos que Shumsk y ya muy cerca de Hungría. El brujo no sabía qué hacer. Obligó de nuevo a retroceder al caballo, pero otra vez comprobó que iba sin remedio en sentido contrario. Nadie en el mundo podría haber explicado lo que el brujo sentía en el fondo de su alma. Y si alguien hubiera podido mirar dentro y hubiese visto lo que allí pasaba, no habría pegado ojo en toda la noche y no se habría reído ni una sola vez. No era cólera, ni miedo, ni un cruel despecho. No existe palabra en el universo que lo describa. El brujo ardía, hervía, quería pisotear el mundo entero con su caballo, coger toda la tierra desde Kiev hasta Gálich con gente y todo, y hundirla en el mar Negro. Pero no era la ira lo que le impulsaba a hacerlo. No. Ni él mismo sabía la causa. Todo su ser se estremeció cuando los Cárpatos y el alto Kriván, cuya cima cubría como un gorro una nube gris, surgieron ante sus ojos. El caballo galopaba y galopaba a través de las montañas. Las nubes no tardaron en despejarse y el jinete misterioso apareció frente al brujo con terrible majestad. Este intentó detener al caballo y tiró de las riendas con fuerza. El animal relinchó brutalmente, sacudió las crines y se precipitó contra el caballero. Entonces el brujo sintió que se había quedado petrificado y que el jinete, inmóvil hasta ese momento, se movía y abría los ojos de golpe. Y que, al verlo, corría hacia él entre carcajadas. Como un trueno, esa risa salvaje recorrió las montañas, resonó en el corazón del brujo y sacudió todo su interior. Le pareció como si alguien muy fuerte se hubiera introducido en él, anduviera dentro de su cuerpo y le golpeara con martillos el corazón, las venas... ¡Así de terrible era aquella risa!

El jinete cogió al brujo con su terrible mano y lo levantó por los aires. El brujo murió al instante, pero abrió los ojos después de fallecer. Estaba muerto y miraba como un muerto. Ni los vivos ni los resucitados tienen una mirada tan terrorífica. Giró en redondo sus ojos sin vida y vio que los muertos se levantaban de su tumba en Kiev, en Galitzia y en los Cárpatos; y que esos muertos se parecían a él como dos gotas de agua.

Pálidos, muy pálidos, unos más altos, otros más huesudos, todos rodeaban al jinete, que en la mano sostenía a su horrible presa. El caballero rio de nuevo y la arrojó al abismo. Y todos los muertos saltaron también al abismo, se abalanzaron sobre el cadáver y hundieron los dientes en él. Uno de ellos, el más alto, el más espantoso, quiso levantarse de la tierra, pero no pudo, no tuvo las fuerzas suficientes para hacerlo por lo mucho que hubiera crecido mientras estaba enterrado. Si se hubiera levantado, habría destrozado los Cárpatos, Transilvania y Turquía. Solo consiguió moverse un poco y ya con eso la tierra tembló, muchas casas se derrumbaron y mucha gente murió aplastada.

Con frecuencia se oye un silbido que atraviesa los Cárpatos, un silbido que es como si las ruedas de mil molinos removieran el agua. Proviene de este abismo insondable al que todas las personas temen acercarse, donde unos muertos devoran a otro muerto. A veces la tierra se estremece de uno a otro confín. Los entendidos dicen que se debe a una montaña que se encuentra cerca de algún mar de la que salen llamas y fluyen ríos de fuego. Pero los viejos que viven en Hungría o en Galitzia lo saben mejor que nadie y afirman que es ese muerto gigantesco que ha crecido tanto enterrado que quiere levantarse y hace temblar la tierra.

XVI

En la ciudad de Glújov, la gente se reunió en torno a un viejo ciego y le escuchó tocar la *bandura* durante una hora. Ningún bardo había cantado con tanta maestría canciones tan maravillosas. Primero cantó sobre los antiguos *hétmanes*, sobre Sagaidáchny y Jmelnitski[5]. Después, sobre los tiempos en

[5] Bogdán Jmelnitski (1596-1657): *hetman* de los cosacos zapórogos. Se levantó contra la nobleza polaca. Firmó con el zar Alejo I el Tratado de Pereiáslav, según el cual las tierras y el pueblo cosacos quedaban incorporados a Rusia.

que los cosacos habían alcanzado su máxima gloria, pisoteaban a los enemigos con los caballos y nadie se atrevía a reírse de ellos. El viejo cantaba alegres canciones y miraba a la gente como si la viera. Sus dedos, con los huesos ya hechos a tal cometido, volaban como moscas sobre las cuerdas, que parecía que tocaban solas. A su alrededor, la gente, los ancianos con la cabeza gacha y los jóvenes con la mirada fija en él, no se atrevía a murmurar una sola palabra.

—Esperad –dijo el viejo–, voy a cantaros sobre una antigua leyenda.

La gente se le acercó todavía más y el ciego comenzó a cantar:

> En el reino de Stepán, príncipe de Transilvania y rey de los polacos, vivían dos cosacos, Iván y Petró. Eran como hermanos. «Escucha, Iván, todo lo que consigamos, lo dividiremos. Si uno se divierte, el otro también. Si uno está trise, el otro también. Si uno obtiene un botín, nos los repartiremos. Si uno es hecho prisionero, el otro lo venderá todo y pagará el rescate o, si no, se entregará como prisionero también». Y cierto es que todo lo que estos cosacos conseguían, lo repartían entre los dos. Si robaban ganado o caballos, lo dividían a partes iguales.
>
> El rey Stepán luchaba contra los turcos. Tres semanas hacía ya que combatía, pero no podía echarlos, pues los turcos tenían a un bajá capaz de masacrar a todo un regimiento con diez jenízaros. Así que el rey Stepán proclamó que, si un valiente acudía a su llamada y le traía a ese bajá, vivo o muerto, le daría tanto dinero como el que le daba a todo su ejército. «Vamos, hermano», le dijo Iván a Petró, «a atrapar a ese bajá». Y los dos cosacos se fueron, uno en una dirección y otro en otra.
>
> Tal vez Petró hubiera atrapado también al bajá, pero fue Iván quien le llevó atado por el cuello en presencia del rey. «Eres un joven muy valiente», le dijo el rey Stepán. Y ordenó que le dieran el sueldo de todo el ejército. Y ordenó que le dieran tierras donde quisiera y tanto ganado como quisiera. Cuando Iván tuvo en sus manos la recompensa del rey, ese mismo día lo repartió todo a partes iguales con Petró. Petró

aceptó la mitad de la recompensa del rey, pero no pudo soportar que Iván hubiera recibido del rey tales honores, y el rencor anidó en lo más profundo de su alma.

Los dos caballeros se fueron a la tierra, más allá de los Cárpatos, que el rey les había concedido. Iván subió a su hijo a su propio caballo y lo ató a su cintura. Cayó la noche, pero continuaron el viaje. El niño se durmió e Iván comenzó a dar cabezadas. ¡No te duermas, cosaco, que los caminos de las montañas son peligrosos!... Pero el cosaco tenía un caballo que conocía todos los caminos y que no se perdía ni tropezaba. Entre esas montañas había un abismo cuyo fondo nadie había visto, pues la misma distancia había entre el cielo y la tierra como hasta el fondo del abismo. Sobre el abismo había un puente. Dos personas podían pasar, pero tres nunca lo conseguirían. El caballo con el cosaco adormilado en su lomo pisó el puente. Petró, cerca de él, comenzó a temblar y contuvo la respiración de la alegría. Miró alrededor y empujó a su hermano al abismo. Y el caballo, con el cosaco y el niño en su lomo, se precipitó al abismo.

El cosaco, sin embargo, se agarró a una rama y solo el caballo cayó hasta el fondo. Comenzó a subir con su hijo a sus espaldas y, al llegar a la cima, levantó la mirada y vio que Petró le apuntaba con una lanza para empujarle hacia abajo. «¡Dios mío! Más me hubiera valido no levantar la mirada y ver que mi propio hermano me apunta con una lanza con la intención de echarme abajo... ¡Querido hermano! Empújame con la lanza, ya que así lo ordena mi destino, pero ¡llévate a mi hijo! ¿De qué es culpable un niño inocente para que sufra muerte tan cruel?». Petró rompió a reír y le empujó con la lanza, y cosaco y niño se despeñaron hasta el fondo. Petró cogió todos los bienes de Iván y comenzó a vivir como un bajá. Nadie tenía caballos como los de Petró. Nadie tenía tantas ovejas y carneros. Hasta que a Petró le llegó la muerte.

Cuando Petró murió, Dios llamó ante su presencia a las almas de los dos hermanos, Petró e Iván, para juzgarlos. «¡Este hombre es un gran pecador!», dijo Dios. «No elegiré yo su castigo; ¡tú mismo serás quien lo haga!». Iván pensó durante mucho tiempo cuál podría ser el castigo, hasta que al fin dijo: «Este hombre me ofendió gravemente. Traicionó a su hermano como un Judas. Me privó de mi honorable linaje y de mis descendientes en la tierra. Y una persona sin un linaje honorable y sin descendencia es como una semilla de trigo arrojada a suelo yermo y perdida infructuosamente. Jamás brotará y nadie sabrá que esa semilla fue plantada.

»¡Señor! Permite que su descendencia al completo no tenga felicidad en la tierra. ¡Que el último de su estirpe sea un monstruo como nunca se haya visto en el mundo! Y que, tras cada una de sus villanías, ¡sus abuelos y bisabuelos no encuentren descanso en sus ataúdes y que sufran tormentos desconocidos antes en el universo y que se levanten por ello de sus tumbas! Pero que, al contrario, este judas de Petró no pueda nunca levantarse de la tierra, que sufra tormentos aún peores, que coma tierra enloquecido y ¡que se retuerza en las profundidades!

»Y que cuando le llegue a ese monstruo la hora de pagar por sus atrocidades, me saques, ¡oh, Señor!, de mi abismo, me montes en mi caballo y me hagas subir a la montaña más alta. Después permite que el monstruo venga ante mí y que yo lo arroje desde lo alto de esa montaña al abismo más profundo. Y que entonces todos sus muertos, sus abuelos y sus bisabuelos, desde donde habitaran cuando estaban vivos, desde distintas partes de la tierra, vengan a devorarlo como venganza por los tormentos que les infligió y ¡que lo devoren eternamente! ¡Y yo lo veré y me divertiré al ver el sufrimiento de tal monstruo! Y que ese judas de Petró no pueda levantarse de la tierra para acudir a devorarlo y se devore a sí mismo y sus huesos crezcan más y más, y que su dolor sea más y más insoportable. Ese tormento será el más adecuado para él, porque no hay mayor tormento para una persona que querer vengarse y no poder hacerlo».

«¡Terrible es el castigo que has ideado, oh, mortal!», dijo Dios. «Sea como quieres. ¡Pero tú también montarás tu caballo eternamente y no entrarás en el reino de los cielos mientras en él cabalgues!». Y todo se cumplió como se había dicho. Y hasta el día de hoy el misterioso caballero cabalga por los Cárpatos, y contempla cómo en aquel abismo sin fondo los muertos

> devoran al muerto y siente cómo el cadáver que crece bajo tierra devora sus propios huesos en angustiosa agonía y hace temblar la tierra toda....

El ciego terminó la canción. Y enseguida pulsó de nuevo las cuerdas y comenzó a cantar divertidas historias sobre Jomá y Yeremá[6], sobre Stkliar Stokoza... Pero viejos y jóvenes continuaban enfrascados en sus cavilaciones. Largo rato pasaron con la cabeza gacha, pues no podían dejar de pensar en aquel terrible suceso que tuvo lugar en tiempos remotos.

---

[6] Jomá y Yeremá (o Yaremá) son dos hermanos protagonistas de cuentos y leyendas rusas. Trabajan juntos muy bien avenidos, pero nunca consiguen un buen resultado, pues la torpeza de ambos hace que se estropeen mutuamente la tarea.

IVÁN FIÓDOROVICH SHPONKA Y SU TÍA

Este relato tiene su miga. Nos lo contó Stepán Ivánovich Kúrochka, que había llegado de Gádiach. Tengo que decirles que mi memoria es una porquería, y que me da igual que me digan una cosa o la otra. Para mí todo es lo mismo. Es como echar agua en un colador. Como conozco bien mis faltas, le pedí a Stepán Ivánovich que lo anotara él mismo en mi cuaderno. Dios lo bendiga. Siempre fue una persona muy amable conmigo. Y me escribió el relato. Lo guardé en una pequeña mesita, seguro que saben de qué mesita hablo, la que está en el rincón nada más entrar por la puerta… Ah, sí, me había olvidado de que nunca han estado en mi casa. Mi parienta, con la que vivo desde hace cosa de treinta años, nunca aprendió a leer ni a escribir. No es ningún pecado. Pues bien, hace tiempo vi que para cocer *pirozhkí*[1] en el horno los pone encima de un papel. Mi parienta hace unos *pirozhkí,* queridos lectores, que están verdaderamente deliciosas. En ninguna parte probarán mejores *pirozhkí.* Una vez miré debajo de uno de ellos y vi que tenía escritas unas palabras. Mi corazón tuvo un mal presentimiento y fui corriendo a la mesita: ¡la mitad del cuaderno había desaparecido! Las páginas que faltaban estaban repartidas debajo de

[1] Plato típico de las cocinas rusa y ucraniana similar a empanadillas de distintos rellenos cocidas al horno. Su singular es *pirozhok.*

los *pirozhkí*. Y ¿qué querían que hiciera? ¡A nuestra edad no íbamos a pelearnos!

El año pasado di en caer por Gádiach. Antes de llegar a esa ciudad me hice un nudo en el pañuelo para no olvidarme de preguntarle a Stepán Ivánovich por su historia. Por si esto no bastara, me hice la promesa de acordarme cada vez que estornudara allí. Todo en vano. Atravesé la ciudad, estornudé, me soné la nariz con el pañuelo y ya no volvía a acordarme ni por asomo del asunto. Lo recordé a las seis verstas de haber salido por el puesto de control. Ya no había nada que hacer, así que tuve que entregar la historia a la imprenta sin el final. Por lo demás, quien quiera saber lo que se cuenta en este relato, no tiene más que ir a Gádiach y preguntárselo a Stepán Ivánovich. Él se lo contará con mucho gusto, y, si se lo piden, de principio a fin. Vive cerca de una iglesia de piedra, en una callejuela muy estrecha. Pues nada más meterse por ella, la segunda o la tercera casa. O, mejor, si ven un patio con un poste muy alto con una codorniz colgada y una mujer bastante gorda (no está de más decirles que lleva vida de soltero) con una falda verde sale a atenderles, esa es su casa. También pueden encontrarlo en la plaza, adonde va todas las mañanas a las nueve a comprar pescado y verduras para su mesa y a hablar con el padre Antip o con un judío prestamista. Lo reconocerán enseguida, pues solo él tiene unos coloridos pantalones de algodón estampados y una levita amarilla de tela de China. Otro detalle: cuando camina, mueve mucho los brazos. Denís Petróvich, el consejero del lugar, que en paz descanse, decía siempre que lo veía: «¡Mirad! ¡Mirad! ¡Por ahí viene un molino de viento!».

I
Iván Fiódorovich Shponka

Hace ya cuatro años que Iván Fiódorovich Shponka está jubilado y que vive en su hacienda de Výtrebenki. Cuando todavía lo llamaban Vániusha[2], estudió en la escuela munici-

[2] Hipocorístico de Iván.

pal de Gádiach, y hay que decir que era un niño estudioso y aplicado. El profesor de gramática rusa, Nikifor Timoféievich Deieprichastie, decía que, si todos sus alumnos hubieran sido tan trabajadores como Shponka, no hubiese tenido que llevar a clase la regla de madera de arce con la que, como él mismo confesaba, estaba cansado de golpear las manos de los vagos y alborotadores. Su cuaderno estaba siempre limpio, forrado perfectamente, sin la menor manchita por ninguna parte. Permanecía quieto en su silla, con las manos cruzadas y atento al profesor. Nunca le ponía ningún papel en la espalda al compañero que se sentaba delante, nunca rayaba los pupitres y tampoco jugaba a echar a culadas del asiento a sus compañeros mientras esperaba a que llegara el profesor. Si alguien necesitaba un cortaplumas para sanear la pluma, se dirigía de inmediato a Iván Fiódorovich, pues sabía que siempre tenía un cortaplumas. Entonces Iván Fiódorovich, en aquel tiempo solo Vániusha, lo sacaba de una pequeña funda de cuero que llevaba atada a un ojal de su abrigo gris, le pedía al compañero que no raspara la pluma con la punta del cortaplumas y le informaba de que para eso estaba el filo. Tan buenos modales llamaron muy pronto la atención incluso del profesor de latín, que solo con su tos en la lejanía, antes de que su capa frisada y su cara picada de viruela asomaran por la puerta, aterrorizaba ya a toda la clase. Este temido profesor, que siempre tenía dos manojos de varas para azotar en el estrado y a media aula de rodillas, nombró auditor[3] a Iván Fiódorovich, aunque en la clase había muchos con más capacidad para el cargo.

No puedo, pues, pasar por alto un hecho que marcó el resto de su vida. Uno de los alumnos a su cargo que no se sabía bien la lección, para animar al auditor a que escribiera junto a su nombre la palabra *scit*[4], llevó a clase envuelto en papel un *blin*[5] untado de mantequilla. Iván Fiódorovich, aunque era una persona íntegra, en aquel momento tenía mucha hambre y no

---

[3] Cargo que existió hasta 1917 en algunas instituciones educativas rusas gracias al cual un alumno podía tomar la lección a sus compañeros e incluso ponerles calificaciones.

[4] «Sabe», en latín.

[5] Hojuela típica de la cocina rusa y ucraniana.

pudo resistir la tentación. Cogió el *blin,* puso un libro delante de él y empezó a comérselo. Se encontraba tan ocupado con aquella tarea que no se dio ni cuenta de que en la clase se había hecho de pronto un silencio mortal. Solo salió de su ensimismamiento cuando una terrible mano apareció de debajo de la capa frisada, le agarró de la oreja y lo llevó hasta el centro del aula. «¡Dame ese *blin*! ¡Dámelo, te digo! ¡Sinvergüenza!», le gritó aquel profesor tan terrorífico, que tomó el grasiento *blin* con sus propias manos, lo tiró por la ventana y prohibió terminantemente a los escolares que correteaban por el patio que lo cogieran. Después azotó cuanto quiso a Iván Fiódorovich en las manos. Y tenía razón: la culpa era de las manos, que cogieron el *blin,* y no de otra parte del cuerpo. Sea como fuere, a partir de entonces, la timidez, que era inherente a su persona, llegó a cotas altísimas. Quizá este incidente fue la causa de que nunca quisiera hacerse funcionario, pues había comprobado que no siempre se pueden ocultar ciertas cosas.

Tenía ya casi quince años cuando entró en segundo grado. En vez del catecismo abreviado y las cuatro reglas aritméticas, comenzó a estudiar el catecismo extendido, el libro de los deberes del hombre y las fracciones. Pero como vio que cuanto más avanzaba en los estudios, las cosas se ponían más difíciles, y, además, recibió la noticia de la muerte de su padre, a los dos años decidió, con el consentimiento de su madre, alistarse en el regimiento de infantería de P***.

El regimiento de infantería de P*** no era en absoluto como los demás regimientos de infantería. Y a pesar de que la mayor parte del tiempo estaba destinado por los pueblos, gozaba de unas ventajas que nada tenían que envidiar a los regimientos de caballería. La mayor parte de los oficiales bebía licores congelados[6] y sabía arrastrar a los judíos de los rizos de las sienes tan bien como los húsares. Algunos militares bailaban hasta la mazurca y el coronel del regimiento de P*** no perdía la ocasión de comentarlo cuando hablaba con alguien de la alta sociedad. «En mi regimiento», tenía por costumbre decir, mien-

---

[6] Licores y aguardientes solían helarse para congelar el agua que contenían, retirarla y aumentar así su graduación alcohólica.

tras se daba un golpecito en la panza después de cada palabra, «hay muchos hombres que bailan la mazurca, muchos, muchísimos». Para mostrar aún mejor a los lectores la cultura del regimiento de infantería de P***, añadiré que dos de los oficiales eran jugadores empedernidos que perdían en el casino el uniforme, la gorra, el capote, el cinto y hasta la ropa interior. Eso no es algo fácil de encontrar en los regimientos de caballería.

El trato con semejantes compañeros, sin embargo, no redujo ni por asomo la timidez de Iván Fiódorovich. Y como no bebía licores congelados, sino que prefería una copita de vodka antes de la comida y de la cena, no bailaba mazurcas ni jugaba en el casino; se encontraba, claro está, siempre solo. Así, mientras que los demás iban a visitar a los pequeños terratenientes del lugar, él se quedaba en su casa y llevaba a cabo tareas propias de un alma mansa y bondadosa como la suya: limpiaba los botones, leía un libro de adivinación, ponía ratoneras por los rincones de su cuarto y, por último, tras quitarse el uniforme, se tumbaba en la cama. Pero en el regimiento no había nadie más eficiente que Iván Fiódorovich. Y mandaba tan bien su pelotón que el comandante de la compañía siempre lo ponía de ejemplo. Muy pronto, once años después de recibir el grado de alférez, lo ascendieron a subteniente.

Durante este tiempo recibió la noticia de que su madre había fallecido. Su tía, la hermana de su madre, a la que recordaba solo porque en su infancia le regalaba, e incluso se los enviaba a Gádiach, peras secas y riquísimos *priániki* que ella misma hacía (su madre y su tía habían terminado por pelearse, por eso Iván Fiódorovich no la había vuelto a ver); pues bien, su tía, en un acto de bondad, se había encargado de administrar su pequeña hacienda, de lo cual le informó oportunamente por carta. Iván Fiódorovich, que se fiaba por completo del buen hacer de su tía, continuó prestando su servicio en el regimiento. Si cualquier otro en su lugar hubiera recibido el grado de subteniente, habría exhibido su orgullo por doquier. Pero el orgullo le era por completo desconocido, y ya convertido en subteniente, Iván Fiódorovich era el mismo que antes cuando era alférez. Cuatro años después de este importante acontecimiento, se preparaba para marchar con su regimiento desde la provincia bielorrusa de Moguiliov hasta Rusia, cuando recibió la siguiente carta:

¡Querido sobrino Iván Fiódorovich!

Te envío algo de ropa: cinco pares de calcetines de hilo y cuatro camisas de tela fina. También querría hablarte de un asunto. Puesto que ya has alcanzado un rango, creo que lo sabes, de no poca importancia y que has llegado a una edad en la que debes ocuparte de tu hacienda, no hay razón para que continúes en el ejército. Yo ya soy vieja y no puedo hacerme cargo de todo lo referente a tu hacienda. Es más, tengo mucho que contarte personalmente. Ven, Vániusha. Quedo en espera de tener el gran placer de verte, tu tía, que te quiere mucho,

Vasilisa Tsupchevska.

P.S.: En el huerto ha salido un nabo estupendo que más parece una patata que un nabo.

Una semana después de recibir esta carta, Iván Fiódorovich escribió la siguiente respuesta:

Muy señora mía, estimada tía Vasilisa Káshporovna:

Le doy muchas gracias por el envío de ropa. Sobre todo por los calcetines, porque los míos son tan viejos que mi ayuda de cámara ha tenido que zurcirlos ya cuatro veces y por eso me quedaban ya muy estrechos. En cuanto a su opinión sobre mi permanencia en el ejército le diré que estoy absolutamente de acuerdo con usted y que renuncié hace tres días. En cuanto reciba la licencia, contrataré a un cochero. Lo que no he podido cumplir es su encargo anterior, lo de las semillas de trigo duro siberiano. No hay ni una en toda la provincia de Moguiliov. Aquí alimentan a los cerdos principalmente con cebada que remojan en cerveza picada.

Con mis mayores respetos hacia usted, querida tía, se despide su sobrino

Iván Shponka.

Al fin, Iván Fiódorovich recibió su licencia con el grado de teniente y contrató por cuarenta rublos a un judío para que lo llevara de Moguiliov a Gádiach. Emprendió el viaje justo en el momento en que los árboles se vestían de hojas nuevas y todavía dispersas. Toda la tierra estaba cubierta de un verde intenso y el campo entero olía a primavera.

II
El viaje

Durante el camino no ocurrió nada fuera de lo común. Tardaron unas escasas dos semanas. Seguramente Iván Fiódorovich hubiera llegado antes, pero el piadoso judío observaba el *sabbat* todos los sábados, se cubría con un manto y rezaba todo el día. Sin embargo, como ya he tenido ocasión de contarles con anterioridad, era de los que no se permiten aburrirse. Entonces abría la maleta, sacaba la ropa y la revisaba de arriba abajo. Comprobaba que estuviera bien lavada, bien doblada, le quitaba las pelusas a su uniforme nuevo, cosido ya sin charreteras, y lo volvía a guardar todo de la mejor manera posible. En general, no le gustaba leer libros, y si en ocasiones ojeaba el libro de adivinación, era porque le agradaba encontrar allí algo familiar que ya había leído varias veces. El urbanita hace lo mismo cuando va todos los días al club, no para enterarse de cosas nuevas, sino para ver allí a los mismos amigos con los que acostumbra a charlar en ese mismo club desde tiempos inmemoriales. También el funcionario lee con gran placer varias veces al día la agenda de direcciones, no a causa de alguna intriga diplomática, sino porque le entretienen muchísimo las listas con nombres escritos. «¡Hola, Iván Gavrílovich como se apellide!», repite en silencio para sus adentros. «¡Aquí estoy de nuevo!...». Y la siguiente vez vuelve a leerla con la misma emoción.

Tras quince días de viaje, Iván Fiódorovich llegó a una aldea situada a cien verstas de Gádiach. Era viernes. Hacía ya tiempo que se había puesto el sol cuando apareció por la posada con el carruaje y el judío.

La posada no era diferente a las de otros pueblos pequeños. Normalmente se afanaban en dar de comer al viajero heno y avena, como si fuera un caballo de posta. Pero si el viajero quería comer como comen las personas decentes, tenía que guardarse el apetito para otra ocasión. Iván Fiódorovich, que sabía muy bien todo esto, se había aprovisionado de antemano con dos ristras de rosquillas y una salchicha. Pidió una copa de vodka, que nunca falta en ninguna posada, se sentó en un banco ante una mesa de roble, clavada en el suelo de arcilla, y se puso a cenar.

Mientras tanto, se oyó el ruido de un carruaje. Las puertas de la valla rechinaron al abrirse, pero el carruaje tardó su tiempo en entrar al patio. Una potente voz discutía con la anciana dueña de la posada. «¡Entraré!», oyó decir Iván Fiódorovich. «Pero como me pique una sola chinche en tu posada, ¡por Dios que te mato, vieja bruja! ¡Y no te voy a dar nada por el heno!».

Momentos después se abrió la puerta y entró, o, mejor dicho, se introdujo un hombre muy gordo con un abrigo verde. Su cabeza descansaba inmóvil sobre un cuello corto, que parecía aún más grueso por la doble papada. Parecía una de esas personas que nunca han tenido que preocuparse por nimiedades y cuya vida transcurría sin el menor sobresalto.

—¡Mucho gusto, mi buen señor! –dijo al ver a Iván Fiódorovich–.

Iván Fiódorovich le hizo una pequeña reverencia.

—¿Puedo preguntarle con quién tengo el honor de hablar? –continuó el gordo desconocido–.

Ante esa pregunta, Iván Fiódorovich se levantó involuntariamente de su asiento y se puso firme como solía hacer cuando el coronel le preguntaba algo.

—Iván Fiódorovich Shponka, teniente retirado –contestó–.

—¿Sería mucho atrevimiento si le preguntara adónde se dirige?

—A mi hacienda, a Výtrebenki.

—¡A Výtrebenki! –exclamó el severo interrogador–. ¡Permítame, amigo mío! ¡Permítame! –le dijo al tiempo que se acercaba a él y movía los brazos como si alguien le impidiera el paso; luego abrazó a Iván Fiódorovich y le besó primero en la mejilla derecha, después en la izquierda y de nuevo en la derecha. A Iván Fiódorovich le hizo mucha gracia este saludo, pues sus labios tomaron las grandes mejillas del desconocido por unos mullidos almohadones–.

—¡Permítame que me presente, amigo mío! –continuó el gordo–. También soy terrateniente del mismo distrito de Gádiach y vecino suyo. Vivo a no más de cinco verstas de su hacienda de Výtrebenki, en la aldea de Jórtysche. Me llamo Grigori Grigórievich Storchenko. De veras le digo que no quiero saber nada más de usted si no viene a visitarme a Jórtysche. Ahora tengo prisa… ¿Qué es esto? –se dirigió con voz amable a su criado, un muchacho vestido con una *svitka* cosaca de codos remendados que, con perpleja expresión, ponía bultos y cajas sobre la mesa–. ¿Qué es esto? ¿Qué es? –E, imperceptiblemente, la voz de Grigori Grigórievich se hacía cada vez más amenazante–. ¿Te dije que lo pusieras aquí, amigo? ¿Te ordené que lo pusieras aquí, canalla? ¿No te dije que antes calentaras el pollo, malnacido? ¡Márchate! –gritó acompañándose de un pisotón en el suelo–. ¡Espera, bribón! ¿Dónde está el cofrecito con las botellas? Iván Fiódorovich –dijo mientras servía una copa–, le ruego que lo pruebe, ¡es medicinal!

—Por Dios, no puedo… Antes ya he tenido ocasión… –titubeó Iván Fiódorovich–.

—¡Ni una palabra, amigo mío! –elevó la voz el terrateniente–. ¡Ni una palabra! No me levantaré de aquí hasta que no lo pruebe…

Iván Fiódorovich comprendió que era imposible negarse, así que bebió con gusto.

—Aquí tenemos un pollo, amigo mío –continuó el gordo Grigori Grigórievich al tiempo que lo cortaba sobre una fuente de madera–. Debo decirle que a Yavdoja, mi cocinera, le gusta empinar el codo de vez en cuando, por lo que a menudo hace demasiado la comida. ¡Eh, muchacho! –le ordenó al muchacho de la *svitka* cosaca, que acababa de traer un edredón y unas almohadas–. ¡Hazme la cama en el suelo! ¡En el centro de la estancia! ¡No te olvides de poner bastante heno bajo la almohada! ¡Y pídele a la vieja un puñado de estopa del uso para taparme los oídos durante la noche! Debe usted saber, amigo mío, que tengo la costumbre de taparme los oídos por la noche desde aquella maldita vez que, en una posada rusa, se me metió una cucaracha en el oído izquierdo. Estos malditos rusos barbudos, como supe después, hasta el *schi*[7] lo comen con cucarachas. Me resulta imposible describir lo que sentía, me hacía cosquillas en el oído y cosquillas y más cosquillas... ¡Para darse contra la pared! Una anciana me ayudó ya en la aldea. Y ¿cómo cree usted que lo hizo? Susurrándome a la oreja, sin más. ¿Qué opina usted, querido amigo, de los médicos? Yo pienso que se burlan de nosotros y que nos toman el pelo. Cualquier vieja sabe veinte veces más que todos esos médicos juntos.

—En efecto, dice usted la pura verdad. Hay alguna que incluso... –Y entonces, como no encontraba las palabras exactas, guardó silencio–.

Llegados a estas alturas, debo decir que no tenía mucha facilidad de palabra. Quizá porque era tímido o porque siempre quería expresarse con una mayor belleza.

—¡Mulle bien el heno! ¡Múllelo bien! –le dijo Grigori Grigórievich a su criado–. El heno de aquí está tan sucio que seguro que te encuentras un palo. Permítame, querido amigo, que le dé las buenas noches. Mañana ya no tendremos oportunidad de vernos. Continúo camino antes del amanecer. Su judío celebrará el *sabbat*, porque mañana es sábado, así que no tiene usted por qué madrugar. Pero no se olvide de mi petición. No quiero saber nada más de usted si no viene a visitarme a Jórtysche.

Entonces el ayuda de cámara de Grigori Grigórievich le quitó la levita y las botas y le puso una bata, y Grigori Grigórievich se dejó caer en la cama. Parecía como si hubieran echado un enorme colchón de plumas sobre otro.

—¡Eh, muchacho! ¿Adónde vas, sinvergüenza? ¡Ven aquí y arréglame la manta! ¡Eh, muchacho! ¡Ponme más heno debajo de la cabeza! ¿Qué? ¿Ya les has dado de beber a los caballos? ¡Más heno! ¡Aquí! ¡Por este lado! ¡Arréglame bien la manta, sinvergüenza! ¡Así! ¡Más! ¡Ay!...

---

[7] Sopa tradicional rusa de repollo y otras hortalizas.

Entonces Grigori Grigórievich suspiró dos veces más y lanzó un terrorífico silbido nasal que inundó la estancia. Después comenzó a resoplar a intervalos, de modo que la vieja, que dormía en un camastro, se despertaba y miraba por todas partes con los ojos bien abiertos, pero, como no veía nada, se calmaba y volvía a dormirse.

Al día siguiente, cuando Iván Fiódorovich se despertó, el gordo terrateniente ya no estaba. Este fue el único incidente digno de mención que le ocurrió durante el viaje. Tres días después se encontraba ya muy cerca de su hacienda.

Sintió que el corazón le latía con fuerza cuando vio asomar las aspas del molino y cuando el judío condujo a sus jamelgos colina arriba y apareció en el valle una hilera de sauces. El estanque brillaba con fuerza a través de ellos y respiraba frescura. Allí se había bañado muchas veces en otros tiempos y se había metido en el agua hasta el cuello con otros niños para buscar cangrejos. El carruaje continuó hacia arriba e Iván Fiódorovich pudo ver la vieja casa con tejado de cañas. Allí estaban los mismos manzanos y cerezos a los que antaño había trepado a hurtadillas. Nada más entrar en el patio, perros de todas las razas aparecieron corriendo de todas partes. Los había marrones, negros, grises y blancos con manchas. Unos ladraban al pie de los caballos; otros corrían detrás porque olían el eje untado de tocino. Un perro ladraba a voz en cuello junto a la cocina mientras sujetaba un hueso con la pata. Otro ladraba a lo lejos y corría de un lado a otro; movía la cola y parecía decir: «¡Mirad, buenas gentes, qué magnífico mozo soy!». Niños de camisas sucias iban corriendo a mirar. Una cerda, que paseaba por el patio con dieciséis cochinillos, levantaba el morro con gesto severo y gruñía más fuerte que de costumbre. En el patio había muchos montones de trigo, mijo y cebada que se secaban al sol. También en el tejado se secaban hierbas de todo tipo: achicoria, *nechúi-véter* y otras.

Iván Fiódorovich se encontraba tan absorto con esas cosas que solo volvió en sí cuando un perro blanco con manchas le mordió al judío en la pantorrilla cuando se bajó del pescante. La servidumbre, compuesta por la cocinera, una mujer y dos muchachas con enaguas de lana, llegó a todo correr. Tras las primeras exclamaciones («¡Es el señor!»), le informaron de que su tía se había ido al huerto a plantar trigo con Palashka, una criada, y Omelko, el cochero, que a menudo hacía las veces de hortelano y guarda. Pero la tía, que había visto a lo lejos el carruaje, ya estaba allí. Iván Fiódorovich se asombró mucho cuando ella casi lo levanta en vilo, como si desconfiara de que esa tía fuera quien le había escrito que estaba enferma y decrépita.

III
La tía

La tía Vasilisa Káshporovna tenía por aquel entonces unos cincuenta años. Nunca se había casado, y solía decir que su vida de soltera le era más querida que cualquier otra cosa. Sin embargo, que yo recuerde, nadie la había pedido en matrimonio. Esto se debía a que intimidaba a los hombres y estos no tenían el valor suficiente para declararse. «¡Menudo carácter tiene Vasilisa Káshporovna!», decían los pretendientes. Y tenían mucha razón, pues Vasilisa Káshporovna acobardaba hasta a las piedras. Al borracho del molinero, que no servía absolutamente para nada, ella, sin más medios que los tirones de pelo que le daba con su mano varonil, le acabó por convertir en toda una joya de trabajador. Tenía una estatura casi de gigante, y su fuerza y corpulencia no se quedaban atrás. Se hubiera dicho que la naturaleza había cometido un error imperdonable y le hubiera obligado a llevar una capa de color marrón oscuro con pequeños volantes entre semana y un chal rojo de cachemira los domingos y el día de su santo, mientras que hubiera sido más apropiado para ella un bigote de dragón y botas altas. Sus ocupaciones estaban en perfecta armonía con su aspecto. Cuando montaba en barca, remaba ella misma con un solo remo con más habilidad que cualquier pescador; también cazaba; acompañaba siempre a los segadores; sabía el número de melones y sandías que había en la huerta; cobraba un peaje de cinco kopeks al carro que atravesaba su presa; se subía a los árboles y cogía peras; golpeaba a los criados perezosos con su mano terrible y ofrecía a los laboriosos una copa de vodka con esa misma mano. Casi al mismo tiempo regañaba, teñía el hilo, corría a la cocina, hacía *kvas*, hervía mermelada con miel y estaba todo el día ocupada y pendiente de todo. La consecuencia de esto era que la pequeña hacienda de Iván Fiódorovich, que contaba con dieciocho almas según el último registro, había prosperado en el mejor sentido de la palabra. Además, quería a su sobrino con locura y reunía para él cada kópek.

A su llegada a casa, la vida de Iván Fiódorovich cambió decisivamente y tomó un camino por completo distinto. Parecía que la naturaleza le había creado exactamente para administrar una hacienda de dieciocho almas. Su tía había advertido que podía ser un buen amo, aunque no le permitía meterse en todos los asuntos de la hacienda. «El niño es todavía muy jovencito», solía decir con su fuerte acento ucraniano, aunque Iván Fiódorovich tenía casi cuarenta años. «¿Cómo va a saber de estas cosas?».

Sin embargo, Iván Fiódorovich siempre estaba en el campo con los segadores, lo que le otorgaba un placer inexplicable a su alma tranquila. El rítmico movimiento de una decena o más de brillantes guadañas, el sonido de las recias filas de hierba al caer, los esporádicos cantos de los segadores, unas veces alegres como un encuentro y otras amargos como una despedida, los serenos y hermosos atardeceres... ¡Y qué atardeceres! ¡Qué libre y fresco el aire! ¡Cómo renace todo entonces! La estepa se envuelve de rojos, azules y hierve en intensos colores. Las codornices, las avutardas, las gaviotas, los saltamontes y miles de insectos emiten sus zumbidos, gorjeos, chirridos y graznidos y forman un improvisado coro rebosante de belleza. ¡Todo es sonido! El sol se pone y se oculta... ¡Oh! ¡Qué frescor! ¡Qué delicia! Por el campo se extienden hogueras, aquí y allá. Sobre ellas ponen calderos y los bigotudos segadores se sientan alrededor. Se eleva el vapor de las *galushkas*. El crepúsculo se apaga... Es difícil saber qué ocurría entonces en el interior de Iván Fiódorovich. Junto a los segadores, se olvidaba de probar las *galushkas*, que le gustaban mucho, y se quedaba inmóvil en su sitio, seguía con la mirada el vuelo de una gaviota o contaba los montones de trigo cosechado que se extendían por el campo.

Al poco tiempo, se hablaba de Iván Fiódorovich por todas partes como de un gran propietario. La tía no podía estar más orgullosa de su sobrino y nunca perdía la ocasión de presumir de él. Un día, a finales de julio, terminada la cosecha, Vasilisa Káshporovna cogió a Iván Fiódorovich de la mano con aire misterioso y le dijo que quería hablarle de un asunto que le rondaba la cabeza desde hacía mucho tiempo.

—Bien sabes, mi querido Iván Fiódorovich –le dijo–, que en tu hacienda hay dieciocho almas. Eso según el registro, pero de verdad puede que haya más, quizás hasta veinticuatro. Pero esa no es la cuestión. ¿Conoces el bosque que hay detrás de nuestra finca? ¿Y conoces la extensa pradera que se encuentra detrás del bosque? Mide más de veinte *desiátinas*[8] y en ella crece tanta hierba que podrías venderla todos los años por más de cien rublos, sobre todo si, como dicen, acuartelan un regimiento de caballería en Gádiach.

—Sí, claro que los conozco, tía. Esa hierba es muy buena.

—Sí, es muy buena. Pero ¿sabes que toda esa tierra es tuya? No me mires con esos ojos de sapo. ¡Escúchame, Iván Fiódorovich! ¿Te acuerdas de Stepán Kuzmich? Vaya pregunta, ¡claro que te acuerdas! Entonces eras tan pequeño que no sabías decir su nombre. ¡Qué cosas! Recuero que cuando llegué, en vísperas de san Felipe, y te cogí en brazos, casi me estropeas el vestido. Por suerte tuve tiempo de entregarte a Matriona, tu niñera. ¡Eras tan travieso por aquel entonces!... Pero todo esto no viene al caso. Todas las tierras que hay detrás de nuestra hacienda y el mismo pueblo de Jórtysche eran de Stepán Kuzmich. Él, debo decírtelo, empezó a visitar a tu madre antes de que tú nacieras. De hecho, en una época en que tu padre no estaba en casa. Pero no te cuento todo esto para reprocharle nada, Dios la tenga en su gloria. Aunque tu difunta madre no tuvo razón al enfadarse conmigo. Pero esa tampoco es la cuestión. Sea como fuere, Stepán Kuz-

---

[8] Antigua medida rusa de superficie que equivale a 1,09 hectáreas.

mich hizo unas escrituras en las que te donaba esas tierras de las que acabo de hablarte. Pero tu difunta madre tenía, entre tú y yo, un temperamento complicado. Ni el diablo, que el Señor me perdone por utilizar esta palabra tan horrenda, podía entenderla. El problema está en que sabe Dios dónde puso esas escrituras. Yo creo que están en manos de ese viejo solterón de Grigori Grigórievich Storchenko. Ese gordinflón se quedó con todas las propiedades de Stepán Kuzmich. Y estoy dispuesta a apostar lo que sea a que tiene las escrituras escondidas.

—Permítame, tía, ¿no será ese mismo Storchenko que conocí en la posada?

E Iván Fiódorovich le habló de su encuentro con él.

—¡Quién sabe! –dijo la tía después de pensar un instante–. Puede que no sea un canalla. Es verdad que hace solo seis meses que se ha venido a vivir aquí. Ese no es tiempo para conocer a nadie. Su vieja madre, según tengo entendido, es una mujer sensata y sabe hacer unos pepinos en conserva excelentes. Sus criadas tejen unas alfombras estupendas. Bueno, pues ya que dices que te ha recibido tan bien, ¡ve a visitarlo! Tal vez ese viejo pecador haga caso a su conciencia y renuncie a lo que no es suyo. Podrías ir en el carro, pero esos malditos chiquillos han arrancado todos los clavos de atrás. Tendré que decirle a Omelko, el cochero, que clave mejor el cuero.

—¿Para qué, tía? Me llevaré la carreta que usa usted a veces para ir a cazar.

Y así terminó la conversación.

IV
La comida

Iván Fiódorovich llegó a la aldea de Jórtysche poco antes de la hora de comer. Mientras se acercaba a una casa tan señorial, comenzó a sentirse intimidado. La casa era alargada y no tenía un tejado de cañas, como muchas de las que poseían los terratenientes del lugar. El tejado de los dos graneros que se levantaban en el patio también era de madera. El portón de la valla era de roble. Iván Fiódorovich se sentía como un dandi que, al llegar al baile, ve que todo el mundo, mire adonde mire, va más elegante que él. Por educación, detuvo su carruaje cerca de uno de los graneros y se dirigió a pie hasta el porche.

—¡Ah, Iván Fiódorovich! –gritó el gordo Grigori Grigórievich, que se paseaba por el patio en levita, pero sin corbata, chaleco ni tirantes. Pero incluso este atuendo parecía oprimir sus carnosas hechuras, pues el sudor le caía a chorros–. ¿Por qué dijo que vendría en cuanto viera a su tía y no lo hizo? –Tras estas palabras, los labios de Iván Fiódorovich encontraron los ya conocidos mullidos almohadones–.

—Las obligaciones domésticas me han tenido muy ocupado… He venido a verlo solo un momentito. Por cierto asunto, la verdad…

—¿Solo un momentito? ¡De ninguna manera! ¡Eh, muchacho! –gritó el gordo terrateniente, y el mismo chico vestido con *svitka* cosaca llegó a todo correr de la cocina–. Dile a Kasián que cierre el portón ahora mismo, ¿me oyes? ¡Que lo cierre muy bien cerrado! ¡Y que desenganche los caballos del caballero que acaba de llegar! Por favor, entre en la casa. Aquí hace tanto calor que tengo la camisa empapada.

Iván Fiódorovich entró en la casa y decidió no perder el tiempo en vano. A pesar de su timidez, resolvió seguir adelante con sus planes sin desviarse de ellos lo más mínimo.

—Mi tía tuvo el honor de… Me dijo que las escrituras de donación del difunto Stepán Kuzmich…

No es fácil describir el gesto tan desagradable que se le quedó a Grigori Grigórievich al oír estas palabras.

—¡Por Dios! ¡No le oigo nada! –exclamó–. Tengo que decirle que se me metió una cucaracha en la oreja izquierda. Esos malditos rusos tienen las casas llenas de cucarachas por todas partes. No hay pluma que pueda describir lo mal que lo pasé. Me hacía unas cosquillas terribles, unas cosquillas… Pues me lo solucionó una anciana con el más simple de los remedios…

—Yo quería decirle… –Iván Fiódorovich se atrevió a interrumpirlo, pues se dio cuenta de que Grigori Grigórievich quería desviar la conversación– que en el testamento de Stepán Kuzmich se menciona, por así decirlo, unas escrituras de donación… según las cuales yo…

—Ya sé lo que le ha dicho su tía. ¡Pero eso es mentira, vive Dios! ¡Es mentira! Mi tío no hizo ninguna escritura de donación. Aunque es verdad que en su testamento se mencionan unas escrituras, ¿dónde están? Nadie las ha visto. Le digo esto porque, sinceramente, le deseo lo mejor. Pero ¡por Dios! ¡Eso es mentira!

Iván Fiódorovich guardó silencio. Pensó que, tal vez, las cosas no eran como se las había contado su tía.

—¡Aquí vienen mi madre y mis hermanas! –dijo Grigori Grigórievich–. Eso significa que la comida está lista. ¡Acompáñenos! –Y arrastró a Iván Fiódorovich de la mano hasta una habitación en la que había vodka y aperitivos sobre la mesa–.

Al mismo tiempo entró una anciana bajita, una auténtica mesa camilla con cofia, junto con dos jovencitas en edad de merecer, una rubia y otra morena. Iván Fiódorovich, como caballero bien educado que era, le besó primero la mano a la anciana y luego a las dos jovencitas.

—Este, madre, es nuestro vecino, Iván Fiódorovich Shponka –le dijo Grigori Grigórievich–.

La anciana miró fijamente a Iván Fiódorovich, o tal vez solo pareció que lo miraba. Con todo, se apreciaba su absoluta bondad. Daba la impresión de querer preguntarle a Iván Fiódorovich: «Y usted ¿qué cantidad de pepinos prepara para el invierno?».

—¿Ya ha tomado vodka? –le preguntó la anciana–.

—Está claro, madre, que esta noche no ha dormido bien –le dijo Grigori Grigórievich–. ¿Quién le pregunta a un invitado si ya ha bebido? Sirva usted. Si hemos bebido o no es cosa nuestra. Por favor, Iván Fiódorovich, dígame, ¿qué vodka prefiere? ¿De hierba centaura o de mostaza? Iván Ivánovich, ¿qué hace ahí? –dijo Grigori Grigórievich mientras se volvía hacia atrás–.

Iván Fiódorovich vio que Iván Ivánovich se acercaba a donde estaba el vodka. Llevaba una larga levita con un enorme cuello tieso que le tapaba toda la nuca, de modo que parecía que su cabeza iba en un carruaje abierto.

Iván Ivánovich se acercó al vodka y se frotó las manos. Inspeccionó muy bien una copa, se sirvió, lo miró al trasluz y se lo echó todo de golpe en la boca. Pero no se lo tragó inmediatamente, sino que se lo pasó primero por toda la boca y solo después ya lo tragó. Luego comió pan con setas en conserva y entonces se dirigió a Iván Fiódorovich.

—¿No es con Iván Fiódorovich, con el señor Shponka, con quien tengo el honor de hablar?

—Así es –respondió Iván Fiódorovich–.

—Ha cambiado mucho desde que lo conozco –continuó Iván Ivánovich–. ¡Todavía le recuerdo cuando era así! –Y puso la mano a un *arshín* del suelo–. Su difunto padre, que en paz descanse, era un hombre como pocos. Siempre tenía unas sandías y unos melones como hoy día no se encuentran en ninguna parte. Incluso en esta misma casa –añadió mientras lo llevaba aparte– te sirven unos melones... Qué melones... ¡No dan ganas ni de mirarlos! ¿Me creerá usted, mi estimado caballero, si le digo que su padre tenía unos melones –dijo con gran misterio a la vez que abría los brazos como si quisiera abrazar un árbol muy grueso– que eran, válgame Dios, así de grandes?

—¡Vamos a la mesa! –dijo Grigori Grigórievich, que, acto seguido, tomó del brazo a Iván Fiódorovich–.

Todos entraron en el comedor. Grigori Grigórievich se sentó en su lugar habitual, en un extremo de la mesa, y se cubrió con una servilleta enorme. Su aspecto era el de uno de esos personajes que los barberos dibujan en sus carteles. Iván Fiódorovich, ruborizado, se sentó en el sitio que le indicaron, frente a las dos jovencitas. E Iván Ivánovich no perdió la ocasión de sentarse junto a él, muy contento de tener a alguien a quien trasmitir sus conocimientos.

—¡No se ha echado un buen trozo, Iván Fiódorovich! ¡Esto es pavo! –le dijo la anciana, que se volvió hacia Iván Fiódorovich, a quien en ese momento el camarero, vestido con un frac gris con un parche negro, acercaba la bandeja–. ¡Sírvase del estofado!

—¡Madre! ¡Nadie le ha pedido su opinión! –le dijo Grigori Grigórievich–. ¡Esté usted segura de que el invitado sabe perfectamente lo que quiere echarse! ¡Iván Fiódorovich, échese el ala! ¡Échese otra! ¡Échese la pechuga! ¿Por qué se ha echado tan poco? ¡Échese el muslo! Y tú, ¿por qué te quedas ahí parado con la bandeja y con la boca abierta? ¡Pídeselo! ¡Venga! ¡Ponte de rodillas, sinvergüenza! ¡Ahora dile: «Iván Fiódorovich, échese el muslo»!

—Iván Fiódorovich, ¡échese el muslo! –bramó el camarero mientras se ponía de rodillas con la bandeja en la mano–.

—Pues vaya un pavo –le dijo Iván Ivánovich a su vecino en voz baja y con desprecio–. ¿Eso es un pavo? Si viera usted mis pavos... Le aseguro que uno solo tiene más grasa que una docena de estos. Créame, mi estimado caballero, que da gloria verlos pasearse por el patio de lo gordos que están...

—¡Mientes, Iván Ivánovich! –exclamó Grigori Grigórievich, que había oído sus palabras–.

—Le diré –prosiguió Iván Ivánovich, que fingió no oír a Grigori Grigórievich– que el año pasado, cuando los envié a Gádiach, me pagaron cincuenta kopeks por cada uno. Y aun así me pareció poco.

—¡Iván Ivánovich! ¡Te digo que estás mintiendo! –gritó Grigori Grigórievich por sílabas y más alto que antes en aras de la claridad–.

Pero Iván Ivánovich fingía que aquello no iba con él y continuó como si nada, solo que mucho más bajo.

—Así es, mi estimado caballero, me pareció poco. En Gádiach no hay un solo terrateniente que...

—¡Iván Ivánovich! ¡Eres imbécil y nada más! –dijo Grigori Grigórievich con voz fuerte–. Iván Fiódorovich sabe de estas cosas mejor que tú y seguro que no te cree.

Entonces Iván Ivánovich se ofendió profundamente, guardó silencio y comenzó a cortar el pavo, aunque no era tan gordo como esos que da gloria verlos.

El ruido de cuchillos, cucharas y platos sustituyó por un momento al de las conversaciones. Pero el más fuerte era el que hacía Grigori Grigórievich chupando el tuétano de los huesos del cordero.

—¿Ha leído –asomó Iván Ivánovich la cabeza de su carruaje tras un silencio para preguntarle a Iván Fiódorovich– el libro *El viaje de Korobéinikov por los Santos Lugares*[9]? ¡Una auténtica delicia para el alma y el corazón! Ya no se publican libros así. Siento mucho no haberme fijado en el año de edición.

Cuando Iván Fiódorovich oyó que le hablaban de un libro, empezó a servirse salsa con mucho cuidado.

—Es en verdad asombroso, mi estimado caballero, pensar que un simple comerciante de la época haya viajado por todos esos lugares. ¡Más de tres mil verstas, mi estimado caballero! ¡Más de tres mil verstas! No hay ninguna duda de que fue Dios quien le otorgó el honor de viajar a Palestina y a Jerusalén.

—¿Así que afirma usted que ese tal Korobéinikov –dijo Iván Fiódorovich, que había oído hablar mucho de Jerusalén a su ordenanza– estuvo en Jerusalén?...

—¿De qué hablan? –preguntó Grigori Grigórievich desde el extremo de la mesa–.

—Yo, en fin, aprovechaba la ocasión para hacer notar lo lejos que están algunos países del mundo –dijo Iván Fiódorovich, complacido de corazón por haber pronunciado una frase tan larga y complicada–.

—No le crea, Iván Fiódorovich –dijo Grigori Grigórievich sin prestar mucha atención–, ¡todo mentira!

Llegados a este punto, la comida ya había terminado. Grigori Grigórievich se fue a su habitación, como era su costumbre, a roncar un poco, y los invitados siguieron a la anciana y a las jovencitas al salón, donde la misma mesa en que habían dejado el vodka cuando fueron a comer estaba ahora cubierta, por así decirlo, de platitos de mermelada de diferentes clases y de fuentes con sandías, cerezas y melones.

La ausencia de Grigori Grigórievich era bastante notable. La anfitriona se animó a hablar y reveló, sin que nadie se lo pidiera, gran cantidad de secretos sobre la preparación del dulce de frutas y el secado de las peras. También las jovencitas

---

[9] El título completo del libro es *El viaje del comerciante moscovita Trifon Korobéinikov y de Yuri Grekov por los Santos Lugares*. Fue considerada la obra más importante de Trifón Korobéinikov e incluso poseía la autoridad de un libro sagrado, pero a finales del siglo XIX Iván Zabelin y Jrisanf Loparev demostraron que Korobéinikov solo había retocado en él las notas de un viajero anterior, Vasili Pozniakov.

se pusieron a hablar, pero la rubia, que parecía seis años más joven que su hermana y que aparentaba unos veinticinco años, era más callada.

Iván Ivánovich era el más hablador y el que más gesticulaba. Seguro de que nadie lo molestaría ni lo interrumpiría, hablaba de pepinos, de la siembra de las patatas, de lo sensata que era antaño la gente, ¡mucho más que ahora!, y de que todo progresa con el tiempo y se llegan a patentar los inventos más increíbles. En pocas palabras, Iván Ivánovich era una de esas personas a las que les encanta mantener conversaciones gratas para el alma y que hablan de todo lo que haya que hablar. Si la conversación giraba en torno a temas importantes y piadosos, Iván Ivánovich suspiraba después de cada palabra y asentía ligeramente con la cabeza. Si se trataba de asuntos domésticos, sacaba la cabeza fuera de su carruaje y gesticulaba de tal modo que con solo mirarlo se podía saber cómo hacer el *kvas* de pera, cómo de grandes eran los melones de los que hablaba y cómo de gordos eran los gansos que correteaban por su patio.

Al fin, ya anochecido y con grandes dificultades, Iván Fiódorovich consiguió despedirse. A pesar de su amabilidad y de que casi le obligan a pasar allí la noche, se mantuvo firme en su decisión de irse y se marchó.

V
El nuevo plan de la tía

—¿Y bien? ¿Le has quitado las escrituras a ese viejo ladrón? –Esa fue la pregunta con la que la tía saludó a Iván Fiódorovich. La mujer le esperaba impaciente en el porche desde hacía horas y no pudo evitar salir a su encuentro a la carrera–.

—No, tía –dijo Iván Fiódorovich mientras bajaba del carruaje–. Grigori Grigórievich no tiene las escrituras.

—¿Y tú te lo has creído? ¡Ese maldito miente! Algún día me lo encontraré y lo machacaré con mis propias manos. ¡Le sacaré las grasas! Aunque antes hablaré con nuestro juez para ver si puedo denunciarle ante la justicia… Pero cada cosa a su tiempo. En fin, ¿la comida ha estado bien?

—Mucho... Sí, tía, ha estado muy bien.

—Dime qué habéis comido. Sé que esa vieja es una auténtica maestra en la cocina.

—*Sýrniki*[10] con nata agria, tía. Pichones rellenos en salsa...

—¿Y pusieron pavo con ciruelas? –le preguntó la tía, que era una gran cocinera–.

—¡También pusieron pavo! Por otra parte... Las hermanas de Grigori Grigórievich son unas jovencitas muy guapas... ¡Sobre todo la rubia!

—¡Oh! –exclamo la tía, y observó atentamente a Iván Fiódorovich, que, ruborizado, bajó la mirada al suelo. Una nueva idea surgió al instante en su cabeza–. ¿Y bien? –preguntó con ánimo y curiosidad–. ¿Cómo son sus cejas?

No está de más aclarar que la tía siempre comenzaba a considerar la belleza de una mujer por las cejas.

—Las cejas, tía, son exactamente como dice usted que las tenía cuando era joven. Y tiene toda la cara llena de pequitas.

—¡Oh! –exclamó la tía, complacida por la observación de Iván Fiódorovich, que, sin embargo, no había tenido la menor intención de halagarla–. ¿Qué vestido llevaba? Aunque hoy día ya sabemos que es difícil encontrar telas tan fuertes como, por ejemplo, la de esta capa. Pero esta no es la cuestión. Dime, ¿hablaste con ella?

—¿Qué quiere decir?... ¿Yo, tía? No pensará usted...

—¿Qué? ¿Y qué tendría de malo? ¡Así lo dispuso Dios! Puede que estéis predestinados el uno al otro.

—Tía, no sé cómo puede decir eso. Esto demuestra que no me conoce usted en absoluto...

—Y ¿ahora te enfadas? –dijo la tía. «No es más que un niño», pensó para sus adentros, «¡no sabe nada de la vida! Hay que hacer que coincidan y ¡que se conozcan!».

Entonces la tía fue a echar una ojeada a la cocina y dejó solo a Iván Fiódorovich. A partir de aquel momento no pensó más que en casar a su sobrino y en cuidar nietecitos. En su mente se amontonaban los preparativos de la boda, y se notaba que se había vuelto más exigente con todos los asuntos. Sin

---

[10] Pasteles fritos de requesón típicos de la cocina rusa.

embargo, estos iban más mal que bien. A menudo, cuando preparaba alguna tarta, que nunca confiaba a la cocinera, se olvidaba de todo y se imaginaba que uno de sus nietecitos estaba allí junto a ella y le pedía un trozo; ella le tendía inocentemente el mejor... Y entonces el perro aprovechaba la ocasión y se apoderaba de aquel trozo exquisito. El ruido que hacía el perro al masticar la sacaba de su ensoñación y la tía terminaba atizándolo con la badila. Incluso dejó sus ocupaciones favoritas y ya ni iba de caza. Una vez que lo hizo, en lugar de a una perdiz, le disparó a un cuervo, y eso era algo que nunca le había pasado.

Cuatro días después de esto, todos pudieron ver que finalmente el carruaje salía del cobertizo al patio. Omelko, el cochero, que también era hortelano y guarda, había estado con el martillo desde primera hora de la mañana y había clavado el cuero y ahuyentado a los perros, que lameteaban las ruedas. Es mi deber informar a los lectores de que este era el carruaje en el que Adán hizo su primer viaje. Por lo tanto, si alguien quiere hacer pasar cualquier otro carruaje por el que usaba Adán, miente como un bellaco y el carruaje es una pura falsificación. No se sabe cómo escapó del diluvio el carruaje. Es lícito pensar que en el arca de Noé había un cobertizo especialmente hecho para guardarlo. Es una lástima no poder describir a los lectores su aspecto con detalle. Baste decir que a Vasilisa Káshporovna le encantaba su arquitectura y que siempre se lamentaba de que los coches antiguos hubieran pasado de moda. Le gustaba hasta el mismo diseño un poco ladeado del carruaje. Es decir, que su lado derecho estaba más elevado que el izquierdo. Como ella decía, una persona baja podía subir por un lado y otra alta, por el opuesto. Sin embargo, dentro del carruaje cabían cinco personas pequeñas y tres altas como la tía.

Hacia el mediodía, cuando terminó las reparaciones, Omelko sacó del establo tres caballos poco más jóvenes que el carruaje y los ató con una cuerda al majestuoso coche. Iván Fiódorovich y su tía, el uno por la izquierda y la otra por la derecha, subieron al carruaje y este se puso en marcha. Las personas que se encontraban por el camino, al ver un coche tan suntuoso (la tía muy pocas veces viajaba en él), se detenían con respeto, se quitaban el gorro y hacían una profunda reverencia. Dos horas más tarde, el carruaje se detuvo ante el porche. Creo que no hace falta que diga que el porche era el de la casa de los Storchenko. Grigori Grigórievich no estaba, pero la anciana y las jovencitas salieron a recibir a los recién llegados en el salón. La tía se acercó con paso majestuoso, adelantó una pierna con elegancia y dijo en voz alta:

—Es para mí una inmensa alegría, señora, tener el honor de presentaros mis respetos en persona. Al mismo tiempo, permítame que le agradezca vuestra hospitalidad con mi sobrino, Iván Fiódorovich, que tanto presume de ella. ¡Tiene usted un alforfón maravilloso, señora! Lo vi de camino a la aldea. ¿Puedo preguntarle cuántos kopeks piden por *desiátina*?

A estas palabras siguieron los acostumbrados besos. Cuando por fin se sentaron en el salón, la anciana dijo:

—Con respecto al alforfón no puedo decirle nada. Eso es cosa de Grigori Grigórievich. hace mucho tiempo que no me ocupo de ello y tampoco puedo hacerlo. ¡Soy ya muy vieja! Recuerdo que en los buenos tiempos el alforfón nos llegaba hasta la cintura. Ahora Dios lo sabe. Sin embargo, dicen que ahora todo va mejor.

La anciana suspiró. Cualquier observador habría percibido en ese suspiro la nostalgia del viejo siglo XVIII.

—He oído, señora, que sus hijas son muy buenas en la confección de alfombras –dijo Vasilisa Káshporovna, que con ello tocó la fibra sensible de la anciana. Nada más oír estas palabras, la anciana se animó y comenzó a hablar largo y tendido sobre cómo teñir el hilo y cómo prepararlo. La conversación pasó rápidamente de las alfombras al encurtido de pepinos y al secado de peras. En resumen, no había pasado ni una hora y las dos damas hablaban como si se conocieran de toda la vida. En un momento dado, Vasilisa Káshporovna comenzó a hablarle a la anciana en una voz tan baja que Iván Fiódorovich no podía oír nada–.

—¿Desea verlo? –dijo la anciana anfitriona mientras se ponía en pie–.

Las jovencitas y Vasilisa Káshporovna se levantaron también y todas entraron en el cuarto de las criadas. La tía, sin embargo, le hizo señas a Iván Fiódorovich para que se quedara y le dijo algo en voz baja a la anciana.

—¡Máshenka! –le dijo la anciana a la jovencita rubia–. ¡Quédate con el invitado y charla con él para que no se aburra!

La jovencita rubia se quedó y tomó asiento en el sofá. Iván Fiódorovich se sentó de nuevo en su silla como sobre agujas, ruborizado y con la mirada clavada en el suelo. Pero la jovencita parecía no darse cuenta de ello. Sentada indiferente en el sofá, miraba las ventanas y las paredes y observaba al gato, que corría asustado bajo las sillas.

Iván Fiódorovich se armó de valor y quiso iniciar una conversación, pero resultó como si hubiera perdido todas las palabras por el camino. Ni una sola idea le venía a la mente.

El silencio se prolongó durante más o menos un cuarto de hora. La jovencita seguía sentada.

Finalmente, Iván Fiódorovich hizo de tripas corazón.

—Cuántas moscas hay en verano, ¿verdad, señorita? –dijo con voz algo temblorosa–.

—¡Una barbaridad! –observó la jovencita–. Mi hermano ha hecho un matamoscas con una zapatilla vieja de mi madre, pero sigue habiendo muchísimas.

La conversación se detuvo de nuevo. Iván Fiódorovich ya no sabía de qué más podía hablar.

Por fin volvió la anfitriona con la tía y la jovencita morena. Después de un poco más de charla, Vasilisa Káshporovna se despidió de la anciana y de las jovencitas, a pesar de todas las veces que les invitaron a pasar allí la noche. La anciana y las jovencitas salieron al porche a despedir a los invitados y les hicieron sentidas reverencias a la tía y al sobrino, asomados al carruaje.

—Bueno, Iván Fiódorovich, ¿de qué has hablado con la jovencita? –le preguntó la tía durante el camino–.

—María Grigórievna es una joven muy sencilla y educada –respondió Iván Fiódorovich–.

—Escúchame, Iván Fiódorovich, quiero hablar contigo seriamente. Tienes, gracias a Dios, treinta y ocho años. Y ya cuentas con una buena posición. Es hora de ir pensando en los hijos. Debes tomar una esposa.

—¡¿Cómo dice, tía?! –gritó asustado Iván Fiódorovich–. ¡Una esposa! ¡No, tía, por favor! Hace usted que me avergüence… Yo nunca me he casado… ¡No sabría qué hacer con una esposa!

—Ya lo averiguarás, Iván Fiódorovich, ya lo averiguarás –dijo la tía con una sonrisa, y pensó para sí: «¡Ay que ver! ¡Es todavía un niño! ¡No sabe nada de nada!». Y prosiguió en voz alta:– Sí, Iván Fiódorovich, no puedes encontrar una esposa mejor que María Grigórievna. Y, además, a ti te gusta mucho. La anciana y yo ya hemos hablado de eso. Está muy contenta de aceptarte como yerno. Queda por ver, sin embargo, qué dirá el pecador ese de Grigori Grigórievich. Pero, qué nos importa. ¡Y que se atreva a no darte nada como dote! ¡Lo llevaremos a juicio!…

Justo en ese momento el carruaje entró en el patio. Los viejos caballos se alegraron de sentir cerca el establo.

—¡Escucha, Omelko! Deja que los caballos descansen primero y no los lleves enseguida al abrevadero. Son unos caballos muy fogosos. Bueno, Iván Fiódorovich –continuó la tía mientras bajaba del carruaje–, te aconsejo que te lo pienses bien. Ahora tengo que ir a la cocina. Me olvidé de decirle a Soloja lo que tenía que preparar de cena y ella es una inútil y seguro que no se le ha ocurrido nada.

Iván Fiódorovich se quedó como si le hubiera caído un rayo encima. Cierto que María Grigórievna era una jovencita muy guapa, pero ¡casarse!… Todo aquello le parecía tan extraño, tan insólito, que no podía pensarlo sin sentir miedo. Vivir con una esposa… ¡Incomprensible! No podría estar a solas en su habitación, ¡sino que tendrían que ser dos por todas partes! El sudor le caía a chorros por la cara al pensar en ello.

Se acostó más temprano que de costumbre, pero, a pesar de todos sus esfuerzos, no podía conciliar el sueño. Finalmente se durmió, ese universal pacificador, pero ¡qué sueños tuvo! Nunca había soñado cosas tan absurdas. Soñó que todo a su alrededor daba vueltas y hacía mucho ruido. Él corría y corría y ya no sentía las piernas… Estaba agotado. De pronto, alguien lo agarraba de la oreja. «¡Ay! ¿Quién eres?». «¡Soy yo! ¡Tu esposa!». Al instante se despertó. Sintió que ya estaba casado, que todo en su casa era insólito y extraño. En su habitación había una cama de matrimonio en vez de una individual. Su esposa estaba sentada en una silla. La situación era muy rara, no sabía cómo acercarse a ella, qué decirle. Entonces se dio cuenta de que su esposa tenía cara de ganso. Angustiado, se volvió hacia el otro lado y encontró a otra esposa también con cara de ganso. Miró hacia otro lado más y vio a una tercera esposa. Se giró y allí que había otra nueva esposa. La desesperación se apoderó de él. Corrió al jardín, pero en el jardín hacía mucho calor. Se quitó el gorro y vio que su esposa estaba allí dentro. El sudor le corría por la cara. Buscó el pañuelo en el bolsillo, pero allí solo estaba su esposa. Se sacó de la oreja el tapón de algodón y allí estaba su mujer… Entonces, sin más ni más, se puso a saltar sobre una pierna y su tía le miró, y le dijo con muy serio semblante: «Sí, debes saltar, porque ahora ya eres un hombre casado». Fue hacia ella, pero su tía ya no era su tía, sino un campanario. En ese momento sintió que alguien lo subía por el campanario con una cuerda. «¿Quién me está subiendo?», exclamó lastimosamente Iván Fiódorovich. «Soy yo, tu esposa, quien te está subiendo, porque eres una campana». «¡No! ¡No soy una campana! ¡Soy Iván Fiódorovich!», gritó. «Sí, eres una campana», dijo el coronel del regimiento de infantería de P***, que pasaba por allí. Después su mujer ya no era una persona, sino una tela de lana. Iván Fiódorovich entró en una tienda y se acercó al mostrador. «¿Qué tela desea? –le preguntó el dependiente–. Tome esta esposa, es la tela que más se lleva. ¡Es muy buena! Ahora todo el mundo se hace abrigos con ella». El vendedor midió y cortó la esposa. Iván Fiódorovich se la puso debajo del brazo y se fue a ver al sastre, un judío. «¡No! –dijo el judío–. ¡Es una tela muy mala! Nadie se hace abrigos con ella…».

Iván Fiódorovich se despertó aterrorizado y aturdido. Un sudor frío le corría por todo el cuerpo.

Nada más levantarse, fue a por su libro de adivinación, al final del cual el bondadoso editor, gracias a su generosidad y altruismo excepcionales, había colocado un breve guía para la interpretación de los sueños. Pero no había nada en ella que se pareciese siquiera remotamente a un sueño tan absurdo.

Mientras tanto, en la mente de la tía había madurado un nuevo plan del que ya tendrán noticia en el siguiente capítulo.

UN LUGAR EMBRUJADO

*Hecho verídico narrado por el diácono de la iglesia de ****

¡Vive Dios que ya estoy harto de contar historias! ¿Qué se piensan? ¡De verdad que resulta aburrido contar y más contar y no poder librarte de ello! De acuerdo, les contaré una más si me lo permiten, ¡pero la última! Pues afirmaban ustedes que una persona puede dominar, como suele decirse, al maligno. Por supuesto. Es decir, que, si se piensa un poco, en el mundo pasa de todo… Aunque mejor que no digan eso. Si el poder del demonio quiere burlarse de alguien, ¡por Dios que se burlará! Verán. Éramos cuatro hijos en casa de mis padres. Yo por aquel entonces era bastante bobo. Solo tenía once años… No, once no… El caso es que recuerdo como si fuera ahora que, una vez, me puse a correr a cuatro patas y a ladrar como un perro. Mi padre sacudió la cabeza y me gritó: «¡Ay, Fomá, Fomá!… Ya va siendo hora de que te cases y tú ¡no dejas de hacer el tonto como un potrillo!». Mi abuelo, que ojalá que se lo esté pasando de maravilla en el otro mundo, aún vivía y tenía unas piernas bastante fuertes. Solía pensar…

¿Que por qué les cuento yo esto? Mientras, que uno se tire una hora entera sacando una brasa de la estufa para la pipa; que otro corra a por algo al sótano. ¡Así es la vida!… Bueno estaría que yo les obligara, pero han sido ustedes mismos quienes me lo han pedido. ¡Ahora a escuchar!

A principios de primavera, mi padre se fue a Crimea a vender tabaco. Entonces había mucha demanda de este producto. Se llevó a mi hermano de tres años para enseñarle el oficio. Nos quedamos el abuelo, mi madre, mi hermano, mi otro hermano y yo. El abuelo plantó un huerto de sandías y melones junto al camino, se fue a vivir a una choza de paja y nos llevó con él para que espantáramos del huerto a los gorriones y a las urracas. No podemos decir que nos fuera mal. A veces comíamos tantos pepinos, melones, nabos, cebollas y guisantes que sentíamos como si un corral entero de gallos cantara en nuestros estómagos. Aquello era también muy rentable. Muchos caminantes pasaban por aquel camino y todos querían comer sandías o melones. De las granjas vecinas traían gallinas, huevos y pavos para hacer trueque. Era una buena vida.

Pero lo que más feliz le hacía a mi abuelo era que cada día pasaban lo menos cincuenta mercaderes con sus carros. Ya saben que son gentes que han vivido mucho, y apenas se ponían a contar solo había que abrir bien las orejas. Aquello para mi abuelo era como darle *galushkas* a un hambriento. Algunas veces pasaba algún conocido, cómo no, si mi abuelo conocía a todo el mundo. Ya saben ustedes lo que pasa cuando se juntan los viejos: que si bla, bla, bla, que si aquello, que si lo otro, que si tal y que si cual… ¡Y se entusiasman recordando sus tiempos!

En una ocasión, lo recuerdo como si ocurriera ahora mismo, el sol comenzó a ponerse. El abuelo se dio una vuelta por el huerto y arrancó algunas hojas a las sandías, con las que las tapaba durante el día para que no se cocieran al sol.

—¡Mira, Ostap! –le dije a mi hermano–. ¡Ahí vienen unos mercaderes!

—¿Dónde están los mercaderes? –dijo el abuelo mientras le hacía una marca a un melón para que no se lo comieran los muchachos–.

Seis carros se acercaban a lo largo del camino. Un mercader de bigote canoso caminaba delante. Cuando aún no había llegado, qué decirles, a diez pasos de nosotros, se detuvo.

—¡Salud, Maxim! ¡Dios ha querido que volvamos a vernos!

El abuelo entrecerró los ojos.

—¡Ah! ¡Salud! ¡Salud! ¿De dónde te ha traído el Señor? ¿Viene también Boliachka? ¡Salud! ¡Salud, hermano! ¡Qué demonios! ¡Pero si están todos aquí! ¡Krutotryschenko! ¡Y Pecherytsia! ¡Y Kovelek! ¡Y Stetskó! ¡Salud! ¡Ja, ja, ja! ¡Jo, jo, jo! –Y se besaron–.

Desenyugaron a los bueyes y los pusieron a pastar en la hierba. Dejaron los carros en el camino y se sentaron en círculo delante de la choza y sacaron las pipas. Y ¿para qué? Con tantas historias y tanto parloteo, apenas se fumaron una. Después de la merienda, el abuelo agasajó a sus invitados con melones. Cada uno de ellos cogió un melón, lo limpió muy bien con el cuchillo (todos eran hombres curtidos que entendían de casi todo y que sabían cómo hay que comer; se les podía invitar incluso a la mesa de un gran señor); todos lo limpiaron muy bien, digo, le hicieron un agujero con el dedo, bebieron por él el zumo, lo cortaron en rajas y empezaron a comérselo.

—¡Niños! –nos dijo el abuelo–. ¿Por qué os quedáis ahí con la boca abierta? ¡A bailar, malditos chicos! Ostap, ¿dónde tienes la *sopilka*? ¡Vamos a darle al *kazachok*! ¡Fomá! ¡Esos brazos en jarra! ¡Muy bien! ¡Así! ¡Hey, hey! ¡Hop, hop!

Yo era un niño muy ágil por aquel entonces. ¡Maldita vejez! Ahora no puedo ni andar. En vez de hacer mil volatines, ahora mis piernas solo saben tropezar. El abuelo nos miró un buen rato allí sentado con los mercaderes. Me di cuenta de que sus piernas no podían estarse quietas. Daba la impresión de que algo tiraba de ellas.

—¡Mira, Fomá! –me dijo mi hermano– ¡Parece que ese vejestorio va a arrancarse a bailar!

¿Qué se piensan? Sin decir una palabra, el viejo, que no fue capaz de resistirse, quiso, sépanlo ustedes, presumir ante los mercaderes.

—¡Mirad, niños del diablo! ¡Así es como se baila! –dijo, a la vez que saltaba, abría los brazos y taconeaba sin parar–.

Pues no había peros que ponerle. Bailaba tan bien que hasta hubiera hecho buena pareja con la mujer del *hetman*. Nos hicimos a un lado y aquel vejestorio no paraba de mover las piernas por todo el lugar, bastante llano, y muy cerca del bancal de los pepinos. En cuanto se puso en el centro del círculo, quiso demostrar sus habilidades y hacer un remolino con las piernas como tan bien sabía, pero estas no le respondieron. ¡Vaya! ¡Qué chasco! Volvió a coger velocidad, llegó al centro y ¡que nada! Hiciera lo que hiciera, ¡nada de nada! ¡Las piernas se le habían vuelto como de madera! «¡Oh! ¡El lugar está embrujado! ¡Oh! ¡Esto es cosa de Satanás! ¡Oh! ¡Por aquí anda metido ese Herodes! ¡Ese enemigo de la raza humana!».

¿Cómo soportar aquella humillación delante de los mercaderes? Se lanzó de nuevo y comenzó a taconear con tanta fuerza y con tanta rapidez que daba gusto verlo. Llegó al centro y ¡nada! ¡No podía seguir bailando y allí no había nada que hacer!

—¡Ah, ese bribón de Satanás! ¡Ojalá te atragantes con un melón podrido! ¡Ojalá te mueras joven, hijo de perra! ¡Que en mi vejez tenga que sufrir tamaña vergüenza!...

En ese instante alguien se rio detrás de él. El abuelo se volvió. Allí no había ni huerto, ni mercaderes, ¡nada! Por detrás, por delante, a los lados... ¡El campo mondo y lirondo!

—¡Oooh!... ¡Qué cosas!

Entornó los ojos. El lugar no le resultaba del todo desconocido. A un lado había un bosque. Por detrás del bosque asomaba un poste que se recortaba a lo lejos en el cielo. ¡Qué raro! ¡Pero si era el palomar que el pope tenía en el huerto! Al otro lado había algo oscuro. El abuelo se fijó bien y reconoció el granero del escribano de la provincia. ¡Hasta allí le había llevado el poder del maligno! Después de dar una vuelta alrededor, llegó a un sendero. No había luna. En su lugar, una mancha blanca brillaba entre las nubes. «¡Mañana habrá mucho viento!», pensó el abuelo. Y vio que, a un lado del sendero, una vela se había encendido sobre una tumba.

—¡Anda! –dijo el abuelo, que puso los brazos en jarras mientras la observaba. La vela se apagó y un poco más lejos se encendió otra vela–.

—¡Un tesoro! –gritó el abuelo–. Si esto no es un tesoro, ¡que venga Dios y lo vea! –Y a punto estaba de escupirse en las manos y empezar a cavar, cuando se dio cuenta de que no tenía ni pala ni azadón–. ¡Ay, qué lástima! Bueno, quién sabe, a lo mejor solo hay que levantar el césped y ¡ahí está el tesoro, amigo!… ¡Imposible! Por lo menos señalaré el lugar para poder encontrarlo más tarde.

Así que cogió una rama de gran tamaño que el viento había debido de romper, la puso sobre la tumba donde ardía la vela y siguió su camino. El joven robledal comenzó a ralear. De pronto, apareció una valla. «¡Mira! ¿Acaso no había dicho yo que eran las tierras del pope?», pensó el abuelo. «¡Ahí está la valla! Ya no queda ni una versta para llegar a mi huerto».

Sin embargo, tardó bastante en llegar a casa y no se quiso comer las *galushkas*. Despertó a mi hermano Ostap y le preguntó que cuánto hacía que se habían ido los mercaderes y se arrebujó en la zamarra. Mi hermano le preguntó:

—¿Adónde demonios te has ido?

—Ni me lo preguntes –dijo mientras se arrebujaba todavía más–. Ni me lo preguntes, Ostap, o ¡te saldrán canas! –Y se puso a roncar de tal manera que los gorriones que se habían metido en el huerto huyeron despavoridos. Pero ¡no estaba dormido! No hace falta que diga que el abuelo, ¡que en gloria esté!, era astuto como él solo y sabía salirse siempre con la suya. A veces contaba unas cosas que no podías hacer otra cosa más que morderte los labios–.

Al día siguiente, en cuanto empezó a anochecer en los campos, el abuelo se puso la *svitka*, se ajustó la faja y cogió un azadón y una pala bajo el brazo. Se caló el gorro en la cabeza, se bebió una jarra de *kvas*, se limpió los labios con los faldones y puso rumbo hacia la huerta del pope. Pasó la valla y el bajo robledal. Un sendero serpenteaba por entre los árboles en dirección al campo. Parecía ser ese. Cuando llegó, comprendió que se encontraba en el mismo sitio que el día anterior. Allí se alzaba el palomar, pero el granero no se veía por ninguna parte. «No, no es este lugar. Debe estar más lejos. Tengo que ver el granero». Dio media vuelta y se dirigió hacia el otro lado. Desde allí se divisaba el granero, pero no el palomar. De nuevo fue hacia el palomar. No se veía el granero. Como a propósito, empezó a llover. Volvió hacia el granero. El palomar había desaparecido. Volvió al palomar. No había granero por ninguna parte.

—¡Satanás del demonio! ¡Ojalá que no conozcas a tus hijos!

Y la lluvia comenzó a caer a cántaros.

Entonces el abuelo se quitó sus botas nuevas, las envolvió en un pañuelo para que no se le estropearan con la lluvia y echó a correr como rocín señorial. Se metió en la choza, empapado hasta los huesos, se cubrió con la zamarra y se puso a refunfuñar entre dientes y a elogiar al diablo con palabras que yo nunca había oído. Reconozco que me hubiera sonrojado si aquello hubiera ocurrido a plena luz del día.

A la mañana siguiente me desperté y el abuelo andaba ya por el huerto como si nada hubiera pasado y cubría las sandías con hojas de bardana. En la comida se puso muy hablador y para asustar a mi hermano menor le dijo que, en vez de cambiar una sandía por gallinas, le cambiaría a él. Después de comer se hizo un silbato de madera y se puso a jugar con él. Y nos dio un melón retorcido con tres roscas como una serpiente del que dijo que era un melón turco. Nunca más he visto melones como aquellos. Claro que habían traído las semillas desde muy lejos.

Al anochecer, cuando ya había caído la tarde, el abuelo cogió el azadón y se fue a cavar un nuevo bancal para las calabazas tardías. Cuando pasó por el lugar embrujado, no pudo evitar murmurar entre dientes: «¡Maldito lugar!». Llegó hasta el centro, donde le fue imposible bailar, y lo golpeó con la pala. De pronto vio de nuevo a su alrededor el mismo campo, con el palomar a un lado y el granero al otro. «¡Menos mal que se me ha ocurrido coger el azadón! ¡Ahí está el sendero! ¡Ahí la tumba! ¡Ahí la rama rota! ¡Ahí la vela encendida! ¡Esta vez es imposible que me equivoque!».

Corrió con sumo cuidado y con el azadón levantado, igual que si quisiera darle con él a un jabalí que se hubiera metido en el huerto, y se detuvo frente a la tumba. La vela se había apagado. Sobre la tumba había una lápida cubierta por la hierba. «¡Tengo que levantar esta lápida!», pensó el abuelo, y se puso a desenterrar los bordes. ¡Aquella maldita lápida era enorme! Sin embargo, con los pies bien apoyados en el suelo, consiguió por fin echarla a un lado. «¡Uuuh!», se oyó por todo el valle.

—¡Ve con Dios! ¡Ahora me resultará más fácil! –dijo el abuelo–.

El abuelo se detuvo, sacó el cuerno, se echó tabaco en el puño y ya se lo llevaba a la nariz cuando, de pronto, sobre su cabeza estalló un estornudo. Algo estornudó con tanta fuerza que los árboles temblaron y la cara del abuelo quedó toda salpicada de tabaco.

—¡Al menos apartaos si queréis estornudar! –dijo el abuelo mientras se limpiaba los ojos. Miró a su alrededor, pero allí no había nadie–. No, claro, al diablo no le gusta el tabaco –añadió, y se metió el cuerno en la camisa y cogió de nuevo el azadón–. Menudo imbécil… ¡Ni su abuelo ni su padre han tenido nunca un tabaco así!

Y comenzó a cavar. La tierra estaba blanda y el azadón se hundía con facilidad. De pronto, sonó algo. Apartó la tierra y vio un caldero.

—¡Oh, amigo! ¡Mira dónde estás! –exclamó el abuelo al tiempo que sacaba el caldero con el azadón–.

—¡Oh, amigo! ¡Mira dónde estás! –cantó un pico de pájaro que picoteaba el caldero–.

El abuelo se apartó y soltó el azadón.

—¡Oh, amigo! ¡Mira dónde estás! –baló una cabeza de carnero desde la copa de un árbol–.

—¡Oh, amigo! ¡Mira dónde estás! –rugió un oso que asomaba el hocico por detrás del árbol–.

El abuelo comenzó a temblar.

—¡Miedo da decir aquí una palabra! –murmuró para sí–.

—¡Miedo da decir aquí una palabra! –pio el pico de pájaro–.

—¡Miedo da decir aquí una palabra! –baló la cabeza de carnero–.

—¡Miedo da decir aquí una palabra! –rugió el oso–.

—Ay –dijo el abuelo, asustado–.

—Ay –cantó el pájaro–.

—Ay –baló el carnero–.

—Ay –rugió el oso–.

El abuelo se volvió aterrado. ¡Dios mío! ¡Qué noche aquella! No había ni estrellas ni luna, solo un abismo alrededor. ¡Bajo sus pies bramaba un precipicio sin fondo! ¡Sobre su cabeza colgaba una montaña que parecía a punto de estallar! Entonces mi abuelo sintió que detrás de ella ¡relampagueaba un rostro! ¡Oh! ¡Oh! ¡Tenía una nariz tan enorme como un yunque! ¡Y las fosas como un cubo de agua cada una! ¡Los labios como dos troncos! ¡Los ojos eran completamente rojos y estaban vueltos hacia arriba! ¡Y sacaba la lengua y se burlaba!

—¡Vete al diablo! –dijo el abuelo, y le arrojó el caldero–. ¡Ahí tienes tu tesoro! ¡Qué cara más asquerosa! –A punto estaba de salir corriendo cuando miró a su alrededor y se detuvo, pues allí no había pasado nada extraño–. ¡Así que el diablo solo quería asustarme!

Cogió de nuevo el caldero, pero ¡pesaba mucho! ¿Qué hacer? ¡No podía dejarlo ahí! Así que hizo acopio de todas sus fuerzas y lo agarró con firmeza.

—¡Vamos! ¡Vamos! ¡Una más! ¡Una más! –¡Y consiguió arrancarlo de la tierra!–. ¡Buf! ¡Ahora tomaré un poco de tabaco!

Sacó el cuerno y, antes de echarse tabaco, miró a su alrededor por si había alguien. Creyó que no, pero, con todo, le pareció que el tronco de un árbol soplaba y resoplaba. De él surgieron unas orejas, unos ojos rojos y llenos de lágrimas, unas fosas nasales gigantescas y una nariz arrugada y a punto de estornudar. «No, no voy a tomar tabaco», pensó el abuelo, y se guardó el cuerno. «Satanás volvería a soplármelo en los ojos». Entonces cogió el caldero y echó a correr lo más rápido que pudo. Pero sintió que detrás de él algo le azotaba las piernas... «¡Ay! ¡Ay! ¡Ay!», gritaba el abuelo a todo correr. Solo cuando llegó a la huerta del pope, se detuvo un poco a recobrar la respiración.

«¿Dónde se habrá metido el abuelo?», pensábamos, pues le llevábamos esperando tres horas. Mi madre ya había llegado a casa hacía un buen rato y nos había traído una olla llena de *galushkas* calientes. ¡Pero el abuelo no aparecía por ninguna parte! Así que nos pusimos a cenar solos. Luego mi madre lavó la olla y buscó con la mirada dónde podía tirar el agua sucia, pues alrededor no había más que bancales. En esto que vio que una tina rodaba directa hacia ella. El cielo estaba oscuro. Lo más probable era que algún niño quisiera hacer una travesura y se hubiera escondido detrás de ella y la empujara.

—¡Mira! ¡Ahí es donde voy a tirarla! –dijo, y arrojó sobre la tina el agua caliente–.

—¡Ay! –gritó una voz de bajo–.

Y vimos que se trataba del abuelo. ¡Cómo íbamos a saber que era él! Creíamos que una cuba se nos echaba encima. Aunque sea pecado, reconozco que me pareció de lo más gracioso ver la canosa cabeza del abuelo empapada de agua sucia y llena de pieles de sandía y melón.

—¡Mira lo que haces, mujer del demonio! –dijo el abuelo mientras se limpiaba la cabeza con los faldones de la *svitka*–. ¡Me has escaldado como a un cerdo antes de la Navidad! Bueno, muchachos, ¡ahora podréis comer rosquillas! ¡E iréis con caftanes de oro, hijos de perra! ¡Mirad! ¡Mirad lo que os he traído! –dijo el abuelo, y destapó el caldero–.

Y ¿qué creen ustedes que había dentro? Tampoco hay que pensarlo mucho, ¿verdad? ¿Oro? Pues no, precisamente. No había más que basura y porquería. Me da hasta vergüenza decir lo que allí había. El abuelo lanzó un escupitajo, tiró el caldero y después se lavó las manos.

Y entonces el abuelo nos hizo jurar que jamás creeríamos al diablo.

—¡Ni os lo penséis! –nos decía con frecuencia–. Diga lo que diga el enemigo de Cristo, ¡todo es mentira! ¡Hijo de perra! ¡Sus palabras no tienen ni pizca de verdad!

Y en cuanto el viejo oía que en algún lugar las cosas no marchaban como debían, nos gritaba:

—¡Vamos, muchachos! ¡A santiguarse! ¡Así! ¡Así! ¡Muy bien! –Y nos hacíamos una y mil cruces–.

Aquel lugar embrujado en el que no había podido bailar, lo rodeó con una cerca y nos ordenó que arrojáramos allí todo lo inservible, todas las malas hierbas y la basura que sacaba del huerto.

¡Así es, precisamente, cómo el maligno atormenta a las personas! Conozco bien aquella tierra. Tiempo después, mi padre se la arrendó a unos cosacos vecinos para que también cultivaran allí sandías y melones. ¡Era una tierra estupenda!

La cosecha siempre fue asombrosa, pero en el lugar embrujado nunca salía nada bueno. Aunque sembraran buena semilla, lo que allí crecía resultaba imposible de calificar. No se sabía si era una sandía, una calabaza o un pepino… ¡El diablo sabe lo que era aquello!

ÍNDICE